La Crypte de Saint-Maximin

Déjà paru dans la collection Crimes de Pays

Volume 1.
Le Boucher de Malemort – L'Écorcheur de Cadolive – La Benoîte-Affique, Bruno Carpentier

Volume 2.
Adessias, Bonne-mère ! Sylvain Dunevon

Volume 3.
Le Berger de Saint-Aybert, Bruno Carpentier

Bruno Carpentier

La Crypte de Saint-Maximin

Collection Crimes de Pays
Volume 4.

D'UN AUTRE AILLEURS
ÉDITIONS

AVERTISSEMENT DU DIRECTEUR DE LA COLLECTION

Les histoires qui émaillent nos *Crimes de Pays* sont pure fiction même si elles sont parfois inspirées d'histoires vraies. En revanche, les similitudes entre les lieux où l'action se déroule et des régions, des villes ou des villages réels sont non seulement voulues, mais cultivées : ce qui suit s'est bel et bien passé près de chez vous, ou aurait très bien pu s'y passer… Et comme faire revivre une province, c'est aussi faire sonner sa musique et sa langue, les régionalismes qui émaillent ces *Crimes de Pays* n'ont pas été sarclés à coups de dictionnaire. Si vous êtes de là, vous retrouverez avec bonheur les mots et les dits de votre terroir. Et si vous êtes d'ailleurs, vous aurez le plaisir de les découvrir (Glossaire *in fine*).

Appel à manuscrits

Vous écrivez des romans policiers locaux ou régionaux ?

Vous aimeriez rejoindre la collection *Crimes de Pays* ?

Contact : crimesdepays@gmail.com

Suivez l'actualité de la collection Crimes de Pays
sur www.facebook.com/crimesdepays/
Blog des lecteurs : http://crimesdepays.skyrock.com

Éditions « D'un autre ailleurs… »
Résidence Le Saint-Jean – C3
985, chemin de Fontmerle
06600 ANTIBES

www.dunautreailleurs.com
Boutique en ligne

Dépôt légal : troisième trimestre 2020
ISBN : 978-2-490165-06-3

La Crypte de Saint-Maximin

Janette Mouriès est retrouvée morte dans la basilique de Saint-Maximin où reposent les reliques de Marie-Madeleine. À ce qu'on raconte au village, la vieille dame avait découvert un secret dans la crypte. Balivernes ? Crime crapuleux ? Complot religieux ? Allez savoir. Toujours est-il que la juge d'instruction exige l'appui d'un flic. Pour une enquête en zone de responsabilité de gendarmerie, cette lubie ne laisse pas augurer une ambiance des plus détendues. Heureusement, le commandant Cosentino n'a cure des rumeurs et des états d'âme. Il débarque dans le Var et pense plier l'enquête en moins de dix jours avec l'aide de l'adjudant Martin, l'adjoint de la BTA de Saint-Max. Mais ce qu'ignore le flic du SRPJ de Marseille, c'est que nul ne sort indemne du troisième tombeau de la chrétienté, pas même un as pétri de certitudes.

Toi

Entre Sainte-Baume et Argens

Je me souviens de ma première expérience de l'amour. Je veux dire le vrai amour, *mon* amour, celui qui plonge dans le vide et marque pour la vie ; le premier, à jamais, pour l'éternité quoi qu'il arrive, beau comme la rosée du matin, doux comme la peau d'un agneau.

Je me souviens de cette aube où tu marches, dans le contrejour du soleil juvénile. J'observe les nacres de ta robe scintiller de mille éclats sur tes cheveux bouclés, tes pieds fouler la poussière délitée, ta silhouette glisser au bas de la colline. Des grains de sable chauffés à blanc roulent sur tes chevilles. Ta peau sème le parfum suave des fruits mûrs dans ton sillage ; l'arôme des dattes gorgées de sucre et de chair fondante se mêle à l'odeur de cuir de tes sandales. Tu me frôles sans m'apercevoir, mon cœur s'arrête, je ne respire plus, suspendu à l'espoir infini d'un regard, propulsé dans la course des étoiles, enflammé par les forces lumineuses de ton être.

Je me souviens de notre premier baiser dans le jardin de ton père, sous l'oranger près du puits ; de notre première fois dans les herbes hautes du petit champ près de la rivière, du goût de tes lèvres, de la douceur de ta caresse, de l'appel tiède de ton ventre, de l'abandon infini.

Je me souviens des violences infligées à ma chair. Doux réconfort à mes tourments, tu marchais encore à mes côtés. Tu fus la première à espérer, la première à croire en mon réveil, la première à me tendre l'eau fraîche. Et quand il a fallu tout remettre en cause pour tout abandonner, tu n'as pas sourcillé. Tu as vêtu notre enfant à la hâte, j'ai emporté le baluchon, et nous avons rejoint la cohorte des fugitifs pour la longue marche.

Nous avons vécu au bout du monde, Marie, fidèles à nos serments. Nos enfants ont grandi, nos compagnons se sont multipliés. Le temps a passé et ce matin j'ai couvert ton corps de cette terre ocre gorgée de soleil que tu aimais tant. Je ne m'y étais pas préparé, Marie.

À l'heure des comptes, je ne regrette pas une seconde, pas ce premier baiser sous l'oranger, pas ce péché dans les hautes herbes près de la rivière, pas même l'abandon d'une vie promise à l'exception, mais sans toi, ni cette couronne d'or que d'autres regards posséderont. Car tout ce que j'ai vécu dans ma vie, et quoi que j'aie décidé, c'était par amour. Et mon amour, Marie, c'était toi.

Vendredi 13

Juillet 2012
Jour 1
Saint-Maximin-la-Sainte-Baume

– Vous êtes le policier envoyé par Marseille ?

– Commandant Cosentino.

– Mes respects, mon commandant. Adjudant Martin, adjoint de la brigade territoriale de Saint-Maximin. Je suis l'OPJ en charge de l'enquête côté gendarmerie. Le major Kuhlmann vous verra plus tard, il a dû filer à la mairie.

Thomas Martin s'est dressé sur les jambes : salut réglementaire, petit doigt sur le pli de la couture, talons qui claquent. Il se met au repos et vérifie, par réflexe militaire, la longueur de ses cheveux en se passant la main sur la nuque.

– Heureux de vous accueillir, poursuit-il en tombant le képi. Nous avons reçu le fax du SRPJ tôt ce matin, la co-saisine du procureur, votre fiche. Café ?

– Non merci. Briefez-moi.

– … Prenez un siège, le temps que j'allume mon PC.

Martin contourne son bureau et envoie sa carcasse fatiguée sur un fauteuil bancal en skaï gris. Il transpire. Le commandant ne lui a pas serré la main et ça le contrarie. Dehors, un vent mauvais remonte la vallée de l'Argens et soulève la poussière jusqu'au-dessus des toits. L'Arc est à sec. Les viticulteurs se plaignent. Les vacanciers se réjouissent.

– Alors ? insiste Cosentino en déboutonnant le col de son polo.

L'écran de l'ordinateur tarde à obéir. Thomas Martin tente de gagner des délais.

– Sale affaire, mon commandant. Sale affaire… Janette Mouriès était une enfant du pays. J'ai les photos de la scène de crime si vous voulez. Tenez.

– Où est le corps ?

– À la Timone. Le légiste doit être en train de la charcuter, la pauvre.

– J'aurais préféré que vous ne touchiez à rien.

– Eh oui ! Je m'en doute bien. Je l'ai dit, au major. Mais nous sommes en zone gendarmerie : brigade territoriale autonome. Ici, personne ne pouvait prédire que le proc demanderait le renfort de la PJ. Sans parler qu'il fallait libérer la basilique au plus tôt à cause des travaux, sans parler des touristes à gérer et des fêtes de la Marie-Madeleine qui approchent à vitesse grand V. On n'a fait qu'obéir aux ordres.

Max Cosentino fixe un instant son interlocuteur dans le blanc des yeux puis il disperse les épreuves sur la table de décharge. Il ne peut s'empêcher de grimacer, malgré l'habitude.

– Qu'en pensez-vous ? demande-t-il au gendarme après quelques secondes de silence.

Martin se lève, refait le tour du bureau et se plante dans le dos de Cosentino. Il remet ses lunettes, se penche en avant. Par-dessus l'épaule du policier, il inspecte les clichés comme s'il ne les avait jamais vus.

– Ben… Ça fout la trouille ! conclut-il enfin en retournant s'asseoir.

– Comment ça, « Ça fout la trouille ! » ?

– Ben oui. Ça fout la trouille... Vous avez vu le tableau ? Je ne comprends pas…

– Disons que j'espérais un avis objectif. Un gendarme, ça doit en voir de toutes les couleurs, non ? Alors, « Ça fout la trouille ! », « Ça fout la trouille ! », ça ne veut pas dire grand-chose.

– Écoutez, mon commandant, je comprends que vous soyez *vénère* d'avoir la maréchaussée dans les pattes, mais c'est réciproque. Les enquêtes de police judiciaire, on sait faire, en gendarmerie. Alors moi, les lubies des juges, j'y peux rien.

– Je sais, vous ne faites qu'obéir aux ordres. Ça ne m'arrange pas non plus, cette fantaisie. Confier l'affaire à la fois à la PJ et aux pandores… Je préfère mener mes enquêtes comme je l'entends. Seul.

– Qu'est-ce que vous voulez que je vous dise ? Moi *pandore*, vous *flic*, c'est comme ça.

– Pas très courtois comme mot.

– Pareil que *pandore*, mon commandant. Si vous voulez, vous n'avez qu'à dire que moi, je suis gendarme, et moi, je dirai que vous, vous êtes policier. Comme ça, tout le monde sera content ; courtois, comme vous dites.

Martin bascule son siège en arrière. Cosentino le fixe à nouveau. De fines gouttelettes perlent sur les tempes du gendarme. Dehors, le vent redouble de puissance et s'acharne sur les double-vitraux. Un nuage de poussières enveloppe la gendarmerie.

– Parlez-moi de l'enfant du pays.

Martin se redresse en soufflant, extirpe un carnet froissé d'un petit sac à dos posé à ses pieds, se lèche l'index droit et trouve la bonne page.

– Janette Mouriès, 70 ans, sans domicile fixe. Célibataire, pas d'enfant, sans emploi. Famille originaire de Trets, le village d'à-côté, où Jean-Charles Mouriès, son lointain cousin, un abruti, s'est pas mal foutu de la mort de sa lointaine cousine quand je lui ai annoncé la mauvaise nouvelle.

– Et ?

– Et c'est déjà pas si mal ! Mais je peux remonter jusqu'à la septième génération si vous voulez.

Cosentino se gratte la tête et observe les deux cernes profonds qui soulignent les yeux fatigués de Martin. La nuit a dû être longue.

– Un de mes gars rédige la fiche de renseignements, poursuit l'adjudant. Je l'appelle, si vous voulez.

– Attendons qu'il ait fini. Qui a découvert la victime ?

– Un groupe de touristes australiens a donné l'alerte à Jacques Badolato, le boutiquier de la basilique, lequel nous a aussitôt téléphoné. Ça venait de se passer ; elle vivait encore. J'étais de permanence, j'ai appelé le légiste et les pompiers. Et comme j'étais libre de toute enquête, le major Kuhlmann a demandé au capitaine de me confier l'affaire. J'ai désigné deux volontaires et quand nous sommes arrivés, c'était trop tard. Elle avait succombé à ses blessures. La brigade de recherches s'est pointée dans l'heure et la suite, vous la connaissez.

– Pas d'autres témoins ?

– Non, il n'y avait personne dans la basilique. Le curé était chez l'évêque à Toulon et les maçons ne bossent pas le jeudi matin.

– Et le public ?

– D'habitude la basilique est ouverte de 7 h 30 à 19 h 30. Mais pendant les travaux, ça n'ouvre qu'à 10 heures.

– Je ne comprends plus. Que faisaient les touristes à l'intérieur si ça n'ouvre qu'à 10 heures ? Et… Comment l'appelez-vous déjà ?

– Jacques Badolato.

– C'est ça.

– Jacques a les clefs. Il arrive à la boutique dix ou quinze minutes avant 10 heures et laisse le portail principal de la basilique ouvert derrière lui. Il faisait très chaud hier matin, encore plus qu'aujourd'hui, c'est dire. Les Australiens ont déclaré l'avoir vu entrer et, comme il n'avait pas refermé à clef derrière lui, ils l'ont suivi pour prendre le frais.

– Bien… Comment l'avez-vous retrouvée ?

– Qui ?

– Eh bien… la victime !

– Je viens de vous le dire. Un groupe de touristes australiens a donné l'alerte à Jacques Badolato et il nous a appelés…

Cosentino fronce les sourcils. La journée aussi va être longue…

– Mon adjudant, je reformule ma question : pensez-vous que le corps aurait pu être déplacé avant que le labo ne l'emporte ?

– Drôle de question. Elle était comme sur les photos : la tête vers le nord, près des marches de l'escalier, et les pieds au sud, côté reliques de Marie-Madeleine. Janette était allongée sur le dos, le bras gauche tendu… vers la gauche.

– Vers l'orient.

– Sûrement. Côté chœur, c'est l'est. Elle a dû descendre en premier. Le type l'a suivie et l'a frappée par-derrière. Regardez les gros plans. Trois coups dans la nuque et quatre dans le haut du dos : colonne vertébrale, omoplates. Elle n'avait aucune chance de s'en tirer. D'après le toubib, l'arme du crime serait un marteau arrache-clou. Sur chaque impact, les collègues de la BR ont relevé deux traces parallèles qui correspondraient aux deux becs d'acier entre lesquels on glisse la tête du clou pour l'arracher. Vous êtes bricoleur ?

– Ma femme aurait aimé…

– À l'occasion, je sortirai ma caisse à outils du garage pour vous montrer l'engin.

– Merci, mais je sais à quoi ressemble un marteau de charpentier.

– Tout à l'heure, nous irons à la crypte. Vous verrez. Il y a du sang dans les impacts, sur la cuve.

– La cuve ? interroge Cosentino.

– La tombe. Un caveau creusé dans la pierre et décoré de sculptures à l'extérieur. Il y en a quatre dans la crypte. C'était la mode du temps des Romains. Le gars qui en voulait à Janette Mouriès a pris le marteau pour démolir la scène centrale d'une des cuves. Tenez : le rapport préliminaire que la BR a faxé ce matin.

Max Cosentino saisit le paquet de feuilles agrafées, tourne les pages, aussi concentré que lui permet son épouvantable mal de crâne, et relève la tête.

– J'aimerais bien voir les témoins.

– Ils nous attendent devant la basilique. Mais avant nous avons rendez-vous avec les gens de la mairie.

– En quel honneur ?

– Saint Maximin est un village, mon commandant. Les travaux dans la basilique prennent du retard. La fête annuelle de la Marie-Madeleine aura lieu dimanche en huit. Le maire est à fond ; le comité des fêtes ne dort plus ; les associations patrimoniales, pareil. Ils veulent vous rencontrer... C'est tout ce que je sais.

– Et vous ne faites qu'obéir aux ordres... Alors vite, car nous avons du pain sur la planche. Que faisait Janette Mouriès dans la crypte ?

– D'après Jacques Badolato, elle avait rendez-vous.

– Avec qui ?

– On aimerait bien le savoir ! Peut-être avec le salopard qui l'a tuée. C'est l'avis de Jacques… Sinon… Je ne sais pas, moi. Avec un rôdeur ou quelqu'un qui aurait voulu l'empêcher de parler ?

– Qu'est-ce qui vous laisse croire ça ?

– Juste avant de mourir, elle a dit des choses bizarres à Joshua Mandylor, l'interprète australien. « Be not a fake », « Bennô Teufique ». Un truc genre.

– Et alors ?

Martin exulte. Pour la première fois depuis que Cosentino est entré dans son bureau, il reprend l'avantage. L'espoir change de camp, le combat change d'âme. Waterloo devient Austerlitz.

– Et alors, mon commandant ? Vous allez être content ! Je me doutais bien qu'il y avait quelque chose d'important de ce côté-là. Hier soir avant de rentrer au pavillon, je suis repassé par le bureau pour trifouiller sur Internet. J'ai tout mon temps. Et j'ai trouvé « Benoîte-Affique » grâce aux corrections automatiques de mon moteur de recherche.

– Comment ça ?

– Ben… Je ne sais pas, moi. Vous tapez « Léonard de vingt scies » et le truc vous le corrige tout seul en « Léonard de Vinci ». Pratique, non ?

– Ma foi. Et qu'est-ce que c'est que votre… benoîte à fric ?

– Affique !

– Une liqueur de moine ?

– Ne vous moquez pas.

Martin se remet à transpirer. L'intermède a été de courte durée. Il met sens dessus dessous la paperasse empilée sur son bureau.

– Ah ! Voilà ! J'ai trouvé ! Il s'agit de… attendez ! Je lis : « Il s'agit d'un bijou du Trésor de la Collégiale Sainte-Waudru à Mons en Belgique ». Une sorte de broche qui représenterait les Rois mages.

– Je ne vois pas le rapport…

– Ben si : un crime similaire au nôtre y a été commis l'année dernière en avril. Mêmes éléments que dans notre affaire ! Ou quasi ! 1) Le crime a lieu dans une église, 2) la victime est une femme, et 3) les reliques d'une sainte sont pillées. J'ai trouvé l'article d'un journal belge qui relate l'affaire… *La Province* ! À ne pas confondre avec *La Provence*.

Martin affiche la page sur l'ordinateur, tourne l'écran vers son Cosentino et reprend son résumé.

– Vous allez voir, il y a un truc pas net. Ils disent que le sacristain a voulu « escamoter » la Benoîte-Affique. Ils ont de ces mots, les Belges ! Pour on ne sait quelle raison, l'ancien s'est fait prendre en flagrant délit par une étudiante.

– La victime…

– Oui, enfin… Presque. Il l'a ratée. Il a baissé son froc et a voulu la violer. Le slip sur les talons ! Dans une église, c'est glauque ! Le proc qui était dans le coin est intervenu par miracle et a sauvé la fille.

– Pas mal pour un procureur.

– Je ne vous l'envoie pas dire ! Il a descendu le vieux porc à coups de chandelier sur le groin ! Légitime défense pour autrui, je vous laisse imaginer le tableau. L'article parle du policier qui a mené l'enquête. Un certain... Attendez !

Martin consulte des notes griffonnées au bas d'un dossier jaune. Le voilà rasséréné comme jamais. Il ne transpire plus. Il frétille comme un ombre pêché dans l'Arc.

– Ah voilà ! exulte-t-il. Sébastien Lambert ! Inspecteur de son état ! J'ai trouvé ses coordonnées hier soir sur le site du commissariat de Mons et je lui ai envoyé un mail.

Martin ouvre sa messagerie et fait la moue.

– Il ne m'a pas encore répondu, le bougre. Pas grave : je vous rends compte dès qu'il me contacte. En attendant, je note son numéro de téléphone sur un papier et je vous le donne. Tenez. Appelez-le quand vous aurez deux minutes. Il a sûrement des choses intéressantes à vous dire. C'est 11 heures, on file voir la scène de crime ?

– ... le conseil municipal et les témoins !

– Eh ! Ils nous attendent. Je suis garé en bas, on prend ma voiture ?

*

* *

La veille, le patron du SRPJ a choisi d'appeler un de ses gars en personne. Un « papa », le divisionnaire, un grand flic qui doit sa carrière à son bilan, pas à ses réseaux, et qui n'hésite pas à lâcher le troupeau docile pour courir la brebis égarée.

Henri Depardieu et l'acteur se ressemblent comme deux gouttes d'eau : même gueule, même stature, même voix, même appétit. En PACA, les flics le surnomment *Gérard* ; en son absence, bien sûr. Le *vieux* a débuté à Marseille en 1981, l'année de la tuerie d'Auriol, un village planté à quelques kilomètres de la cité phocéenne en remontant l'Huveaune, l'année de l'assassinat du juge Michel, descendu à deux pas du Vélodrome. Le genre d'événements qui marquent au fer blanc la carrière d'un jeune pensionnaire de l'Évêché. Heureusement le minot était fait pour la bagarre. Il a gravi les échelons de la hiérarchie à la cadence de tir de son Beretta 93R (1 110 coups minute en rafale de 3 pour ceux que ça intéresse), à une époque révolue où les flics réglaient encore leur compte avec un flingue perso. Il a pas mal voyagé, plusieurs allers-retours entre Paris, Lyon et la Corse, puis il est repassé au coup par coup et c'est devenu un grand bonhomme, un expert en criminologie, une pointure discrète et efficace, le gars modeste avec du flair et des résultats, le conseiller idéal de M. le préfet. Bref, pour faire court, *Gérard* a pris du galon et du ventre, les deux rançons de la gloire.

Dans les starting-blocks pour la DIPJ de Marseille, Depardieu poirote depuis deux ans au SRPJ en attendant les ordres du starter. De son bureau trop grand de l'Hôtel de police, il règne sur un bon paquet de fonctionnaires qu'il considère comme ses enfants.

– Allo ? Monsieur le divisionnaire ? Un problème ?

– Salut Max. Bordel ! T'écoutes pas tes messages ? Je parle à ton répondeur depuis hier ! Comment ça va ?

– Désolé… Le camion de déménagement est arrivé ce matin à Aubagne sans prévenir. Avec un mois de retard ! En attendant mes meubles, je loge chez ma mère et j'avais égaré mon chargeur de batterie… C'est la galère.

– Ah ben tiens ! Tu aurais dû t'installer tout de suite à Marseille. Pour le boulot, c'était plus simple, non ? Plus près ! La route tous les jours… Quand tu finiras tard le soir, ça va devenir coton.

– Je sais, mais… avec Brigitte, je suis plus près de l'hôpital.

– Où est-elle ?

– À Valclair.

– Connais pas.

– Dans le 9e, près des Baumettes.

– Ah ben oui ! Dis comme ça… Comment va-t-elle ?

– Entre les biopsies, la chirurgie et la chimio, elle gère. Mais elle ne peut pas quitter sa chambre. Elle est forte. Beaucoup plus que moi. Elle a bien encaissé le transfert de Paris à Marseille.

– Tant mieux. Tu as quelqu'un pour aller la voir ?

– Ma mère, à Cassis. Par la Gineste, c'est à vingt minutes quand il n'y a pas de bouchon. Elle se rend disponible comme elle peut. C'est compliqué. Nous venons de perdre ma grand-mère.

– Ah zut ! Mes condoléances.

– Merci… Du coup, je m'installe dans son appartement d'Aubagne, mais avec le temps, je me rapprocherai de l'Évêché.

– Parfait. En attendant, je t'envoie à Saint-Maximin, ça te changera les idées. Tu connais ?

– Saint-Maximin-la-Sainte-Baume ? Oui…

– Une vieille retrouvée raide dans la crypte de la basilique. Affaire pas compliquée, mais chiante, l'idéal pour te remettre dans le coup après deux mois d'indisponibilité.

– Mais, monsieur le Divisionnaire… On n'est pas en zone gendarmerie, là ?

– Oui, je sais, les pandores vont faire la gueule. Mais ouvre bien les écoutilles, Max. La juge m'a demandé l'appui d'un expert et je n'ai que toi au casting. Ici, tout le monde est cul par-dessus tête. Tu as résolu l'enquête des disparues du Sacré-Cœur, non ? Tu es devenu une star des journaux télévisés, non ? Tu as fait la une des quotidiens, non ? Comment aurais-tu voulu que je dise non ? Pour qu'elle me reproche plus tard de ne pas avoir joué le jeu ? Sûrement pas ! Alors point barre. Les églises, ça te parle : c'est toi qui t'y colles.

– Mais… je ne suis pas un expert des religions. À Paris, j'ai eu de la chance. Je connaissais du monde. J'avais mes indics. Ici… Je débarque. J'ai quitté la Provence depuis plus de vingt ans et…

– … et c'est tant mieux ! Tu apporteras un œil neuf ! Un ancien du Quai des Orfèvres né entre Marseille et Toulon pour enquêter sur un crime commis au pied du mont Aurélien ! Quoi de mieux ? Tes origines font de toi le gars qui va bien, mon vieux. Je te donne carte blanche. À part la juge, tu n'auras de compte à rendre qu'à moi : en ligne directe. Tu as rendez-vous demain à 10 heures à la gendarmerie de Saint-Maximin avec un certain Martin, adjudant de son état. Nous avons transmis la paperasse aux gendarmes. Des questions ?

– Qui est le juge d'instruction ?

– *La* juge d'instruction, mon vieux, *la*. Le procureur t'a collé Manon Padovani. Affaire Moulinas, ça te parle ? Une gamine de 13 ans assassinée dans un collège.

– Ce n'était pas en Haute-Loire ?

– Si. Mais depuis le 1er juillet, notre petite amie sévit en Provence. Et elle n'a pas que les hauts talons qui rayent le parquet, si tu vois ce que je veux dire. Pour te faciliter le boulot, j'ai prévenu les services qu'ils devaient traiter tes demandes en priorité.

– Il y a urgence ?

– Si on veut. Cette année, le député et l'évêque participeront aux festivités de la Marie-Madeleine. Pourrait même y avoir un ministre. Du coup, il y aura le ban et l'arrière-ban, la presse et *tutti quanti*. La basilique doit être accessible le 22 juillet. Autre question ?

– Eh bien… c'est-à-dire que… non…

– Alors c'est parfait ! Je fais confirmer ton arrivée à Saint-Maximin et je passe un coup de fil à Manon des sources. En attendant, recharge ton portable et embrasse Brigitte de ma part.

Boîte à figues

Vendredi 13 juillet 2012
Jour 1 – 11 heures
Saint-Maximin-la-Sainte-Baume

– Madame, messieurs, major, bonjour. Je suis le commandant Max Cosentino du SRPJ de Marseille. La juge d'instruction m'a désigné pour assister les gendarmes de Saint-Maximin dans leur enquête sur les circonstances de la mort de madame Mouriès.

Cosentino exhibe sa carte de police pour la forme. Tout le monde le croit sur parole ; le major Kuhlmann grommèle.

Tirée à quatre épingles dans un tailleur *Chanel,* hauts talons vernis et coloration de l'avant-veille, Danièle Favre s'agrippe bec et ongles à sa cinquantaine. Elle excuse le maire, « retenu à Toulon par des soucis bien plus importants », et signale avec insistance que « monsieur Blanc espère que l'enquête sera terminée avant dimanche en huit ». Décidément…

Cosentino ne relève pas le gant. Aux côtés de l'adjointe à la Culture se tortille un individu tout essoufflé. Il arrive à peine et tend une main moite à faire pitié.

– Thierry Mille, président de l'association des Fidèles de la basilique.

Le brave ruissèle de transpiration, ce que Danièle Favre ne manque pas de lui reprocher en le fusillant des yeux. Outre son titre, l'homme tient à préciser le rôle de son association, « chargée d'assurer le rayonnement et la protection du patrimoine architectural, culturel et religieux ». Dont acte.

La soutane du troisième personnage trahit sa vocation.

– Mon fils, je suis le père Simon. Bienvenue à Saint-Maximin malgré les circonstances pénibles qui nous réunissent ce matin. Janette était une brave femme. Je la connaissais depuis mon arrivée à la Paroisse en 1973. Dieu garde son âme ; elle repose aujourd'hui près de Lui.

Le curé secoue la main du policier comme si sa vie en dépendait. Un large sourire étire ses joues grassouillettes et creuse des petites fossettes de part et d'autre de sa bouche.

– Monseigneur l'évêque est au courant, mais il n'a pu venir, poursuit-il. Il m'a désigné pour le représenter. N'hésitez pas à me solliciter tant que ce doit.

Martin tire la manche de Cosentino et signale un groupe resté à l'écart.

– Ce sont les touristes australiens, les témoins. Ils ont passé la nuit dans un hôtel près de l'autoroute. Un fourgon est allé les chercher ce matin pour que vous puissiez les entendre. Ils montent sur Paris dimanche soir et reprennent l'avion à *Charles-de-Gaulle* mercredi prochain. J'ai envoyé un signalement à la police des frontières de Roissy. On ne sait jamais.

– Bien joué…

– Jacques Badolato est à l'intérieur. Le boutiquier de l'association…

Max Cosentino s'étonne :

– Vous n'avez pas interdit l'accès à la basilique ?

– Ben…

– Non ! À la demande des autorités ! intervient le major Kuhlmann.

Danièle Favre et Thierry Mille balancent la tête pour acquiescer, à la façon des chiens en carton posés sur la plage arrière des voitures. Le père Simon, désespéré, écarte les bras comme s'il invitait les deux larrons à tendre l'autre joue.

– En revanche, poursuit aussitôt le commandant de la BTA, j'ai ordonné à Martin de mettre en place un cordon de sécurité autour de la crypte avec deux plantons. Personne ne peut s'en approcher. La nuit, la basilique est fermée à clef et mes hommes montent la garde sur le parvis. Ils garent leur fourgon devant le porche.

– Bien... Mon cher Martin, interrogeons tout de suite les touristes du bout du monde, comme ça ils ne rateront pas leur Airbus.

Max se retourne pour arrêter les notables qui viennent de lui emboîter le pas :

– Madame, messieurs, mon Père, nous avons vos numéros de portable (Martin confirme en hochant la tête) et nous savons où vous trouver. Je vous laisse à vos obligations, merci de vous être dérangés. Mon adjudant, nous deux, nous entrons dans la basilique.

Le temps a amputé la façade du grand édifice gothique. Une tour – le clocher ? – semble avoir été arrachée de la nef par un titan en colère. Les moellons de l'ancienne structure affleurent comme des cicatrices béantes et témoignent de la souffrance du bâtiment.

Ici, pas de Christ triomphant sur le fronton, pas de porche enrichi de statues des quatre évangélistes, des douze apôtres, des papes et autre menu fretin grillant en enfer ; pas de pilastres ni de fins chapiteaux, encore moins de frises ou de bas-reliefs. Les cavaliers de l'Apocalypse ont tout balayé sur leur passage.

À l'entrée, dans la première chapelle à gauche, l'association des Fidèles de la basilique a installé la fameuse boutique destinée à recevoir les pèlerins et les touristes. Le voyageur y trouve, selon son goût, les avis personnels plus ou moins cocasses de Jacques Badolato sur le sens de la vie, des ouvrages d'histoire locale de bonne facture, et des objets de dévotion, bougies, statuettes et autres médailles en toc à l'effigie de Marie-Madeleine.

Max y rassemble son petit monde. L'un des témoins s'est adressé à la victime avant qu'elle rende son âme à Dieu.

– *Do you speak french* ? tente le policier avec un accent à faire pleurer.

– Oui monsieur, je suis l'interprète.

– Ah ! Vous parlez français ! Très bien ! Monsieur… ?
– Joshua Mandylor.
– Monsieur Mandylor, vous êtes le dernier à avoir parlé à la victime ?
– Oui.
– Que faisiez-vous dans la basilique ?
– J'ai déjà dit ça au monsieur gendarme. Nous n'avons pas voulu entrer dedans l'église, mais hier il était très chaud dehors. Et c'est toujours froid dans les églises. Alors j'ai dit à tout le monde d'aller dedans. Jimmy, ce garçon (il désigne du doigt un adolescent boutonneux à l'air ahuri), il venait avec moi et nous avons vu la crypte. Jimmy a entendu quelqu'un en bas qui… qui…
– … qui gémissait, précise Martin.
– Yes… « Qui gémissait ». Nous étions allés en bas et nous avons vu la vieille femme qui saigne aussi. J'ai dit à Jimmy de chercher les secours. Et tout de suite, il part en courant.
– Vous êtes donc resté seul avec la victime pendant quelques secondes ?
– Oh ! Plusieurs minutes. Parce que Jimmy ne revenait pas déjà.
– Et que s'est-il passé ?
– La femme, *a beggar*… Elle… (« une mendiante ! » coupe Martin). Oui, c'est ça, « une mendiante ». Elle m'attrape, très fort comme ça (Mandylor empoigne la main de Max) et elle parle. Mais ce n'était pas bon. J'entends mal. J'ai dit ça au monsieur gendarme.

– Répétez au commandant ce qu'elle a marmonné, insiste encore Martin.

– Je…

– Ce qu'elle a « dit »», traduit Cosentino en se dégageant.

– Je n'ai pas bien compris… *Ben at a fake?* Un genre de chose comme ça. Et elle était morte quand le monsieur, là, il revient avec Jimmy.

Cosentino se tourne vers le *monsieur-là*.

– Vous êtes Jacques Badolato, le boutiquier de la basilique?

– Boîte à figues! Voilà ce qu'elle a susurré dans l'oreille du mangeur de kangourou: boîte à figues! Elle mendiait encore! Elle avait toujours faim!

Max dévisage le type, la face blême à force de ne pas voir le jour, le corps maigre, courbé vers l'avant, les jambes et les bras frêles. Il porte un pull-over des années 70 et un pantalon en velours marron qui n'a jamais dû croiser de machine à laver.

– Vous travaillez depuis longtemps à la boutique?

– Depuis le début. Tous les jours de 10 heures à midi et de 13 heures à 18 heures. Rien ne m'échappe. Je vois tout. Je sais tout.

– Parfait. Vous allez donc m'expliquer ce qui s'est passé hier matin.

– Pauvre! Ce ne sera pas difficile. Un bon gros quart d'heure après l'ouverture, cette bande de zouaves est arrivée à la boutique en mâchouillant du chewing-gum. Grosse panique! Le petit Jimmy entre en criant dans mon local. Il est effrayé, le minot. C'est le moins qu'on puisse dire! «Oh, *gari*!», je lui dis. Il me tire par le bras. Il est pressé, le minot! Je recule de quelques pas, mais il insiste. Je ferme ma caisse à double tour, je suis prudent. Je le suis en vitesse jusqu'à la crypte et je vois Janette allongée dans son sang. Elle tient la main de l'interprète. Il essaye de lui parler, mais elle négocie **déjà** avec saint Pierre.

– Vous êtes descendu vérifier?

– Qu'elle était raide? Pauvre! Sûrement pas! Pour qu'on m'accuse? Allez hop! En cinq sec, je fais gicler les Wallabies de la mêlée et j'appelle Thomas.

– J'étais de permanence, confirme Martin. Il était pile 10 h 30. Mais… Jacques, tu oublies le principal.

– Hein? Ah oui! La vieille avait rendez-vous.

Max fronce les sourcils.

– Comment le savez-vous?

– J'arrive sur la place une petite demi-heure avant le service pour boire un coup avec les copains. Nous l'avons vu se pointer et arriver direct sur nous à la terrasse du *Bar en Provence*. C'est moi qu'elle cherchait. Elle m'a demandé si je n'avais pas vu quelqu'un traîner dans les parages. Ben non! J'avais vu *dégun*! L'association ne me paye pas des clopinettes pour faire caméra de surveillance! Je lui ai dit et elle est partie ronchonner dans son coin.

– Quelle heure était-il?

– Ben… Avant d'ouvrir! Je ne sais pas, moi… 10 heures moins le quart? Dans ces eaux-là… En tous cas, pas 10 heures. J'ouvre, à cette heure-là. La mairie m'a donné la clef au début des travaux.

– Vous n'avez donc aucune idée de la personne qu'elle devait rencontrer ?

– Non, mais figurez-vous que j'y ai réfléchi. La vieille avait rencart avec l'assassin. Logique, non ?

– Pourquoi la victime aurait-elle donné un rendez-vous dans la basilique ? Ils auraient pu, comme madame Mouriès et vous, se rencontrer dehors.

– Ah ça, jamais ! La basilique, c'était chez elle. Janette vivait dedans et Madame recevait à domicile.

– Bien, je vous remercie. Si vous n'avez plus rien à ajouter, vous pouvez disposer.

Martin a pris les dépositions des témoins et Max a consigné le boutiquier sur place : interdiction de quitter le village sans prévenir les autorités.

Sur ordre de Martin, un des plantons raccompagne tout le petit monde dehors, au grand dam de Badolato qui doit fermer boutique.

Cosentino et Martin avancent sous la nef, serrent la main du second factionnaire et enfilent les protections d'usage, combinaisons, gants et autres couvre-chaussures. Grimés comme des cosmonautes, ils descendent les escaliers qui conduisent à la crypte. La position du corps de Janette Mouriès a été représentée au sol par un trait à la craie. Sur la dernière des marches, Martin retient le policier par le bras.

– Excusez, mon commandant. Nous voici dans le troisième tombeau du christianisme...

– Génial.

– ... après le Saint-Sépulcre à Jérusalem et la tombe de saint Pierre à Rome.

Comme le commandant ne réagit pas devant tant de savoir, Martin sort ses notes, prend des airs d'agent immobilier, se racle la gorge et déclame de bon cœur.

– La crypte forme un quadrilatère de 16 m^2 et des poussières (4 x 4 font 16, précise-t-il à voix basse). Elle est orientée nord-sud, le sud étant devant nous. À droite, le sarcophage de saint Sidoine, l'aveugle à qui Jésus a rendu la vue (c'est dans le *Nouveau Testament*) ; en face, dans l'espèce de grand trou sombre, le sarcophage de Marie-Madeleine avec, derrière les barreaux, ses reliques : sa tête et un morceau de peau tombé de son front (à ce qu'on dit) ; à gauche, au fond, le sarcophage de saint Maximin, qu'on appelle aussi sarcophage des Saints Innocents (allez savoir pourquoi) ; et là, le sarcophage de Sainte-Marcelle, celui que Janette Mouriès montrait du doigt au moment de sa mort.

Max avance au fond de la crypte, intrigué par l'étrange tête de morte à chevelure d'or. Après un instant d'hésitation, il se tourne vers son guide.

– Impressionnant… C'est le crâne de Marie-Madeleine ?

– On le dit.

– Les panneaux de verre autour des caveaux ont été brisés.

– Oui, côté est, à gauche, « l'Orient » ; en revanche, à droite et au fond, c'est intact.

– La vitre est cassée. Et après ?

– C'est au tour du sarcophage. Quelqu'un s'est acharné à le massacrer à coups de marteau. Attendez !

Martin s'agenouille et fouine dans sa petite musette bleu marine écussonnée « Gendarmerie ». Il en extrait une plaquette.

– C'est un bouquin sur la crypte. Je l'ai emprunté hier soir à la boutique. Regardez la photo du sarcophage : quatre personnages, deux aux extrémités et deux au centre. Aux extrémités, saint Pierre et saint Paul ; à gauche l'apôtre des Juifs (le vieux barbu), et à droite, l'apôtre des païens (l'intello chauve). D'après l'auteur du bouquin, ceux du centre seraient Jésus-Christ et le gars qui s'est fait enterrer dedans. Seuls les deux personnages du centre ont été détériorés : Jésus et l'inconnu. Regardez de plus près, vous verrez des traces de coup dans le marbre.

Max se penche en avant.

– Vous les voyez ?

– Hum… Oui.

– Ce sont les entailles laissées par l'outil qui a servi à briser la vitre de protection. Un vrai massacre !

– Le marteau de charpentier. On devine le sang dans les marques, constate Cosentino à la grande joie de Martin.

– Exact. Mais si vous permettez, nous y reviendrons plus tard. Avant, j'aimerais vous montrer autre chose. Enfin… Façon de parler. Vous n'avez rien remarqué ?

Max fait un petit tour d'horizon, regarde le plafond bas, le sol poussiéreux.

– Non…

– Les gravats ont disparu.

– Ma foi, c'est très juste, comme le marteau. La brigade de recherches a dû les embarquer.

– Non, j'ai demandé aux collègues et au légiste. Ils n'ont rien retrouvé à part quelques miettes et de la poussière sans intérêt. Quelqu'un a emporté les déchets.

– Ils ont regardé derrière les cuves ?

– Derrière, dedans, dehors : rien. Étrange, non ?

– Ce qui est étrange, c'est que les reliques de Marie-Madeleine soient restées intactes ? Troisième tombeau du christianisme ! C'est vous qui l'avez dit. À cause d'elle, non ? Ses ossements ont donc une valeur bien plus importante que les sculptures de cette cuve, là… de…

– … de Sainte-Marcelle !

– Vous trouvez ça logique ? Pourquoi en aurait-on davantage voulu à ce sarcophage plutôt qu'aux trois autres ? Et surtout, plutôt qu'au curieux crâne enrobé d'or que voici.

– Je n'en sais rien… Hier, en inspectant la scène de crime, les gars de la BR ont trouvé un bouton de pantalon. Je l'ai emporté à la gendarmerie.

– Ça peut être celui d'un témoin ?

– Non. J'ai vérifié.

– Ou d'un badaud ? Ici, sauf erreur de ma part, c'est entrée libre. Non ?

– Ben… oui, le jour.

– Selon vous, qui aurait pu en vouloir à Janette Mouriès ?

– Personne. C'était une sans-abri appréciée. Elle lisait l'avenir dans les lignes de la main des touristes. Les commerçants l'entretenaient, pour pas qu'elle s'en aille, je pense. Vous parlez d'une attraction ! Le curé la tolérait dans la basilique, ça lui faisait de la compagnie. Thierry Mille aurait bien aimé s'en débarrasser, mais il avait le ban et l'arrière-ban contre lui. Il était obligé d'avaler la pilule chaque matin. Quant à la mairie, dès lors que Janette se tenait tranquille, ça faisait un souci de moins pour les services sociaux… Je ne vois pas qui aurait pu lui en vouloir.

Max inspecte les recoins de la crypte, mais cette fois avec l'œil de l'enquêteur : les taches d'humidité au plafond, les murs froids, les angles suspects, le sol glissant. Puis il revient scruter le crâne de Marie-Madeleine qui l'intrigue plus que de raison, et s'intéresse à la représentation du corps sur le sol.

– Vous l'avez donc retrouvée dans cette position, la tête près des marches.

– Ben dites donc, mon commandant, vous insistez ! Oui. Comme ça : allongée sur le dos et le bras gauche tendu vers l'est.

– Et question empreintes et ADN ? Les gars du labo ont effectué des prélèvements ?

– Ah ça oui ! Plusieurs centaines d'empreintes digitales, de traces de pas, des ongles rognés, des cheveux, des chewing-gums, des restes de sandwichs, des papiers de bonbons, le bouton, et même un mégot. Au bout d'une demi-heure, ils ont renoncé.

– Eh oui… « Entrée libre ». Mais pour le sang prélevé dans les traces de coups de marteau ? Analyses en cours ?

– Demain, c'est week-end. Quarante-huit heures de patience, mon commandant.

– Je vais appeler la juge d'instruction et rencontrer le légiste au plus vite.

Martin jette un coup d'œil à sa montre. Il est presque midi.

– OK ! conclut Max après s'être retourné une dernière fois sur l'étrange reliquaire bardé d'acier. Je file ranger mes affaires à l'hôtel et on se retrouve dans une heure.

– Rejoignez-moi au bureau quand vous aurez déjeuné, je vous offrirai le café. Il est dégueulasse, mais au moins nous serons tranquilles pour discuter.

*

* *

Patrice Arnal a rencontré sa vocation très tôt, quand l'ORTF diffusait encore des images en noir et blanc sur des télévisions grosses comme des machines à laver. Avec son calot scotché sur la tête, sa carrure d'athlète et son sourire vissé aux lèvres, l'homme en grande blouse avait impressionné le gamin en culottes courtes. « C'est un professeur ; c'est un chirurgien. Un grand Monsieur ».

Arnal avait bu les mots de sa mère comme un communiant avale des paroles d'évangile ; son intelligence et son empathie naturelle avaient permis le reste. Il s'était retrouvé quinze ans plus tard sur les bancs de la fac de médecine et le temps l'avait emmené dans un cabinet de l'institut de cancérologie de Valclair, avec une plaque à son nom sur la porte.

À midi comme chaque jour que fait Dieu, Arnal s'assied à son bureau et contemple la photo du professeur Carpentier, son idole et mentor. Il aurait pu choisir cardiologie, comme lui, finalement le destin l'a conduit en oncologie.

Quelqu'un brise le voyage en frappant à la porte. Arnal éteint par réflexe son portable et demande à l'infirmière d'entrer.

– Professeur ? Désolée de vous déranger. Elle n'a pas dormi de la nuit et elle pleure encore…

– C'est bon, je monte.

Brigitte Cosentino est assise au pied de son lit, les jambes ballantes dans le vide. Arnal observe ses petits pieds fragiles au bout de ses deux jambes trop grêles. Elle a encore dû maigrir.

Brigitte relève la tête et se force à sourire. Elle aime cet homme franc qui se bat à ses côtés dans sa lutte contre la fatalité.

Arnal approche le fauteuil et s'installe à portée de main de sa patiente. Elle peut sentir son après-rasage, distinguer ses rides en étoile autour de ses yeux, observer les gouttelettes de transpiration qui s'ourlent sur son front.

– Vous ne lui avez pas encore dit ?

– Non… Je n'y arrive pas.

Brigitte ferme les yeux.

C'était l'été 1992 à Pointe-Rouge. Au début du mois de juillet, ses parents avaient quitté Marseille pour la Corse et elle avait invité ce petit étudiant en droit qui lui faisait du gringue. Elle l'avait entraîné dans sa chambre à l'étage. Toutes les fenêtres étaient ouvertes. Le vent salé invitait le cri des *gabians* faméliques dans la villa. Elle s'était allongée nue dans ses draps froids et Max avait posé des baisers sur son ventre.

– Brigitte ? Est-ce que vous voulez qu'on vous aide ? insiste Arnal.

– Non, professeur. Je dois le faire.

Da Vinci Mons

Vendredi 13 juillet 2012
Jour 1 – 13 h 30
Saint-Maximin-la-Sainte-Baume

Cosentino s'est posé à l'Hôtellerie du Couvent royal. Le cloître adossé à la basilique a été reconverti en hôtel bon chic bon genre et les Dominicains remplacés par des touristes. La « cellule » est un peu chère pour une solde de flic, mais elle évitera les allers-retours quotidiens à Cassis, et l'initiative calmera l'impatience du divisionnaire. « Tu es un flic du 83, le régional de l'étape ; la psy a donné son feu vert, alors implique-toi ».

Une bonne douche, un tee-shirt propre, et voilà le roi de la montagne assis au bar à dévorer un jambon-beurre.

– Allo, maman ? C'est moi.

– Ah ! Max ! Tu es où ?

– À Saint-Maximin. Sur une affaire. Je travaille.

– Tu travailles ? Je croyais que tu devais emménager chez Mamé.

– … Maman ! Ne recommence pas ! Je t'expliquerai, c'est un peu compliqué et je ne pouvais pas refuser. Je n'ai pas envie d'en parler.

– Comment ça, tu n'as pas envie d'en parler ? Je suis ta mère. Tu peux tout me dire.

– Maman… Je t'en prie, pas maintenant…

– Tu as toujours été comme ton père. Ce n'est jamais le bon moment. Et l'appartement de Mamé ?

– Les déménageurs ont débarqué hier sans prévenir. J'ai tout laissé en vrac. Tu peux passer voir Brigitte à l'hôpital ? Je devais lui apporter des bricoles que j'ai déposées dans un sac chez Sophie, la voisine. Tu vois qui ?

– Oui, la vieille Pénadès. Heureusement qu'elle est là, ta pauvre mère, même si tu ne peux rien lui dire. Je vais aller à Aubagne tout de suite et je pousserai jusqu'à Marseille. Ta femme va s'inquiéter. Tu aurais dû l'appeler. Qu'est-ce que je lui dis ?

– La vérité. Que j'ai dû filer en vitesse pour le boulot et que j'ai pris une chambre sur place. Depuis vingt ans, elle connaît la rengaine.

– Tu vas être absent longtemps ?

– Au moins tout le week-end, peut-être la semaine.

– Essaie quand même de lui téléphoner…

– J'appellerai demain matin. Je t'embrasse.

Max raccroche, paye son repas et sort dans la rue déserte. Un kilomètre à pied sous le soleil criminel, ça n'use pas que les souliers. Il prend son courage à deux mains, remonte la rue de l'Hôtel de Ville, tourne à gauche dans la rue de Strasbourg et pousse jusqu'à la traverse Saint-Jean. « Puis le boulevard du même nom et c'est toujours tout droit jusqu'à la gare », a promis le barman de l'Hôtellerie. Le gars a dû oublier une ruelle ou deux.

Max entre dans la station-service du supermarché et achète une bouteille d'eau qu'il vide d'un trait. Il est en nage. « La Gendarmerie ? Vous y êtes presque. Traversez la ligne de chemin de fer et c'est au rond-point. Vous ne pouvez pas la manquer ».

En effet. Cosentino aperçoit le bâtiment surmonté de son immense antenne. Il sonne. Le planton le reconnaît et lui ouvre.

– Je préviens l'adjudant.

– Pas la peine, je sais où c'est.

Max grimpe un escalier et, au bout d'un couloir triste, mais frais (les clims tournent à plein pot), Martin le rejoint.

– La vache, mon commandant ! Vous êtes noyé ! Vous auriez dû appeler, on serait allé vous chercher.

– Pas grave.

Une fois dans le bureau, Martin sert comme promis le redoutable jus (qui n'est pas si mauvais que cela). Puis le gendarme ouvre le cadenas qui verrouille une armoire en fer gris et empoigne un carton estampillé *MOURIÈS. J.*

– Le voilà, le fameux bouton trouvé dans la crypte.

– Un bouton carré. Un peu spécial, non ? Pour un bouton de pantalon. Ça vous ennuie si je l'emprunte ?

– C'est votre enquête, mon commandant. Vous faites comme vous voulez. Le tout, c'est de noter votre petit emprunt sur le registre. Là : nature, date, heure et signature.

Max se plie à la procédure.

– Je me demandais, poursuit Martin, concernant l'arme du crime, si le meurtrier…

– Ou la meurtrière !

– Oui… Si l'arme du crime est un marteau arrache-clou, un outil de coffreur pour être précis, c'est que le crime n'était pas prémédité. Les gars qui travaillent dans la basilique laissent leur fourbi sur place chaque soir, j'ai demandé à Floréal Roubaud, le patron de la boîte. Je vois la scène d'ici. Le type – ou la femme – arrive au rendez-vous. Ça se passe mal, ça s'engraine, ça s'envenime. Le gars ramasse l'assommoir que les ouvriers ont laissé traîner. Et paf paf, paf et repaf ! Vous me suivez ?

– Sauf si l'assassin savait qu'il trouverait un marteau-arrache-clou sur place.

Cette fois, c'est Martin qui est noyé. Il s'est mis à transpirer comme un grimpeur à l'assaut du mont Ventoux.

– Quelqu'un du cru aurait prémédité le coup ?

– Il est encore un peu tôt pour l'affirmer. Vous allez établir la liste de tous ceux qui se trouvaient hier dans la basilique pour de bonnes raisons : les maçons, les prêtres, les guides touristiques, les architectes, les gens de la DRAC et qui sais-je encore ? Personne n'a eu l'idée d'installer des caméras dans la basilique ? Pas même l'association dans leur boutique, pour les vols ?

– Non… Mais je retiens l'idée. Faudrait en toucher un mot à Thierry Mille.

– Dommage. Je vais retourner cuisiner l'ami Badolato. Tant pis pour sa sieste et ma chemise.

– Vous rigolez ? Deux gendarmes vont relever les gars de garde à la crypte. Ils vous déposeront devant la basilique. Un autre café ?

*

* *

Les récentes mises à jour du CV de Jacques Badolato présentent des arguments qu'un enquêteur digne de ce nom ne peut négliger. En toute logique, Max a décidé de l'entreprendre entre quatre-z-yeux. Sans son public, l'ancien jouera moins au Tartarin.

L'homme piétine sur le parvis de la basilique lorsqu'il aperçoit le commandant descendre de la voiture des gendarmes. Visage défait, il le rejoint.

– J'habite à deux pas. J'ai fait vite. J'espère qu'il n'y a pas de problème !

– Pire que le meurtre d'une pauvre vieille ? Je n'en vois pas pour l'instant, réplique Max sans complaisance. Allons étudier la question à l'intérieur, suggère-t-il en désignant la basilique d'un coup de menton, nous serons au frais.

L'un des gendarmes qui battaient le pavé devant la crypte vient ouvrir, casse-croûte en main. Max et Badolato s'installent sur un banc après que le boutiquier s'est agenouillé et signé plusieurs fois.

– Monsieur Badolato, vous connaissiez bien Janette Mouriès ?

– Je suis du village et elle aussi, pour ainsi dire… Nous avions à peu près le même âge. On travaillait au même endroit. Enfin… Travailler… Pour elle, c'est beaucoup dire… Je la connaissais, oui.

– Vous deviez la supporter tous les jours, si j'ai bien compris.

– Pauvre ! Ne m'en parlez pas.

– Au contraire ! Donnez des détails !

– Ben…

– Vous êtes au courant de tout ce qui se passe sous cette voûte, non ?

– Au courant de tout, au courant de tout… C'est beaucoup dire...

Badolato regrette d'avoir parlé trop vite, ce matin. Il fait cependant amende honorable :

– Janette Mouriès était une clocharde. Elle vivait dans la basilique depuis toujours.

– Depuis toujours ? Précisez.

– Eh ! J'en sais guère... Je me suis marié la première fois en juillet 1979, là (d'un coup de menton, il indique le chœur), elle bricolait déjà dans le secteur. En 2008, quand l'association a créé la boutique, elle rôdait dans le coin. Nous sommes en 2012, elle est encore là. Ça fait un bail qu'elle règle la circulation dans les travées !

– Trente-trois ans. Vous la trouviez sympa ?

– Janette Mouriès, sympa ? J'en sais guère… Moi, je ne voulais pas qu'elle traîne à la boutique. Alors quand elle débarquait quand même, on se prenait le bec. Elle bénissait des médailles à l'effigie de Marie-Madeleine ! Pauvre ! Faut pas exagérer ! C'est l'affaire du curé, ça !

– Les pèlerins s'en plaignaient-ils ?

– S'en plaindre, les pèlerins ? Vous rigolez ! Ils lui demandaient ! Les gens la trouvaient aimable, gentille…

– Sympa, en quelque sorte.

– Si ça vous chante… Ils lui donnaient de l'argent. Et pourtant, elle était crasse comme je vous dis pas ! Elle avait toujours un peigne à dents sales dans les cheveux que même pas mon chien je l'aurais brossé avec ! Elle puait à cent mètres. Une horreur, je vous dis ! Une sainte horreur ! Elle *péguait*.

– Le maire, le curé, le président de l'association : personne n'y trouvait rien à redire ?

– Bien au contraire ! Ça faisait l'animation ! Pour un billet, un bon repas ou un coup à boire, la vieille bique prédisait le bonheur aux touristes. « J'ai un don », qu'elle leur disait. « J'ai été choisie ». Elle hallucinait, la pauvre vieille ! Elle prétendait recevoir des messages de l'au-delà. N'importe quoi ! Elle disait avoir des visions : des biches, des femmes qui sortaient des arbres. Elle affirmait avoir rencontré Jésus un jour qu'elle descendait de la Sainte-Baume. Elle était encore plus timbrée qu'une lettre à la Poste… Moi, ça ne me plaisait pas ces histoires de voyance, surtout dans la maison du Seigneur ! C'est un lieu saint, ici. Je vous dis, faut pas mélanger les genres ! Je ne suis pas trop croyant, mais quand même !

– Pas trop croyant ? Vous venez de vous agenouiller devant le chœur et de vous signer au moins trois fois !

– Oui, ben... Je suis prévoyant. Y'en a qui prétendent qu'elle faisait des miracles, qu'elle guérissait des maladies. Y'a des *fangoules* dans le village qui vous le confirmeront. Et des médecins de Marseille qui sont venus l'interroger, demandez à la mairie.

Max se lève pour se dégourdir les jambes. Il invite Badolato à l'accompagner jusqu'à la crypte. Cela lui fera du bien de marcher un peu. Les deux hommes contournent une monumentale chaire enroulée autour d'un pilier. Une petite grille noire cadenassée les bloque devant les escaliers qui descendent à la scène de crime.

– Vous dites qu'elle vivait dans la basilique depuis toujours ? Mais où passait-elle ses nuits ? Dans la rue ? Dans un dispensaire ?

– Elle dînait souvent au presbytère avec le père Simon, surtout l'hiver quand la nuit tombe tôt. L'été, elle traînaillait tard le soir dans les rues piétonnes du village. Quand elle était bien fatiguée, elle rejoignait sa chambre, si je puis dire. Juste là.

Badolato désigne un coin sombre situé près de l'entrée.

– Elle dormait dans la basilique ?

– Pour ainsi dire. Personne ne vous l'a dit ? Suivez-moi. Je vais vous montrer son *cafoutche*. Mais il faut sortir, car c'est dehors et dedans à la fois.

Badolato entraîne le policier à l'extérieur. Le village est vide, pas un chat dans les rues ; la canicule a découragé le chaland.

Le binôme contourne les fondations du clocher de la basilique et se retrouve en face de l'annexe de la mairie. Fier comme Garlaban, le boutiquier désigne une sorte de passage voûté, creusé dans le soubassement du mur sud de l'église.

– C'est là ! Baissez la tête parce que c'est pas bien haut !

Max descend en premier sous le plein cintre, pousse une petite porte branlante et, dès que ses yeux se sont accoutumés à l'obscurité, découvre, estomaqué, l'antre de Janette Mouriès. À se demander comment une vieille dame pouvait bien se faufiler là-dedans…

– Il n'y a pas de lumière ? interroge Max.

– Y'a des bougies ! Heureusement qu'Badolato a toujours un briquet sur lui !

Fier-à-bras allume les chandelles et autres cierges qui, au fil des mois, des années peut-être, ont dégouliné le long des parois de la minuscule cavité où deux personnes tiennent tout juste, trois en se serrant, mais pas quatre. Un minuscule tabouret, un strapontin en guise de table et une couche pliée en trois donnent à l'alcôve des semblants de cabinet médical.

– Elle dormait et recevait ses clients ici, ajoute Badolato au but de quelques secondes.

Sur le mur du fond, trois planches disposées en guise d'étagères portent sans distinction des symboles de religions et de croyances : des statuettes de dieux, de saints, une Artémis d'Éphèse, un méli-mélo hétéroclite d'images plus ou moins sacrées, des fleurs de lotus, un ichtus chrétien et une croix solaire moulés dans de l'argile, un svastika même, aux côtés d'une étoile de David. Janette Mouriès qui ne devait pas manquer de souplesse n'excluait ni culte, ni confession, ni provocation.

Sur une calligraphie du nom d'Allah sculptée dans du bois d'olivier, elle avait accroché des chapelets polychromes. Aux bras d'une statuette de la Vierge Marie, elle avait noué des capteurs de rêves indiens. Entre deux petits bouddhas en albâtre, elle avait calé un crucifix démesuré, une photo en noir et blanc du Mahatma Gandhi, et, sur un tiki venu des îles Marquises, accroché des gris-gris africains.

Par le prompt secours d'un groupe de visiteurs chinois, elle avait encore élargi son horizon et proposé une adaptation très personnelle de l'art du Feng shui. Sous un *ciel de case wayana*, elle avait fixé, dans un désordre soigneusement agencé, une multitude d'ex-voto offerts par ses consultants. Des « Merci Janette », les plus nombreux, des « J'ai été exaucée – exaucé », beaucoup de « Merci Marie-Madeleine », encore et encore des « Merci » tout court, en bleu, en noir, en rouge, en vert, et même au gris de l'éphémère crayon de bois, mille témoignages anonymes fichés dans la cire au moyen de petites épingles à tête colorée.

– Je comprends pas comment ce bordel a jamais cramé !

Badolato ne croit pas si bien dire. Mais c'est le mur à l'opposé des ex-voto qui retient l'attention de Max. Sans le portrait de Marie-Madeleine, il serait nu. Intrigué par cette mise en quarantaine insolite, le policier s'approche. Il souffle sur le verre pour chasser la poussière et tire sur le cadre. Les garnitures cèdent. Le poster tombe.

Max décroche ce qui reste du « tableau ». Une petite niche se dévoile. Après un moment de surprise et la désapprobation de Badolato (« Ça va nous porter malheur ! »), il plonge la main dans le trou profond. Il en dégage un sac de jute et une sorte de tube en acier galvanisé qu'il ouvre aussitôt.

– C'est quoi, ces trucs, demande Badolato ?

– On dirait un sac d'os humains… Et un parchemin enveloppé dans un vieux linge. C'est écrit en latin.

– Il y a un sceau, regardez.

– J'ai vu. Ne touchez à rien, c'est fragile. Vous pouvez attendre dehors, s'il vous plaît ?

Le boutiquier se vexe et sort. Le policier s'assied sur la paillasse, mais Badolato revient aussitôt pointer le bout du museau.

– Dites, excusez-moi, mais y'a Martin qui arrive. Vous avez encore besoin de moi ?

– Non, vous pouvez y aller. En revanche, vous ne devez pas quitter le village. Vous pourriez encore m'être utile.

– Ça pour sûr. À bientôt, monsieur l'inspecteur de police. Vous savez où me trouver !

Martin et Badolato se croisent et s'interpellent à mots couverts (« Il a trouvé le manuscrit » ; « Et toi, t'es un con » ; « *Qué* ? J'ai rien fait ! » ; « Si. T'as encore ouvert ton bec ! »). Le gendarme hausse les épaules et se jette dans la gueule du loup. Inutile de repousser l'inévitable aux calendes grecques.

– Alors, vous avez trouvé l'abri de Janette ?

– M'ouais ! marmonne Max, furibard. Vous étiez au courant qu'elle vivait là ?

– Eh !

– J'aurais préféré l'apprendre de votre bouche !

– J'aurais aimé vous prévenir, mais depuis votre arrivée vous courez partout comme une chèvre ! Désolé de le dire, mais c'est la vérité. On dirait que vous êtes ailleurs. Vous risquez l'insolation et quand je vous parle, vous m'écoutez à peine.

Max va riposter, mais il marque un temps d'arrêt. Il songe à la « psy » de la PJ qui lui conseille de « ralentir », de « prendre du recul », de « laisser filer ». Pas de refuser le combat, mais d'éviter de l'engager. Elle a de ces mots, celle-là ! « Ça passera, vous verrez ». Max ne croit pas. Il plonge la main dans la poche droite de son pantalon. La boîte est là, tout aplatie. Il n'a toujours pas avalé ce foutu médoc pour dépressif avancé.

– Bon, Martin, je n'ai pas envie de jouer. Vous embarquez le toutim et vous interdisez l'accès au capharnaüm. Faites barricader la porte. Ça (il montre le parchemin et le sac en toile de jute), pièces à conviction ! Je veux que ça parte tout de suite au labo à Marseille.

Martin se gratte la nuque ; il temporise. Max remarque son jeu.

– Quoi ?

– On pourrait envoyer les scellés à l'*IRCGN*… On sait faire aussi, en gendarmerie…

– Écoutez... Épargnons-nous une guéguerre des polices. Rendez compte si vous voulez à votre capitaine, mais tout va à Marseille, point barre. Allez-y vous-même ou envoyez un type de confiance. C'est urgent. Là-bas, demandez Loubet, capitaine Loubet, une vieille connaissance. Dites-lui que vous venez de ma part et que c'est prioritaire, elle comprendra. Je veux savoir d'où viennent ces ossements ; je veux savoir qui a écrit le manuscrit et quand. Une fois qu'elle a les infos, dites-lui de m'avertir. Je descendrai à Marseille dans la foulée.

– Reçu, mon commandant, je m'en occupe moi-même. Lambert a répondu à mon mail. Du coup, je lui ai téléphoné. Vous vous souvenez ? L'inspecteur belge, la Benoîte-Affique et le tremblement.

– Oui, et alors ?

– Et alors, il sait des choses. Je lui ai dit que vous alliez le recontacter dans la foulée. Il attend votre appel.

– J'ai égaré le papier que vous m'avez donné. J'ai dû le laisser à l'hôtel. Je n'ai plus le numéro.

– Je m'en doutais. Tenez.

Martin tend un pense-bête à Max qui l'attrape, grimace, traverse la rue et part s'asseoir sur les marches ombragées de l'escalier de la mairie annexe.

Les cigales chantent à tue-tête. Il compose le numéro et après avoir recommencé deux ou trois fois à cause du préfixe et du zéro à enlever – ou à ajouter ? – il parvient enfin à joindre son homologue belge.

Après quelques formules de politesse et les deux minutes réglementaires consacrées aux présentations, Lambert résume l'affaire Villehardouin.

– C'était le 8 avril 2011, une date qu'on ne *sait* pas oublier par ici. C'est la veille de la date anniversaire de la mort de la sainte patronne du Hainaut. Nous avons retrouvé le sacristain de la collégiale raide mort dans le chœur au pied du maître-hôtel. Le type était allongé sur le dos, une relique de sainte Waudru plantée dans le ventre, le pantalon baissé sur les chevilles et la tête défoncée par un chandelier. Vous voyez le tableau !

– J'ai découvert dans un article de *La Province* que c'était l'œuvre de votre procureur. Un sacré bonhomme ! Il a sauvé la fille que la victime tentait de violer si j'ai bien lu.

– Tout à fait. Un drôle de type quand même, mis en examen pour homicide. Mais bon, il va plaider la légitime défense pour autrui et il s'en sortira.

– Cela semble vous décevoir.

– Il n'est pas clair dans l'histoire, mais enfin… Nous avons fait notre travail, laissons la justice faire le sien.

– Et la fille, quel rôle jouait-elle dans cette affaire ?

– Emma Leroy, dans les 28 ans, une Française qui étudiait les bijoux du Trésor de la collégiale. L'inspecteur principal Delorme dirigeait l'enquête ; c'était mon chef, à l'époque. Il a vite découvert que la demoiselle s'était faite manipuler du début à la fin par le procureur Vandervelde, son amant. Eh oui… Le Trésor de la Collégiale compte parmi ses merveilles une broche qui aurait appartenu à sainte Waudru, la Benoîte-Affique.

Ce bijou date du Moyen Âge. De quand exactement ? Des experts sauraient vous le dire mieux que moi. Toujours est-il que Villehardouin s'apprêtait à publier un document affirmant que cette broche représentait trois personnages, Jésus, Marie-Madeleine et leur enfant. Rien que ça ! D'après l'inspecteur principal Delorme, Vandervelde avait séduit Emma Leroy pour approcher Villehardouin, le père génétique de la fille, mais, surtout, pour atteindre ses dangereuses preuves. Vandervelde n'avait qu'un souci : faire disparaître cette maudite breloque à tout prix, quitte à briser des vies.

– Et il aurait agi seul ?

– Delorme avait son idée. De ce qu'il m'a dit, Vandervelde appartenait à un très ancien groupe catholique traditionaliste d'origine flamande, mais sans aucun lien avec le clergé catholique romain. Une bande de mythomanes qui avaient décidé de faire disparaître les preuves de la descendance de Jésus, lequel aurait été marié avec Marie-Madeleine.

– M'oui…

– Je sais ! Vous pensez au film avec Tom Hanks et la petite Française, là, Audrey Tautou. Tout le monde, ici, y a pensé. Un journal local a même titré *Da Vinci Mons* ! Ils avaient selon Delorme des ramifications jusqu'en Espagne. Un collègue de la police de Barcelone lui avait envoyé une fiche là-dessus. Elle est entre les mains du juge. Mon chef pensait que Vandervelde avait des complicités au diocèse et peut-être encore plus haut, mais je n'ai jamais pu établir aucun lien. Bruxelles m'a dessaisi du dossier.

– Ce qui est troublant, c'est qu'en mourant ma victime aurait prononcé les mots « Benoîte-Affique »…

– C'est ce que m'a dit votre collègue. Le lien, c'est Marie-Madeleine. Vous avez ses reliques, chez vous, dans le sud de la France.

– Ici même. Précisément sur la scène de crime.

– Allez ! Selon moi, c'est de ce côté-là qu'il faut creuser. Delorme avait demandé de l'aide à une certaine Marie Mac-Lochlainn, une professeure d'histoire chrétienne à Cambridge. Elle était en tournée de conférences chez nous. Vous avez bien en France quelqu'un du même bois pour vous expliquer.

– M'oui. J'ai quelqu'un en tête. En tous cas, merci de votre aide. Je vous rappellerai si besoin.

– Ça va.

Var-Midi

Vendredi 13 juillet 2012
Jour 1 – Au soir
Hôtellerie du Couvent royal

Le dîner servi à l'Hôtellerie est vite expédié. Max regagne ses pénates, en l'occurrence la cellule où il aimerait dormir. Une douche vite fait, un coup de rasoir, et direction les draps. Mais à chaque fois que ses yeux se ferment, le visage de Brigitte apparaît. Il aurait dû l'appeler. Il *devrait* l'appeler.

Max tâtonne de la main sur la table de nuit, fait tomber la lampe de chevet et finit par attraper son téléphone portable. 22 h 37. Ça fait tard... Les médicaments ont dû l'assommer ; il vaut mieux la laisser tranquille. Il ira à *Valclair* samedi ou dimanche ; ces tordus de Saint-Maximin lui lâcheront bien la grappe à un moment donné. Tiens ! À propos de tordus, le maire ! Il serait temps de l'interroger, celui-là. « Retenu à Toulon par des soucis plus importants » qu'un crime dans sa ville. Tu parles…

Insomnie. Quand ça veut pas, ça veut pas. Max se rhabille et descend à l'accueil. Lumières tamisées et pas un chat, le bar est fermé malgré la saison estivale propice aux veillées et autres flâneries nocturnes. Il se jette dans un fauteuil en cuir et s'empare du canard du jour, abandonné sur une table basse. La mort de Janette Mouriès fait une manchette à la *une* et un quart de page en rubrique Faits divers.

Var - Midi

Vendredi 13 juillet 2012 – Prix : 1,30 € – N° 23312

MEURTRE À SAINT-MAXIMIN

La victime a été achevée à coups de marteau

Une femme ensanglantée a été retrouvée hier matin dans la crypte de la basilique de Saint-Maximin-la-Sainte-Baume par des touristes australiens tandis que l'édifice gothique ouvrait ses portes au public. « Selon les premières constatations, la victime serait décédée des suites de ses blessures après avoir reçu plusieurs coups de marteau dans le cou et dans le haut du dos », révélait Manon Padovani, juge d'instruction, lors de la conférence de presse donnée à Toulon. L'enquête de police, confiée à la brigade territoriale autonome de Saint-Maximin, « pourrait être longue », la basilique ouverte en libre accès faisant par ailleurs l'objet d'un plan de restauration pluriannuel. Selon nos informations, aucun suspect n'a été interpellé, ni parmi les nombreux estivants qui visitent le troisième tombeau de la chrétienté, ni parmi les ouvriers qui y travaillent le matin depuis plusieurs semaines. « L'information judiciaire ouverte dès hier soir n'exclut cependant pas l'hypothèse d'un meurtre avec préméditation », a déclaré Matéo Battisti, procureur de la République. Bien que les autorités judiciaires n'aient pas souhaité s'exprimer sur ce point, l'hypothèse d'un crime « sur fond d'énigme religieuse » est évoquée par des sources concordantes. En attendant, les autorités locales s'inquiètent de la remise en cause possible des festivités annuelles liées à la célébration de sainte Marie-Madeleine.

[Infos pratiques : la basilique demeurera interdite au public pendant toute la durée de l'enquête. Pour plus de renseignements, les groupes et tour-opérateurs doivent prendre contact avec l'office du tourisme.]

Mylène MARTINEZ, *m.martinez@varmidi.com.*

Max se lève et balance le journal sur la table basse. *Troisième tombeau de la chrétienté*… Ils y tiennent ! Max imagine que l'air frais du cloître lui sera du plus grand secours, alors il s'extirpe de son fauteuil. Mais, tandis qu'il relit ses derniers SMS sous une croisée d'ogives, un crissement suspect dans les graviers l'alerte. Quelqu'un se faufile dans la cour centrale entre les buis.

En bon professionnel, Max s'adosse à un pilier et vérifie la présence de son SIG-Sauer. RAS de ce côté-là. Il se poste et se risque à un coup d'œil.

Deux ombres pliées en deux avancent à pas de loup en direction de la basilique. Le dernier croissant de lune les trahit quand elles s'éclipsent derrière ce qui doit être un puits. Elles ne pourront guère aller plus loin : d'où il s'est embusqué, Max embrasse tout le jardin intérieur et contrôle l'axe central. Il guette, telle l'araignée patiente, les mouches audacieuses qui se jetteront sans tarder dans sa toile. Mais rien ! Rien de rien !

Une minute, plus un bruit.

Deux minutes, envolées !

Trois minutes, beaucoup trop long. Il faut aller voir.

Max se coule dans l'angle sud-ouest du cloître. Accroupi derrière le muret, il ne respire plus, oreilles grand ouvertes, veines des tempes au triple galop. Toujours rien, à part la chamade des battements de son cœur qui vient couvrir le chant des grillons. Bon sang de bonsoir ! Où sont passés les satanés visiteurs du soir ?

Tel un canard en goguette, assis sur les talons, Max se dandine derrière la rangée de colonnes adossée à la basilique. Il s'arrête à nouveau, regarde à nouveau, écoute à nouveau. À nouveau, toujours rien ! À part peut-être… une porte qui grince ? Serait-ce son imagination qui joue des tours à sa conscience ?

Cette fois, fini de rire ! Max se redresse, ouvre son blouson et pose la main droite sur son holster. Du pouce, il contrôle que la languette de cuir qui entoure le marteau est en place et, de l'auriculaire, qu'un chargeur est engagé dans son logement.

– Halte là ! Qui va là ?

Pour toute réponse, un bruit de vaisselle résonne en écho sur le carrelage. Max bondit et, en effet, une porte en bois bâille dans la nuit. Elle donne accès à la basilique ! Max s'y risque et crie à nouveau.

– Police ! Montrez-vous ou nous devrons intervenir !

Son ordre résonne sous la nef comme le cri d'un fantôme dans un château hanté. Frémissements garantis. Le produit de son coup de bluff ne tarde pas. Les deux ombres réapparaissent à quelques mètres devant lui, chacune surmontée de deux bras tendus vers le ciel.

– Tirez pas, m'sieur. On n'a rien fait de mal.

– Gardez les mains en l'air. Et pas de blague, je ne rigole pas.

Les deux silhouettes sortent de la basilique et rejoignent la lumière pâlichonne du cloître. Deux adolescents, un gamin boutonneux, 16 ou 17 ans, et une fille du même âge aux cheveux défaits apparaissent.

Max referme son blouson, inutile d'effaroucher la marmaille, et montre sa carte de police pour impressionner.

– Commandant Cosentino, police judiciaire. Qu'est-ce que vous faites là-dedans ?

– Rien, m'sieur. Je voulais montrer la basilique à ma copine.

– De nuit ? Vous savez que c'est interdit ?

– Oui, m'sieur… C'est pour ça qu'on est passé par ici. Sur le parvis, y'a les gendarmes…

Le gamin n'a pas l'air d'avoir inventé le fil à couper le beurre et la fille ne paraît pas non plus avoir remporté le premier prix du Concours Lépine.

Max leur impose de s'asseoir pour ne pas se laisser surprendre par un sprint inopiné.

– Toi, mon gars, tu t'appelles comment et tu habites où ?

– Théo Roubaud, m'sieur. J'habite à Saint-Maximin, sur la route de Tourves. Mon père fait les travaux dans la basilique.

– Et toi, ma belle ?

– Léa Santini. Je suis au lycée Janetti dans la classe de Théo. J'habite chemin de Réal Vieux. Pour aller vers Rougiers, croit-elle utile de préciser. Mes parents tiennent le Super-U.

Max prend des notes à contre-lune, ce qui lui donne un air terrifiant. Les deux minots n'en mènent pas large. En habitué des interrogatoires, Max sait qu'il faut battre le fer tant qu'il est chaud. Le petit gars affirme être le fils de Floréal Roubaud, il y a peut-être quelque chose à gratter. Côté gamine, c'est moins sûr.

– Comment êtes-vous entrés ?

– J'ai la clef de la chapelle Saint-Crépin, répond Théo.

– J'ai entendu un drôle de bruit en arrivant.

– Quand vous avez crié, poursuit Léa, Théo a fait tomber des trucs par terre. C'est peut-être cassé, mais on n'a rien pris. On ne le fera plus.

– Ouais, intervient le gamin, et si vous prévenez mon père, je vais encore me faire démolir.

– La clef pour entrer. D'où vient-elle ?

– J'l'ai prise à mon père. Tous les matins à 6 heures, il ouvre aux ouvriers et à 10 heures il referme. Pour pas la perdre, il la laisse dans le vide-poche du fourgon. L'été, je travaille avec lui et l'autre soir en rentrant d'un chantier de Pourrières, il voulait un piqueur pour casser de la roche. On est rendu à creuser une piscine. Alors on est repassé par ici pour récupérer le matériel.

– C'était quand, « l'autre soir » ?

– La semaine dernière. Jeudi ou vendredi. Je m'en souviens, le mercredi, j'anime au centre aéré.

– Continue.

– On est venu prendre le marteau pneumatique et d'autres trucs.

– Et vous êtes entrés par la chapelle Saint-Crépin ?

– Non. Enfin si, mon père. Y'avait la vieille Mouriès, celle qui est morte. J'ai fait le guet dehors, des fois que des clients de l'hôtellerie passeraient dans le cloître.

Le père Simon ne veut pas qu'on entre par la porte Saint-Crépin.

– Donc, tu n'as pas bougé d'ici.

– J'ai entendu mon père et la vieille Mouriès s'engrainer. Alors, je me suis avancé et je les ai vus se déchirer pour un sac. Elle devait avoir piqué des outils. Mon père était énervé, car les ouvriers n'avaient pas travaillé de la journée et le maire ne fait rien que gueuler.

– Tu sais pourquoi les ouvriers n'avaient pas travaillé ?

– C'est des fainéants qui cherchent le moindre truc pour rien faire. Ils ont dit qu'il y avait encore des abeilles dans le mur à piqueter. N'importe quoi. Mon père a fait tout de suite venir un gars pour enlever le nid.

– D'accord. Et après la dispute, que s'est-il passé ?

– Mon père était encore plus énervé. La vieille Mouriès est partie vers l'entrée principale avec son chariot à commissions.

– Et ?

– C'était déjà 10 heures du soir.

– Vous êtes repartis par la porte Saint-Crépin ?

– On a fermé à clef et on est rentrés chez nous. Mon père gueulait comme c'est pas vrai. Il a appelé Thomas pour…

– Thomas ? Qui est-ce ?

– Ben, le gendarme. Martin. Mon père voulait qu'il fasse quelque chose. On en a marre de voir traîner la vieille sur le chantier. Personne ne lui dit jamais rien et ça peut être dangereux. Si elle tombe un échafaudage, c'est mon père qui rendra des comptes.

Max n'en revient pas : l'antre de Janette Mouriès et maintenant la porte de la chapelle Saint-Crépin ! Combien de petits secrets va-t-il encore devoir découvrir tout seul ?

– Bien. Toi, Léa, tu rentres chez tes parents et pas de bêtise ! Quant à toi, mon gars, tu me suis.

Léa Santini n'en demandait pas tant. Elle prend la poudre d'escampette en moins de temps qu'il n'en faut pour le dire que pour le faire. Max attrape Théo sous l'aisselle et l'invite à lui montrer l'endroit exact où Janette Mouriès avait trouvé l'essaim d'abeilles. Le gamin ne se fait pas prier et, à la lueur des téléphones portables, entraîne le policier de l'autre côté des stalles, au pied du mur qui sépare l'autel du Rosaire de la chapelle Saint-Michel.

– C'est là, derrière l'échafaudage, à peine à un mètre cinquante de hauteur. Faites gaffe, c'est plein de poussière.

Théo fait danser le faisceau de son téléphone sur une paroi sale.

– Là, vous voyez ? Mon père a fait reboucher avec des pierres après que le gars des abeilles soit passé. Pour que la vieille Mouriès n'y revienne plus.

– Parfait, on sort.

– Vous allez le dire à mon père ?

– Je n'ai pas le choix, mon gars.

– À cause de la vieille Mouriès que Jacques Badolato a trouvé dans la crypte ?

– Oui. Tu connais aussi Jacques Badolato ?

– C'est le boutiquier de l'association. Tout le monde le connaît.

– Ok. Rentre chez toi, je confisque la clef de la chapelle.

Le minot s'évapore dans la nuit sans demander son reste. Max en profite pour revenir sur ses pas et visiter à son tour le mur de la chapelle Saint-Michel. Il referme la porte à clef derrière lui et s'aventure sous la nef. Pas simple de s'y retrouver. La nuit, tous les échafaudages sont gris et les chapelles se ressemblent comme deux gouttes d'eau bénite. Voici le mur du Rosaire et la fissure signalée par le jeune Théo. Max retire les pierres que les ouvriers de Roubaud ont replacées à la hâte.

De l'excavation, Max extrait un sable poudreux à la main. Il enfonce son téléphone portable pour découvrir l'intérieur du trou. Le fond est encore comblé, mais plus de sable. Quelqu'un l'a tapissé d'une sorte d'enduit à la chaux. Max trouve une petite truelle à joints sur le carrelage et se remet à l'ouvrage. Une pierre lisse apparaît. Max gratte autour. L'espèce de mortier cède sans peine et un curieux vase apparaît. Max parvient à l'extraire de sa cachette, remet grossièrement le sable et les moellons en place quand la lumière de son portable s'estompe. Mode économie d'énergie. C'est du tout juste !

Max quitte la basilique avec son précieux colis. De retour dans sa chambre, il branche son portable sur son chargeur. L'écran du téléphone se rallume. 0 h 56 !

Vert de rage, il compose le numéro de Martin. Répondeur, évidemment !

– Martin ! C'est le commandant Cosentino ! Je viens de découvrir dans le cloître du couvent une porte qui donne accès à la basilique. Ce n'est pas une église, c'est un moulin à vent ! Si vous avez en soute d'autres secrets du même genre, j'aimerais bien que vous me le disiez !

Allez ! Un petit cacheton et dodo !

Surprise !

Samedi 14 juillet 2012
Jour 2 – Au matin
Marseille

Les traits tirés au couteau, Max claque la portière de sa voiture et s'extraie du *Q-Park* le dos courbé, vanné. Malgré la fatigue qui commence à s'insinuer dans ses pensées, il a préféré se garer loin, mais sûr. Jour férié + grandes vacances = encore moins de places de parking. Une petite poche adipeuse et brillante a gonflé sous chacun de ses yeux. De part et d'autre de sa bouche, deux profondes fossettes se sont creusées. Son souffle d'ex-marathonien s'est raccourci au rythme d'un lapin de pub à 2 % d'énergie. Qu'il est long, cet escalier.

En surface, la rue Saint-Pierre exhale l'odeur volatile du bitume tiède et des éternels travaux, le ronronnement des groupes électrogènes et la litanie des sempiternels bouchons. Le commandant de la PJ envoie avec lenteur un pied devant l'autre sur le chaotique bas-côté. Son pas imite celui du mari puni à qui l'épouse a imposé les patins. Il glisse sur sa vie comme le glaçon d'un *51* sur un zinc fraîchement rincé, inexorablement, sans à-coups, sans espoir de rémission.

Arrivé sur le trottoir d'en face, Max plisse les yeux et distingue La Timone, coincée entre ses paupières lourdes. L'immense conglomérat de cubes percés de fenêtres copiées-collées ressemble au jeu *Tetris* de son enfance, mais tout en nuances de gris, triste et maussade comme un long jour de pluie. Direction le frigo.

Max longe le parking réservé au personnel de l'hôpital, évite les fientes des pigeons nichés dans les platanes et atteint enfin le boulevard Testanière par l'arrière de l'établissement.

L'institut médico-légal de Marseille (*IML* pour les intimes) n'a en fait rien d'extraordinaire, contrairement à tout ce que les séries B de plus-ou-moins-polars aimeraient faire *engamer* aux profanes des enquêtes policières. À part peut-être un détail. Ici, tous les pensionnaires bénéficient d'un aller simple pour l'enfer, un code-barres accroché au gros orteil en guise de passe-partout.

Une fois la grille franchie, il faut contourner le plain-pied par un étroit passage couvert de fourmis acharnées à triturer le gazon roussi. Max pousse la porte de l'institut, il fait plus frais à l'intérieur, et se dirige vers un bureau ouvert d'où s'échappent des rires.

– Bonjour mesdames. Commandant Cosentino, SRPJ de Marseille. J'ai rendez-vous avec le docteur Navarro.

Une des filles en blouse blanche lève les yeux vers un tableau blanc décoré aux feutres de couleur.

– Ah oui ! Elle est au courant. Attendez là, je l'appelle.

À 35 ans, Sadia Navarro a touché son Graal : pratiquer la médecine légale en institut spécialisé. Pas pour le côté *gore*, ça, elle y est insensible et n'en tire aucune gloire, mais pour les mystères que les corps meurtris dissimulent au fond de leur chair, pour les secrets enfouis au tréfonds des âmes bafouées qui ne demandent qu'à témoigner. Et pour rétablir la rectitude des événements. Les cadavres ne mentent pas et changent peu d'avis. Ils ont juste besoin qu'on les écoute et qu'on traduise leur souffrance.

Voilà ce qui avait convaincu la jeune femme à devenir légiste : l'interprétariat de la dialectique des morts.

– Commandant Cosentino ?

Max se fait surprendre. Il pensait à Brigitte en tripotant cette foutue boîte d'antidépresseurs enterrée au fond de sa poche. Il se lève de sa chaise et tend la main. Il sourit pour la première fois de la journée.

– Commandant Cosentino, affaire Mouriès. Docteur Navarro, je présume ?

– Bonjour commandant. La juge d'instruction m'a prévenue que vous alliez passer. Je vous laisse enfiler les protections qui vont bien et je vous attends dans la chambre mortuaire.

La pauvre Janette Mouriès repose sur une table en aluminium percée de trous, le corps recouvert d'un drap jusqu'au cou. Max la rencontre pour la première fois. Heureusement pour elle, deux copains (à la forme des silhouettes, ce sont des hommes) lui tiennent compagnie dans cette salle froide qui ressemble à l'arrière-boutique d'un boucher-charcutier.

– Hum.

Sadia Navarro ramène Max sur Terre. Il redresse la tête et écarquille les yeux.

– Vous avez lu le rapport de levée de corps du légiste de permanence, je ne m'éterniserai pas sur les détails administratifs ni sur les examens systématiques de la procédure d'autopsie. J'irai donc à ce qui me paraît essentiel et je répondrai ensuite à vos questions si vous en avez. On est d'accord ?

– Oui, docteur.

– La victime est une femme de type européen, âgée de 70 ans. Elle paraissait en bonne santé et ne présentait aucun handicap moteur. Je dirais que l'état général était bon à part un tassement étendu à l'ensemble du rachis et une maigreur à la limite du raisonnable. Jeudi 12 juillet entre 9 et 10 heures, elle a, selon le rapport préliminaire, reçu sept coups d'un objet contondant, *a priori* un marteau de charpentier, localisés dans le dos entre la tête et la ceinture scapulaire, cette dernière incluse : trois coups dans la nuque entre C1 et C2, *C* pour *cervicale*, sur C3 en facette articulaire droite et sur le disque intervertébral entre C6 et C7. L'auteur des faits ciblait de toute évidence la colonne vertébrale. La topographie des quatre autres impacts ne permet pas d'envisager de stratégie, sinon celle de la précipitation : un coup dans la clavicule droite, un autre à quelques centimètres dans la scapula droite, le troisième dans le même os, juste en-dessous, et le dernier dans le muscle subscapulaire gauche, lequel est atteint au niveau de l'insertion humérale. Vous me suivez ?

– Oui… Doucement, mais je vous suis.

Max se passe la main dans les cheveux pour s'en convaincre.

– Alors vous comprenez, poursuit la légiste, que les causes exactes du décès ne sauraient être imputées qu'à ces traumatismes. Selon moi, ce ne sont pas les coups de marteau qui ont provoqué la mort de la victime, mais la conjonction de trois faits : un hématome sur le côté droit de son crâne au niveau du ptérion, une zone disons… circonscrite au milieu de la tempe, deux côtes fracturées dont un segment a percé le poumon droit, et une hémorragie interne, ces trois événements étant dus à une chute.

– Une chute ? Vous êtes certaine ?

– La victime a dû être poussée en avant, car elle est tombée face la première. Si elle avait choppé, elle se serait protégée par réflexe avec les mains. Là, elle n'a pas eu le temps d'anticiper. Elle a chuté de sa propre hauteur. Si elle avait glissé, elle aurait un traumatisme, un hématome, une plaie à l'arrière du crâne. J'en conclus qu'elle a été bousculée par une personne placée derrière elle, vraisemblablement sans intention de donner la mort. Surprise, la victime est partie vers l'avant, n'a pas eu le temps de se protéger des bras, mais a pu tourner le visage, d'où la blessure temporale et les côtes cassées. La mort n'est qu'une conséquence tragique de cet enchaînement d'accidents.

– Ah oui ? Et les coups de marteau ?

– À vous de l'établir, mais pour moi, c'est du maquillage. 1) l'angle de pénétration des coups démontre que la victime était en position horizontale quand elle les a reçus, et 2) le meurtrier assène trois coups chirurgicaux et quatre au hasard, le temps pressant.

– Son corps a donc été retourné et inversé, précise Max. Puisqu'elle a été retrouvée sur le dos et… la tête du côté des escaliers.

– À vous de le démontrer. Il y a encore autre chose. Regardez : elle présente des ecchymoses aux bras, au niveau des triceps et des biceps, révélateurs de pincements des muscles et de la peau, comme si quelqu'un l'avait malmenée, tirée, et des rougeurs sur la joue gauche. Son agresseur l'a conduite de force, l'a frappée au visage et l'a poussée. Elle est tombée, a perdu du sang et connaissance. Son meurtrier a paniqué et a donné les inutiles coups de marteau.

– Et vous confirmez l'heure de la mort ?

– Pour moi, entre 9 h 30 et 10 h 30.

– Ok…

Max cogite. Jeudi 12 juillet 2012 un peu avant 8 heures, Janette Mouriès sort de son antre. Deux agents administratifs prenant leur service à la mairie annexe l'ont confirmé. Il fait déjà chaud et la lumière inonde le parvis de la basilique. Les rues de Saint-Maximin ne se sont pas encore abreuvées de touristes, la vieille dame choisit donc d'aller traîner côté commerces. Elle ne s'éloigne pas, car elle va bientôt entrer dans la basilique… Badolato ! Il ouvre la basilique un peu avant 10 heures. Un quart d'heure plus tard, les touristes australiens la découvrent. Elle n'est pas encore morte. Son agresseur n'est pas loin. Les témoins font appeler la brigade de gendarmerie qui dépêche d'inutiles secours. Heure de la mort : 10 h 05 ou 07. Hypothèse de la légiste confirmée.

– Elle avait des valeurs sur elle ? reprend Max en baillant. De l'argent ? Des objets précieux ?

– Rien de bien signifiant. Quelques pièces de monnaie, deux élastiques de couleur et un crucifix cassé. Il y a aussi tous ses vêtements sur lesquels la BR a fait des prélèvements. Si vous voulez voir les scellés avant qu'on ne les expédie au greffe du TGI de Toulon, c'est maintenant.

– Non, ça ira. Nous avons trouvé ce bouton sur la scène de crime. Pourriez-vous y jeter un œil ? Voir s'il n'y aurait pas de substances dans les trous et les analyser le cas échéant ? Peut-être de l'ADN ?

– Ce n'est pas mon boulot, mais si ça peut vous rendre service…

– Génial. Et votre rapport ?

– Quelques bricoles à vérifier et j'enverrai ma copie à la juge d'instruction.

– Manon Padovani.

– C'est ça, au TGI de Toulon. J'aimerais bien procéder à quelques examens complémentaires : radiologie des impacts dans les vertèbres, microscopie des poumons et de l'estomac, toxicologie et tests biologiques sur des prélèvements de peau.

– Un doute ?

– Une intuition. Je vais demander à la *radiologie* de me faire des clichés cet après-midi. Cette histoire de coups de marteau m'intrigue.

– De toute façon, la pauvre ne s'en ira pas. Tenez-moi au courant. Je vous laisse ma carte, mon numéro est dessus. Ah si ! Une dernière chose. Votre rapport pourrait-il rester confidentiel ? Je veux dire strictement entre vous, la juge d'instruction et moi ? Pour l'instant.

– En ce qui me concerne, aucun élément autre que ce document confidentiel sous pli scellé ne sortira de l'institut. Pour ce qui est du reste, voyez avec la juge. Jusqu'à ce qu'elle en accuse réception, nous serons les deux seules personnes dans la confidence.

Et ça y est ! À peine quitté l'institut de médecine légale, retour du plomb dans les godasses. Avec toutes ces nouvelles infos dans la musette, Max se sent encore plus lourd qu'à l'aller. Lui qui espérait des réponses, le voilà reparti avec des questions. Janette Mouriès aurait été poussée *sans intention de donner la mort*. Ah, ah, ah… Mais tandis qu'il s'apprête à réviser la section « qualification des crimes et délits » de ses cours de droit, Max sent son portable vibrer dans la poche de son pantalon, près des cachetons.

C'est Brigitte :

« Tu peux passer ? », suivi de deux petits cœurs rose fuchsia.

Répondre. « Suis à Marseille. Dans 1 h. » *Envoyer*.

Et puis tant qu'on y est :

– Allo, Martin ? Vous avez eu mon message ?

– Oui, mon commandant. J'ai organisé un rendez-vous avec Thierry Mille pour visiter la basilique de fond en comble. Seulement... le camarade est à la bourre à cause des fêtes de la Marie-Madeleine et il ne peut qu'une heure demain matin avant la messe. C'est bon quand même ?

– Ben, je ne sais pas, à votre avis ? Oui, évidemment !

– Ah, super ! Je viendrai aussi. Il nous expliquera tout en détail, comme ça...

– ... m'ouais ! Et Roubaud, l'entrepreneur, vous me le dégotez aussi, celui-là ! J'ai deux mots à lui dire !

*

*   *

C'était juillet 1992 à Pointe-Rouge dans la villa de ses parents. Brigitte l'avait attiré dans sa chambre. Max s'était laissé caresser et elle l'avait pris dans la torpeur de l'après-midi. Elle s'était coulée sur son corps et avait dévoré sa chair, puis elle avait recommencé jusqu'à ce qu'il ait mal, jusqu'à ce qu'il ne puisse plus dire non, jusqu'à ce qu'il ne sache plus s'il était vivant. Enfin, il avait explosé en l'étreignant. Ses muscles tendus, son souffle bloqué, sa peau ruisselante, tout son être brutal avait éclaté en elle comme un volcan déchaîné.

– À quoi penses-tu ?

– À rien.

Brigitte tapote sur le rebord de son lit, coincée entre ses souvenirs roses et un avenir incertain. Max la connaît trop bien. Il a deviné que quelque chose n'allait pas, mais il ne dit rien. Il a appris à ne pas la brusquer, à la laisser venir seule à lui. Il retire la petite musette qu'il porte sur le dos et vient s'asseoir sur les draps éventés.

– J'ai quelque chose d'extraordinaire à te montrer, caracole-t-il en se forçant un peu.

Brigitte embrasse son front fatigué. La paume de ses mains s'empare de ses joues acérées. Tout son corps paraît avoir adopté une posture de défense contre le monde qui l'entoure. À la mort de Laurie, Max s'était jeté corps et âme dans son travail pour fuir les démons qui vivaient dans ses rêves d'enfant. Il ne s'en était jamais remis.

Brigitte pose le bout de ses doigts sur ses lèvres pâles. Il se laisse faire. Elle perçoit l'usure, la souffrance et la fatigue. Elle prend tout. Son cœur. Son âme. Son être et ses craintes. Elle est sa bouée de sauvetage, son énergie du désespoir, son phare au bout de la jetée, et cela l'effraie.

– Ah oui ? Qu'est-ce que c'est ? demande-t-elle en souriant.

Max entrouvre sa musette et en retire un curieux vase surmonté d'un couvercle. Brigitte imagine l'objet taillé dans la pierre, peut-être de l'albâtre.

– Tu as trouvé ça où ?

– Dans la basilique de Saint-Maximin.

– Ça a l'air vieux. Tu l'as volé ?

– Tu rigoles ? Emprunté. Figure-toi qu'hier soir je me suis retrouvé seul dans la basilique dans des circonstances que je te passe, en pleine nuit, et voilà que je fouille dans la faille d'un mur à la lueur de mon portable. J'y cherchais un indice et j'en sors cette antiquité.

– On dirait qu'il y a un couvercle, remarque Brigitte.

– Attends, j'ouvre.

Le vase est vide, mais il exhale un parfum éphémère. Brigitte se penche pour mieux voir à l'intérieur.

– Ça sent la violette, ajoute-t-elle.

Puis son visage se couvre d'un voile sombre.

– Max, il faut que je te parle.

Le ton de Brigitte s'est tout à coup fait grave. Max sait que les revirements d'humeur ne sont pas dans les habitudes de sa femme. C'est sérieux.

– Qu'est-ce qui se passe ? Un problème ?

– Plus que ça. Max, il faut que tu sois fort.

Des larmes inondent les joues de Brigitte. Max pose le vase sur la table de nuit et prend doucement sa femme dans les bras. Ses épaules frêles se sont encore affaiblies, son dos ne pourra bientôt plus la porter. Il n'ose pas la serrer contre sa poitrine de peur de la briser.

– Qu'est-ce qui ne va pas, mon amour ?

– Le professeur Arnal est passé ce matin. Il nous reste un an, pas davantage.

Brigitte et Max demeurent enlacés un long temps à pleurer, à se caresser les cheveux. Max veut se convaincre de garder la foi, le labo peut s'être trompé et la recherche médicale avance.

Brigitte l'assure que le professeur Arnal a promis de repasser une batterie de tests dès lundi matin. Mais elle se lasse des prises de sang, des prélèvements de toutes sortes et du martèlement des scanners, des espoirs gâchés et des éclaircies hypocrites. Elle a envie d'abandonner l'éreintante lutte, de se laisser aller au gré du courant.

– Tu as l'air crevé. Rentre te reposer.

– Je n'ai pas envie…

– Il le faut. La vie continue. Il faut continuer à vivre. Fais-le pour moi.

– Je reviens demain.

– Non. Tu travailles, demain. Tu as ton enquête…

– J'appelle Depardieu, je lui explique et s'il ne comprend pas, je l'envoie chier.

– Non, mon amour, je veux que tu vives sinon je souffrirai encore plus.

– Alors je te laisse le vase.

– Si tu veux…

Bonne question

Dimanche 15 juillet 2012
Jour 3 – Dans la matinée
Basilique de Saint-Maximin

Le président de l'association Les Fidèles de la Basilique franchit le Rubicon. *Alea jacta est !* À bout de souffle, il atteint le porche du grand édifice. Il a encore dû courir ; il est en nage, comme vendredi dernier.

– Commandant !

Max ordonne au planton venu fumer une cigarette sur le parvis de laisser entrer Thierry Mille.

– Je vous attendais.

– Désolé pour le retard. Je suis très occupé ! Les fêtes de sainte Marie-Madeleine ont lieu dimanche prochain…

– Martin m'a prévenu. Il devrait nous rejoindre d'une minute à l'autre.

– Thomas Martin ? Pourquoi ?

– Ça vous dérange ?

– Non…

– Alors tant mieux, car j'ai besoin de vos connaissances. J'aimerais en apprendre davantage sur cette curieuse basilique qui cache tant de secrets. L'adjudant m'a dit que vous étiez le plus compétent en la matière.

– Vous avez découvert la cachette de Janette Mouriès, m'a-t-on dit.

– Oui, ainsi que la porte de la chapelle Saint-Crépin. Et vous allez peut-être m'en apprendre davantage ? Mais avant, pouvez-vous me dire quelques mots sur vous ? Votre adresse, votre profession.

– C'est pour votre enquête ? Je suis soupçonné ?

– Non, que la routine, la routine, toute la routine.

Mille s'énerve sur la grosse chevalière en or qu'il fait tourner autour de son annulaire droit.

– Je suis professeur d'histoire en retraite. Je loue une petite maison à Kirbon, un hameau de Trets sur la route de Saint-Zacharie. Je suis veuf. Je vis seul. Avec un chien. En 2006, j'ai acheté un garage dans la zone commerciale de Saint-Maximin. En plus de ma pension, ça me fait un petit revenu.

– Et, depuis cinq ans, vous êtes président de l'association des Fidèles de la basilique de Saint-Maximin.

– Comme je vous l'ai dit l'autre jour en me présentant.

La chemise de Mille est détrempée. Max pousse ses pièces sur l'échiquier et lève les yeux au ciel.

– L'édifice que voici ne doit avoir aucun secret pour vous.

– J'y consacre la quasi-totalité de mon temps. En quoi puis-je vous être utile, cher monsieur ?

– À vrai dire, je me demande pourquoi quelqu'un a pris la peine de vandaliser une des cuves de la crypte. De cela aussi, vous êtes au courant, n'est-ce pas ?

Mille tire un mouchoir en tissu de sa poche et s'éponge les tempes. Il ouvre son col de chemise. La transpiration oxydée de sa chaîne en or a coulé dans son cou. Il s'en aperçoit et tente de s'essuyer. Puis il répond sans grande conviction.

– Oui, bien sûr.

– Janette Mouriès serait morte parce qu'elle aurait découvert un secret dans la crypte. Les sculptures de la cuve en question pouvaient-elles cacher la clef du mystère ?

– Dites-moi, cher commandant, vous ne m'avez tout de même pas convoqué pour me faire des confidences sur votre enquête ? Le sarcophage a été dégradé et je le regrette. Voilà une perte inestimable pour notre patrimoine archéologique, mais, ne vous en déplaise, la scène centrale de la cuve n'avait rien d'exceptionnel. Je ne vois pas quelle sorte d'énigme elle aurait pu dissimuler. Des spécialistes, et non des moindres, ont eu l'occasion de se pencher dessus. Nous vendons une plaquette à la boutique sur ce sujet. Voyez Jacques Badolato.

– L'adjudant Martin me l'a montrée.

– Vous avez donc vu les photos. Elles sont explicites. Jésus accueille un homme en prière, celui qui a commandé le précieux caveau : un lieu commun sous l'Antiquité tardive. Tous les riches patriciens commandaient leur propre mausolée. C'était l'apanage de la fortune, une façon de se payer un petit morceau d'éternité, le temps que la pierre s'effrite ou qu'un imbécile la détruise. Allez au musée d'Arles antique, vous en aurez pour votre saoul. La grande salle du rez-de-chaussée accueille des dizaines de cuves de ce genre.

– Celles de Saint-Maximin ont toujours été conservées dans la crypte ?

– Selon toute vraisemblance... Au moins depuis l'ère féodale... Personne ne sait... Les experts affirment, au regard de témoignages anciens et de photos des années 1930, qu'elles auraient été disposées autrement. Mais elles ont toujours dû se trouver là. Quelque chose vous en ferait douter ?

– Elles auraient pu être déménagées et, par voie de conséquence, leur contenu aurait pu... Comment dire ?

– Être manipulé ?

– C'est ça.

– En 1994, des archéologues ont découvert les substructions d'une église primitive au sud de l'édifice actuel, là où la vieille Mouriès avait ses quartiers. Elle logeait pour ainsi dire dans les ruines de l'église paléochrétienne. Un baptistère, peut-être encore plus ancien, y a aussi été mis au jour.

– Il y avait donc un autre lieu de culte avant la basilique ?

– Oui, comme c'est souvent sinon toujours le cas avec les églises.

– Saint Maximin aurait créé un oratoire à la mort de Marie-Madeleine et s'y serait fait enterrer. Vous croyez que c'est au même endroit ?

– Je ne crois pas, commandant, je vois. Un peu comme vous. Je suis une sorte d'enquêteur, un pragmatique. Ma passion pour les vieilles pierres l'exige. Je m'attache à des faits concrets, recoupés dans le pire des cas par d'autres sources. Maximin enterrerait lui-même Marie-Madeleine ? Puis il serait inhumé par ses disciples dans le même mausolée qui deviendrait une crypte sous l'Antiquité tardive ? Pourquoi pas. Tous ces conditionnels relèvent de la Tradition provençale. En revanche, ce qui est incontestable, c'est que Charles de Salerne, le futur Charles II d'Anjou, institutionnalise le culte de Marie-Madeleine au XIIIe siècle, ainsi que celui des saints qui l'entourent, dont Maximin.

– Pas avant ?

– À ce jour, personne n'a démontré l'existence d'un quelconque culte ou pèlerinage antérieur au XIIIe siècle. Le futur comte de Provence est un malin. Il réalise une opération politique au détriment de la famélique abbaye de Saint-Victor dont relevait la première église. Son affaire est bien ficelée. En 1279, les reliques de Marie-Madeleine sont officiellement identifiées dans la crypte. L'église primitive tombe en décrépitude. Charles en profite pour ériger la terre de Saint-Maximin en cité royale et pour édifier une église monumentale. Et le pouvoir passe du spirituel au temporel. Le neveu de Saint Louis s'empare des lieux en prenant le peuple à témoin et sa dévotion en otage. Abracadabra, fouchtra !

– Donc, rien de très sérieux sur le mausolée édifié par Maximin.

– Les archéologues ont évalué la datation de la première église entre la fin du Ve et le début du VIe siècle.

– D'accord, mais avant ? Si le corps de Marie-Madeleine a été placé dans cette première église à la fin du Ve siècle ou au début du VIe siècle, d'où venait-il ?

– Lors de la réfection du dallage de la crypte, en 1859, trois tombes paléochrétiennes ont été découvertes. Certains spécialistes affirment qu'il s'agissait de la crypte primitive, celle où Maximin aurait enterré Marie-Madeleine avant de l'y rejoindre à sa mort. Mais selon moi, cela relève encore de la légende. Sauf à découvrir une preuve concrète, toute cette mythologie restera conte de bonnes femmes.

– Quand même ! Chaque 22 juillet : la procession religieuse en l'honneur de Marie-Madeleine, la ferveur populaire, les cris d'allégresse, ce ne sont pas des fables. C'est la réalité, non ?

– Terrain mouvant, cher commandant. Revenez vite sur la terre ferme !

Max se gratte la tête et s'assied sur un banc. Mille l'y rejoint, satisfait d'avoir pu riposter.

– Et le cloître ? Quand a-t-il été construit ?

– En même temps que la basilique, ou presque. Le couvent a été élevé sur le plan classique de l'époque, quatre bâtiments reliés entre eux entourant un cloître de forme carrée. Et pour répondre à la question que vous ne me posez pas, une porte a été percée au niveau de la chapelle Saint-Crépin pour permettre aux Dominicains de rejoindre les stalles sans passer par l'entrée réservée aux fidèles. Il y a d'ailleurs une autre porte dans la chapelle Saint-Maximin. Pour le curé. Chacun son entrée.

Max souffle de satisfaction et de désarroi. Encore un trou dans la chaussette ! Il faudra demander au père Simon de lui montrer cette nouvelle porte.

– Vous voyez que j'avais besoin de vous pour m'aider à y voir plus clair, reprend Max. Un livre n'aurait pas suffi à me ramener dans le droit chemin, fut-il vendu par l'excellent Jacques Badolato… Nous avons donc, entre le VIe et le XIIIe siècle, une église gérée par les moines de l'abbaye de Saint-Victor…

– Une église primitive plusieurs fois restaurée, oui, et un ancien couvent administré par les moines cassianites de Marseille.

– Ok. Charles de Salerne y découvre les reliques de Marie-Madeleine...

– … en 1279. Elles auraient été cachées là dans la crainte des Sarrasins qui dévastaient la région au début du VIIIe siècle.

– Et il décide de faire construire la basilique par-dessus.

– Pour donner un nouvel écrin aux reliques de la Sainte. Les bâtisseurs du Moyen Âge englobent à la fois l'oratoire dit de saint Maximin, la crypte actuelle où est conservé le chef de Marie-Madeleine, et l'ancienne église. Les travaux commencent en 1295.

– Tout ça, selon vous, pour s'emparer du pouvoir local.

– Au détriment de l'abbé de Saint-Victor, c'est exact.

– Il y avait selon toute vraisemblance d'autres reliques…

– Au moins celles de saint Maximin, de saint Sidoine et de sainte Marcelle. En 1281, Bernard Gui, l'inquisiteur du *Nom de la Rose,* vient à Saint-Maximin avec quatre frères franciscains pour authentifier et inventorier les reliques. Avez-vous vu le film ?

– Un peu léger comme référence…

– J'en ai de plus sérieuses. Pour le rapport de Bernard Gui sur sa visite des reliques de Saint-Maximin, voyez le *Flores chronicorum, Vita Nicolai* et la *Notice* de Delisle *sur les manuscrits de Bernard Gui.* La bibliothèque nationale conserve ces documents. Si vous le jugez utile, vous devriez pouvoir en obtenir des copies numérisées ou consulter les originaux sur place.

– J'imagine le profil du personnage…

– Bernard Gui parlait pour ainsi dire au nom de Dieu ! Mais à malin, malin et demi. Charles d'Anjou est un filou ! Le futur inquisiteur de Toulouse arrive en pleine campagne de construction de la basilique gothique ! C'est-à-dire trop tard ! *Vox populi, vox Dei,* vous connaissez l'adage. C'est l'effervescence à Saint-Maximin, la légende est en marche et nul ne l'arrêtera plus. Pas même un inquisiteur en devenir aussi rusé que dangereux.

– Le futur comte et ses acolytes ne devaient pas la ramener.

– Je ne vous l'envoie pas dire, même si Charles n'est pas non plus n'importe qui. C'est le neveu du roi de France. Et lui-même futur père d'un saint, Louis de

Brignoles, futur évêque de Toulouse. Mais le frère dominicain est coincé par la ferveur de la populace. Il n'a pas le choix : il reconnaît les dépouilles et confirme leur authenticité. Il écrit dans son rapport avoir vu deux sarcophages. Les reliques de Marie-Madeleine se seraient trouvées dans celui de saint Maximin. Lors des fêtes de Pâques en 1295, le pape Boniface VIII établit les Dominicains à Saint-Maximin comme « gardiens du corps de la Magdeleine ». L'affaire est dans le sac ! Charles a gagné !

– D'un point de vue scientifique, quelles sont nos certitudes sur ces reliques ?

– Les ossements conservés dans la basilique sont ceux d'une sexagénaire de type méditerranéen.

– C'est Marie-Madeleine ? insiste Max.

– Marie-Madeleine serait morte le 22 juillet 63 à l'âge de 60 ans, tandis que le soleil entrait dans le signe du Lion. Les reliques conservées dans la crypte ont été analysées par les moyens les plus modernes. Il s'agirait des restes d'une femme âgée de 55 à 60 ans. Expertise anthropologique réalisée en 1974 par les docteurs Arnaud, sous la direction de l'abbé Raymond Boyer, à l'Institut d'archéologie méditerranéenne. Pas d'erreur possible. Selon certains spécialistes de la reconstitution faciale, le crâne serait celui d'une Orientale. Cela ne permettrait certes pas d'affirmer scientifiquement qu'il s'agit de Marie-Madeleine, mais si c'était vrai, voilà qui expliquerait la présence d'une Orientale à Marseille, puis à la Sainte-Baume et à Saint-Maximin. Faites-vous votre propre opinion.

– Et les reliques de saint Maximin, son compagnon ? Ont-elles aussi été identifiées ?

– …

– Pourquoi haussez-vous les épaules ?

– Parce que je l'ignore. Peut-être que les restes de Maximin se trouvaient mélangés à ceux de Marie-Madeleine, la cuve étant bisome.

Max fronce les sourcils.

– C'est-à-dire destinée à recevoir deux personnes, précise Mille.

– Alors si les ossements de Marie-Madeleine et de Maximin avaient été déposés dans la même tombe, c'est qu'ils devaient être proches, non ? Pour qu'on leur fasse partager la même sépulture.

– Je vous laisse la responsabilité de ces propos, commandant. Les reliques de Marie-Madeleine, son crâne et le *Noli me tangere*, sont dans la crypte. C'est tout ce que je peux vous affirmer.

– Mais les autres reliques… Deux crânes dans le même cercueil, quatre jambes, deux bassins, cela ne passe pas inaperçu ! Si la cuve était bisome et qu'il y avait deux têtes dedans… Bernard Gui les aurait vues !

– Il n'y avait qu'un corps auquel manquait un maxillaire et une jambe. Voyez son inventaire.

– Donc s'il y avait un second squelette dans la même cuve, et qu'il ne l'a pas vu, c'est que quelqu'un aurait pu le déplacer au préalable. Ce qui expliquerait que les experts de 1974 n'ont analysé que les os d'une femme.

– Déplacer les reliques avant l'arrivée de Bernard Gui ? Pas moi ! Je n'aurais pas osé ! Pour me retrouver au supplice ? Brrr ! Je vous rappelle que le type était une terreur née et avait droit de vie et de torture sur quiconque. Et puis, dans quel but déplacer un hypothétique second squelette ?

– Je l'ignore. Mais quelqu'un a pu transporter les reliques, remarque Max. Les Bourguignons n'ont pas eu de complexes, eux, quand ils ont pillé la Provence. Ils ont pioché dans les reliques de la basilique.

– Certes, mais en se trompant ! Ces ânes ont emporté les ossements de Sidoine alors qu'ils croyaient avoir pris ceux de Marie-Madeleine. Le clergé ne s'est pas gêné non plus. Il en a distribué un peu partout à travers siècles et campagnes. Je ne vois pas bien où vous voulez en venir avec cette histoire.

– Ah bon ?

– Ben non ! Toute cette agitation autour de la personnalité de Marie-Madeleine n'est que fantasme et paranoïa. Ce ne serait pas la première fois que des affabulateurs comme Janette Mouriès l'était, une clocharde prétendument voyante, saisissent l'occasion de remettre en cause la sainteté de Marie-Madeleine et la résurrection du Christ.

– C'est-à-dire ? insiste Max.

Thierry Mille sort de ses gonds.

– Vous savez très bien où je veux en venir. Janette Mouriès insinuait que Marie-Madeleine était la femme de Jésus. Et qu'ils auraient eu des enfants, d'abord un garçon, en Palestine, puis Marie-Madeleine aurait accouché d'une fille, Sarah, en arrivant en Provence. Elle parlait de cette peinture italienne représentant l'accouchement de Marie-Madeleine à Marseille. Le type a peint au Moyen Âge un événement qui s'est déroulé dix ou quinze siècles plus tôt! Comment voulez-vous donner un quelconque crédit à ce genre d'informations?

– Ce que je vois, moi, c'est que quelqu'un a pu y croire et peut-être, pour cette raison, commettre un crime. Je suis flic, pas historien. Je cherche un mobile, pas une source. Vous l'avez dit, tout à l'heure, nous sommes des pragmatiques.

– Vous voulez que je vous dise? Tout ça, c'est du grand n'importe quoi! Janette Mouriès a été tuée par un vagabond, un type de passage qu'elle aura aguiché, ou une bonne femme déçue à qui elle avait prédit amour et fortune.

– Peut-être…

– Oui, peut-être... Mais nous nous sommes laissé emporter assez loin de l'histoire de la basilique. Vous en savez désormais autant que moi sur notre belle église gothique.

– En sait-on jamais assez sur les mystères qui nous entourent?

– Bonne question, cher commandant. Si vous avez un doute, vous savez où me trouver. N'hésitez pas à me rappeler.

Thierry Mille jette un œil ostentatoire à sa *Rolex*.

– Il faut que j'y aille. Il est 10 heures passé. Je vais à la messe à Notre-Dame de Nazareth, à Trets, et je suis déjà en retard pour l'office.

*

* *

Max est resté seul sous la voûte de la basilique avec les deux gendarmes qui ne lâchent plus la crypte d'un pouce. Il s'éloigne et vérifie discrètement qu'il a bien rebouché la faille dans le mur qui jouxte la chapelle Saint-Michel.

Le visage de Brigitte ne le quitte plus, ni cette boule douloureuse qui lui noue l'estomac. Une larme coule sur sa joue. Il plonge la main dans la poche de son pantalon et en retire ce foutu médoc. Il perce la plaquette et avale deux comprimés.

– Ah ! Commandant ! Vous êtes là ! Désolé pour le retard, je viens de voir Thierry partir et… ça va ? Vous n'avez pas l'air bien.

– Salut Martin. Je suis fatigué. J'ai mal au dos. J'ai mal dormi. Des nouvelles ?

– Le fils Roubaud a craché le morceau à son père avant qu'il ne l'apprenne de votre bouche. Ç'aurait été pire pour ses abattis. Il avait « emprunté » la clef pour emmener sa petite copine de nuit dans la basilique. Bisous et frissons garantis !

– Et la gamine ?

– Des conneries de gosse. Je connais son père, elle va sûrement dérouiller aussi. Alors pas la peine d'en rajouter.

Max explique à Martin comment il a pu pénétrer dans la basilique à l'insu des gendarmes en faction la nuit sur le parvis. Il a décidé de garder la clef de la chapelle jusqu'à nouvel ordre. Bien entendu, pas un mot sur le canope.

– Samedi quand vous étiez à La Timone, reprend Martin, j'ai fait le point des gens qui se trouvaient dans la basilique le jeudi 12 au matin.

– Alors ?

Martin sort son petit carnet.

– L'architecte des bâtiments historiques et les gens de la DRAC ne sont pas venus. Le père Simon était au presbytère, mais il traîne toujours dans le coin. Faudra que vous lui demandiez vous-même, s'il était là. Floréal et ses trois ouvriers ne bossent pas le jeudi sur le chantier. Ce bon vieux Badolato, ben vous savez déjà, il ouvrait sa boutique à 10 heures. Et bien sûr les touristes australiens, mais eux, par hasard et sans intérêt. Chaque mardi, jeudi et samedi, deux frères aident le père Simon aux visites guidées, toutefois, au vu des événements, il leur avait dit de ne pas venir. Et c'est tout.

– OK. Convoquez Roubaud à la BTA !

Du haut vol !

Lundi 16 juillet 2012
Jour 4 – Au matin
BTA de St-Maximin

Voilà des mois que Max n'avait pas bien dormi. Le lit que lui prête sa mère à Cassis ne vaut rien. Chaque soir après avoir fermé sa porte à clef, il tire le matelas par terre et s'installe sur la moquette. Et chaque matin, même rengaine : dos cassé, paupières lourdes et mauvaise humeur.

Cette fois, la literie du Couvent royal et les fameux tranquillisants de la psy ont sauvé sa nuit. Son premier réflexe avant de se raser a été d'appeler Brigitte, mais c'est une jeune femme qui a décroché.

– Salut ! Vous êtes Max ?

– Oui…

– Moi c'est Anaïs, la voisine de Brigitte.

– Elle n'est pas là ?

– Non, mais elle m'a prévenue que vous alliez appeler et qu'il fallait vous dire qu'elle était partie faire des examens.

– Savez-vous quand elle rentrera ?

– Sûrement pas avant 18 heures. Je prends un message ?

– Non, non. Je la rappellerai.

9 heures. Max a rendez-vous sur le parking de l'hôtel dans une demi-heure. Pour tuer le temps, il est descendu prendre son petit-déjeuner dans l'aile nord du cloître où le restaurant de l'hôtel a pris ses aises. Le ciel est bleu, le soleil brille, d'où il est assis il aperçoit un nuage de moucherons danser devant la porte de la chapelle Saint-Crépin.

Un petit vent frais apporte de la fraîcheur. Un guide de l'office du tourisme entraîne des voyageurs japonais dans le cloître. Curieuse, cette imbrication du mercantile dans le spirituel.

Le garçon est un grand type sympa toujours tiré à quatre épingles. Il commence à deviner les petites habitudes de Max. Du sucre en morceau pour le café, pas de cendrier sur la table, jamais de croissants, et *Var-Midi* à portée de main. On ne sait jamais, quelquefois que Mylène Martinez récidiverait avec un nouveau scoop.

Le portable vibre. Martin qui serait en avance ?

– Allo.

– Commandant Cosentino ? Sadia Navarro, médecine légale de Marseille. Je ne vous dérange pas.

– Vous avez du nouveau ?

– Oui, concernant le marteau de charpentier. J'ai trouvé les clichés des radiographies sur mon ordinateur quand je suis arrivée ce matin. Malheureusement, elles n'ont pas permis de confirmer mes doutes sur le scénario suivi par le meurtrier. Vous vous souvenez ? Trois coups sur la colonne vertébrale et quatre au hasard.

– Vous aviez parlé de topographie…

– J'espérais trouver des éléments pour confirmer la chronologie des faits, mais rien de bien confondant. Cependant je ne me suis pas avouée vaincue. J'ai découvert en agrandissant les clichés numériques que les empreintes laissées par les coups de marteau présentaient un profil irrégulier. Comment dire ? En montagnes russes côté gauche, nettement davantage que sur le côté droit. Ce qui peut nous permettre de tirer des conclusions sur le profil du propriétaire de l'outil, à recouper avec vos indices relevés sur le terrain. Vous me suivez ?

– Oui, oui. Continuez…

– Selon moi, la personne qui se servait habituellement du marteau est un gaucher et l'utilisait à son seul usage. Vous m'avez dit qu'il y avait des travaux dans la basilique.

– Et les ouvriers aiment avoir leur caisse à outils perso…

– Exactement. Et il s'agirait plutôt d'un maçon, les charpentiers ayant, eux, affaire à une matière plus douce : le bois. Alors si vous retrouviez le marteau, nous pourrions comparer.

– Hum. Je ne sais pas. Après son crime, l'auteur des faits s'est acharné sur un sarcophage, probablement avec le même outil. Il a dû bousiller les extrémités de l'arrache-clou.

Max est perplexe. La légiste va loin en conjectures, mais il ne veut pas la contredire au risque de la voir se refermer comme une huître. Il doit la ménager, il pourrait encore avoir besoin d'elle.

– Et le bouton ? demande-t-il.

– J'allais y venir. Chou blanc. Rien, ni à la surface, ni dans les quatre orifices ; pas d'empreinte, pas d'ADN, pas de résidus. Soit il n'a jamais servi, comme les boutons de rechange cousus au fond des poches, soit le vêtement porté par celui qui l'a perdu était neuf. Seul élément qui pourrait vous aider, le bouton est en nacre naturelle. Peut-être était-il cousu sur un costume un peu spécial, de déguisement ou de reconstitution historique ? En toutes hypothèses, ancien. J'ignore si ça va vous aider.

– Je ne sais pas. Je range ça dans un coin de ma cervelle au cas où. En tous cas, merci et… n'envoyez pas le bouton au TGI avec les autres scellés. Je passerai le rechercher à l'occasion.

Max raccroche. Plus qu'à trouver un gaucher déguisé en Guignol qui se serait baladé avec un marteau de charpentier à la main dans la basilique, jeudi 12 juillet 2012 entre 9 heures et 10 heures. Foutus cachetons…

Heureusement Martin survient tandis que le garçon en nœud pap débarrasse la table.

– Eh ben, commandant ! C'est la *dolce vita* !

Max termine sa tartine de beurre grillée. Il mâchouille lentement et observe le gendarme sans répondre. Il achève son café noir et s'essuie la bouche.

– Vous avez Roubaud ?

– Il nous attend à la BTA.

*

* *

Assis sur une chaise bancale, Max consulte ses SMS et ses appels manqués au cas où Brigitte l'aurait appelé. Rien. D'une main, il range son portable dans la poche intérieure de son blouson et, de l'autre, extirpe un carnet dont il tourne les pages avec méticulosité.

Martin remarque son manège, mais garde les yeux rivés sur l'écran d'ordinateur. Ses jambes trop grandes dépassent de dessous son bureau et empêchent Max d'allonger les siennes. Tandis que le policier griffonne des notes en mâchouillant le capuchon de son stylo, le gendarme relève enfin la tête.

– Dites-moi, la légiste, là, elle vous a filé des indices ? Un suspect ? Parce que depuis quatre jours que vous êtes arrivé à Saint-Max, vous ne me parlez que *via* boîte vocale ou SMS nucléaires. Et pour ce que j'en pense, moi, Floréal Roubaud, je ne le vois pas dans le costard du meurtrier.

– Pourquoi, vous avez une piste ? grogne Max sans décoller son regard de ses notes.

– Eh, ça devait arriver ! À force de claironner qu'elle avait trouvé un secret dans la basilique, Janette a dû convaincre des envieux. Ou des béni-oui-oui que sa soi-disant découverte devait déranger.

– Un complot ? Pour l'instant, contentons-nous de définir le périmètre de notre enquête et d'interroger ceux qui se trouvaient à proximité de la crypte au moment de la mort de Janette Mouriès. Selon la légiste, l'auteur des coups de marteau pourrait être un gaucher. Nous allons déjà voir parmi les maçons. Mais tranquillisez-vous, le jour où je tiendrai une piste sérieuse, vous serez le premier au courant. Parole de flic !

– Alors je fais entrer ?

– Oui. Roubaud en premier.

Floréal Roubaud est un rustaud, à vue de nez la soixantaine ou pas loin, encore que dans le *bâtiment*, on a vite l'air plus vieux que son âge, le dos rompu par des milliers de sacs de ciment trimballés sur les épaules, les bras tordus par les pelletées de mortiers qu'on n'a pas comptées, et les mains caleuses à force de manier le manche de la truelle.

Roubaud, famille ouvrière dans le 15e, est arrivé de Marseille à la fin des années 1970, en pleine reconversion des porcheries de la vallée de l'Arc. L'avenir promettait le bonheur aux bâtisseurs de zones pavillonnaires. Quand ses parents sont morts, il a tenté le coup et, avec l'héritage, a créé sa petite entreprise dans le BTP. Il a su se retrousser les manches, ça a marché. Un mariage réussi avec Jadranka, rencontrée lors d'un voyage organisé en Croatie, lui a donné trois garçons, Branko, Luka et le petit dernier, pas très futé, Théo.

La retraite approche, mais dans ces métiers-là, on ne sait jamais quand ça se terminera pour de bon.

– C'est Jadranka qui a vu l'appel d'offres, déclare Roubaud. Elle travaille à la mairie. Elle a fait le dossier et Pierrot m'a demandé de passer un soir à son bureau. « Attention, Floréal, ce chantier dans la basilique, ce n'est pas n'importe quoi. C'est du haut vol ! » qu'il m'a dit. Je crois bien que le maire voulait qu'un Maximinois fasse partie de l'équipe des travaux. Et c'est comme ça que je me suis retrouvé avec ce pot de pus entre les pattes.

Max va se planter devant la fenêtre pour regarder passer les voitures sur la nationale.

– Je ne comprends pas monsieur Roubaud, enchaîne-t-il, c'est quand même un beau chantier. Gratifiant, ajoute-t-il après une seconde.

– Vu comme ça, c'est certain. Mais la rénovation, c'est le poker. On espère gagner quatre sous et à la fin, on ne sait jamais combien ça va coûter.

– Je veux bien vous croire. Quelle était la mission exacte de l'appel d'offres ?

– Pour ma partie, ravaler le mur de soutènement entre la chapelle Saint-Michel et l'autel du Rosaire. Mais les surprises ont pas tardé. Derrière les enduits, le mur était pourri et une faille est apparue à un bon mètre cinquante de hauteur. Elle y est toujours, d'ailleurs, et profonde ! L'architecte des bâtiments historiques veut qu'on coule une dalle au pied du mur pour renforcer l'assise, et qu'après on répare. À cause des contraintes du bâtiment, qu'il dit.

– Il a tort ?

– Non ! Mais on n'arrivera jamais à tenir les délais. On peut bosser ni l'après-midi ni le jeudi. Il y a de l'eau dans le sol et de l'herbe sur les toitures. Les charpentes menacent à cause de l'humidité et des merdes de pigeons qui s'entassent. Sans parler qu'à l'intérieur, les infiltrations coulent sur les tableaux. Un de ces quatre matins, tout le *cafoutche* va nous tomber sur la gueule ! Et c'est sans vous parler des emmerdeurs ! Les sbires de la DRAC qui mettent la pression à mes gars, Mille qui est toujours *tanqué* là, les bras croisés, à tout critiquer et à se mêler de ce qui le regarde pas, Pierrot et la Danièle Favre qui me téléphonent tous les jours pour me rappeler qu'on doit avoir fini avant les fêtes de la Marie-Madeleine !

Martin saisit l'occasion d'en placer une :

– Finir avant dimanche, ce ne sera d'ailleurs plus possible avec la mort de Janette…

– Ben déjà avant qu'la vieille passe l'arme à gauche, c'était pas tenable ! Nous, on coule *impératif* la chape samedi 21 à 6 heures en présence des inspecteurs des travaux finis. Motif : danger d'effondrement imminent ; ordre de l'architecte. Ce sera du travail à la *gachempègue* mais tant pis. Et après, l'enduit, ils ont qu'à demander aux artistes de la DRAC de le poser !

Martin, scotché à sa chaise, tape sur son clavier au fur et à mesure que Roubaud parle. Max consulte sa montre. 10 h 43. Brigitte doit être en plein scanner.

– Monsieur Roubaud, dans la nuit de vendredi à samedi dernier, j'ai rencontré Théo, votre plus jeune fils. Il était entré dans la basilique en passant par la porte de la chapelle Saint-Crépin.

– Ce p'tit con ! Il m'a dit que vous lui avez pris la clef…

– Et je la conserverai jusqu'à nouvel ordre. Qui vous l'avait donnée ?

– Quand j'ai eu le contrat, l'architecte m'a dit qu'on ne travaillerait que de 6 à 10 heures. À cause des temps de séchage à respecter. Après : ouverture au public. Alors j'ai proposé de passer par-derrière pour pas déranger quand on part et j'ai pris la clef à l'office du tourisme.

Max se tourne vers Martin qui confirme en hochant de la tête.

– Ah d'accord, c'est l'office de tourisme qui a la clef… Passons. Connaissiez-vous la victime, Mme Mouriès ?

– Janette ? Pas moyen de s'en *dépéguer* de celle-là ! Elle savait tout sur tout et profitait de tous les passe-droits de la création.

– Donc, vous la connaissiez.

– Des fois, Jadranka allait la voir après la messe. Moi, les bondieuseries, c'est pas mon truc, mais ma femme, si. Les Croates sont de fervents catholiques, pas comme nous.

– Donc oui…

– Comme tout le monde. Une vieille crado qui en savait long sur le bon Dieu, Marie-Madeleine et toutes ces histoires à grenouilles de bénitier.

– Dernière chose, monsieur Roubaud: où étiez-vous le matin du jeudi 12 juillet?

Roubaud hésite pour la première fois de l'entretien. Ses lèvres frémissent de façon imperceptible, suffisamment pour que le gendarme assis juste en face de lui s'en rende compte.

– T'inquiète, Floréal, c'est la routine, intervient Martin pour le rassurer. On demande ça à tout le monde.

Roubaud se frotte les jambes.

– Comme on travaille pas le jeudi, j'ai laissé le camion à Georges, vous pourrez lui demander. Avec Jadranka, on est partis à Aubagne dans une agence de voyages d'Auchan pour réserver trois semaines en Croatie. On va tous les automnes chez ses parents avec les gamins.

Martin fait signer la déposition à Roubaud. L'homme est droitier et a un alibi en béton, ce que les caméras de surveillance de la grande surface confirmeront. Max aura peut-être plus de chances avec les ouvriers.

Bernard Pujol, 37 ans, Guy Bonifay, 42, et Georges Tapan, 58, entrent chacun leur tour dans le bureau de Martin. Le premier est originaire de Trets, le deuxième habite à Pourcieux et le troisième à Tourves. Les trois employés confirment les propos de leur patron.

Guy Bonifay ajoute que quelques jours avant sa mort, Janette Mouriès avait été intriguée par des abeilles sorties du mur en réparation. La vieille obstinée s'était coincée entre l'ouvrage et les échafaudages pour aller voir. Alors ils l'avaient chassée « par la porte qui donne sur le cloître », avant de rendre compte par téléphone à Floréal Roubaud « occupé à creuser une piscine à Pourrières ». Roubaud leur avait ordonné de quitter le travail et les avait informés qu'il appellerait un apiculteur pour traiter l'essaim. Le type était venu l'après-midi même.

Georges Tapan, le plus âgé des trois, apparemment le contremaître, entre en dernier. Sa déclaration n'apporte pas grand-chose de plus que celles de ses deux compères. Les gars se sont servis d'un gros marteau-piqueur pneumatique pour casser l'ancienne dalle au pied du fameux mur. Il s'en souvient bien, car « ça faisait un boucan à effrayer les pigeons », et « les gars de la DRAC n'en menaient pas large ».

Il est 11 h 15. Georges Tapan, remercié par Martin pour son étroite collaboration, signe sa déposition de la main gauche.

Ça ira mieux ce soir

Lundi 16 juillet 2012
Jour 4 – Entre midi et 14 heures
Vieux Saint-Maximin

Max se fait déposer par les gendarmes devant l'entrée de l'hôtel de ville et se décide à prendre rendez-vous avec le maire. Quand il redescend sur le parvis, Badolato apparaît. Le boutiquier l'invite chez lui, à deux pas de là, sous prétexte « de révélations ».

Max consulte sa montre, il serait bien allé croquer un morceau à l'Hôtellerie cependant Badolato insiste. Il décide de se laisser faire ; c'est la « psy » qui serait contente. Il fouille dans la poche droite de son pantalon. La plaquette de médocs est là, mais il n'y a pas touché depuis la veille. Petite victoire.

Sans se parler, les deux hommes entament le bout de chemin qui les conduit dans une venelle en cul-de-sac. La ruelle est si étroite que le ciel a du mal à se faufiler entre les toitures serrées. Le boutiquier habite tout au fond de la traverse, au rez-de-chaussée d'une maison outragée par le temps. Il s'arrête devant une porte que surmonte un arc de plein cintre et tire de sa poche une clef rouillée. Il la fait tourner dans la serrure. Il pousse. Les gonds gémissent et l'huis cède.

La pièce à vivre, sombre malgré la lumière de juillet, sent le renfermé. Du linge traîne au dossier des fauteuils et sur les chaises vides. La vaisselle patiente dans l'évier depuis deux ou trois jours. Max vient d'entrer chez un célibataire endurci.

Badolato tire deux chaises, prie le policier de s'asseoir et fait sauter le bouchon d'une bouteille de rouge. Il remplit deux verres presque à ras bord, cogne le sien sur celui de son invité et boit d'un trait après lui avoir souhaité la meilleure santé possible. Puis il prend l'air grave de la confidence, se penche sur son interlocuteur et se confesse.

Selon Badolato, Janette Mouriès avait découvert les preuves de la venue de Jésus en Provence. Rien que ça ! Et c'est pour cette raison qu'on l'avait tuée. Cette terrible conclusion l'avait décidé à dire la vérité, toute la vérité, rien que sa vérité : Marie-Madeleine, saint Maximin et tout le bataclan.

Max enfonce le clou tandis que Badolato reprend une rasade de son précieux breuvage.

– Que savez-vous de saint Maximin ? Officiellement, je veux dire, précise Max.

– Officiellement ? Ah ben vous ! Bien malin celui qui répondra « officiellement » à votre question… Faudrait voir dans le *Martyrologue romain* ! Ou l'*Histoire des saints de Provence*, sur le site du diocèse. Bougez pas !

Badolato bondit de sa chaise, quitte la pièce, revient aussitôt avec une tablette numérique dernier cri et s'assied, cette fois, à la droite de son invité.

– Je me connecte... Un instant, je viens d'acheter cette saloperie et ici, ça passe mal. Ma bicoque date de Mathusalem ! C'est tout ce que m'a laissé ma bonne femme.

Le boutiquier se relève, court au salon, attrape un cadre posé à côté d'un home cinéma à moitié déballé et revient le tendre à Max. Badolato, dix ans de moins, pose en gros plan dans un costume trop neuf aux côtés d'une femme en tailleur rose.

– Chouette costume. Remariage ?

– Ouais. Elle s'est barrée au bout de six mois avec un angliche. Ah voilà ! J'y suis, poursuit-il comme si de rien n'était. Bon, je vous passe les détails... « Maximin que l'on fête à Aix le 7 juin était l'intendant de la famille de Béthanie. » Bla, bla... « L'un des soixante-douze disciples de Jésus... » Etc. Ah ! Voici le passage qui nous intéresse : « Maximin connaissait donc bien Lazare, Marthe et Marie, qu'il accompagnait lors de leur arrivée en Provence vers l'an 42 ou 43 ».

– Quand ils ont prétendument traversé la Méditerranée sur une barque ? ironise Max.

– Oui, oui. « Prétendument »... se résigne le boutiquier.

– Il les a accompagnés. Et alors ? Je ne vois pas bien le scoop.

– Écoutez la suite ! « Maximin commença à évangéliser Aix-en-Provence aidé de Marie-Madeleine ». Eh !

Eh ! « Pour célébrer la messe et prier avec elle ». Ah ! Ah ! « Dans un endroit solitaire, un tout petit oratoire, l'oratoire Saint-Sauveur ». Oh ! Oh ! Non ?

– C'est attesté ?

– Je veux, mon n'veu ! C'est de la légende officielle ! Je continue à lire ?

– Je vous en prie.

– « Maximin consacre de sa main les autels et y renferme des reliques du saint sépulcre ». Il les a ramenées de Palestine, car il en avait la garde. Faut le faire ! La couronne du Christ, un morceau de la sainte Croix, des clous de la Crucifixion, peut-être la lance, l'éponge ! C'est pas rien. Non ?

– Effectivement… Tout ça dans une barque…

– Oui, enfin… une barque. « Un esquif ! » C'est écrit là-dessus. Mais le plus important, c'est que des années plus tard, Maximin en personne enterre Marie-Madeleine dans l'oratoire.

– Il l'a donc bien connue.

– Marie-Madeleine ? Pauvre ! Ils ont traversé la Méditerranée sur un esquif, l'un contre l'autre. Ils ont évangélisé la région ensemble… Ils ont habité ensemble, dans un prétendu petit oratoire. Heureusement qu'elle l'a bien connu !

– Marie-Madeleine ne s'était-elle pas retirée à la Sainte-Baume ?

– Oui ! Oui ! Mais le jour qu'elle a senti qu'elle allait mourir, qu'est-ce qu'elle a fait ? Hein ?

– Vous allez me le dire.

– Elle est redescendue quatre à quatre dans la plaine pour retrouver son Maximin qui venait, comme par hasard, à sa rencontre. Moi je vous le dis. Ces deux-là ont dû se rencontrer plutôt deux fois qu'une. Ça ne devait pas être la première fois qu'il montait la voir.

– Simple supputation.

– Ben, tiens donc ! Une fois qu'elle descendait la montagne, ses traces de pas se sont imprimées dans la roche du côté de l'ancien château de Rougiers. Aux *Pas de Marie-Madeleine*. Je connais, je m'y suis déjà rendu avec des amis d'Auriol.

– Et alors ?

– Ben, en fait, rien à voir avec la sainte. Il s'agirait d'un truc de carrier pour découper la roche. Ça ressemble à des pas… Mais pas de fumée sans feu !

– A-t-on des éléments plus sérieux sur les liens qui se seraient tissés entre Marie-Madeleine et Maximin ?

– Pour ce que j'en sais, moi... Un homme, une femme : ma foi… Je ne sais guère ce que vous en pensez, vous, mais moi… Bon. En tout cas, « Maximin donna la communion à Marie-Madeleine et l'ensevelit ». Et ce n'est pas tout. Vous cherchez des preuves ? En voilà une : « Avant de mourir, Maximin demanda à être enterré près d'elle ». C'est une bonne intention, ça, non ? Une belle preuve d'amour ! Les gens devaient être au courant. Et c'est pas tout, écoutez plutôt : « Au IVe siècle, lorsque le culte chrétien fut reconnu dans l'Empire romain, les fidèles portèrent le corps de saint Maximin dans l'oratoire qu'il y avait en lieu et place de la crypte actuelle ».

– Je ne comprends pas.

– Ben… Réfléchissez! Aux côtés de Marie-Madeleine! Les gens devaient se douter que Maximin et Marie-Madeleine étaient en couple. Saviez-vous que les sarcophages étaient à l'époque conçus pour des époux?

– Oui, on me l'a dit.

Badolato examine la bouteille de vin, tend la main et remplit son verre. Il ouvre la porte du buffet où il attrape une assiette couverte d'un linge poisseux. D'un tiroir, il sort un couteau à lame aiguisée.

– J'ai une de ces dalles, moi! Pas vous? Ça me creuse, ces histoires!

Max ne répond pas, l'alcool ouvre l'appétit. Un vieux saucisson en bout de course fait les frais de ce silence. La pointe de l'opinel claque plusieurs fois sur l'assiette. Les pelures s'amoncellent en petit tas près du verre vide. Des morceaux de gras se coincent entre les dents de Badolato, extirpés à grand renfort de cure-dents taillés dans une allumette. Enfin, la tranche du couteau atteint le cul de la bête. Le monstre a vécu. Max peut reprendre le fil de la discussion.

– N'aviez-vous pas de soi-disant révélations, monsieur Badolato? C'est là tout ce que vous deviez me confier? Les amours improbables de saint Maximin?

– Ah pardon! C'est vous qui avez lancé la conversation sur lui. Cela dit, je sais un truc important, oui, enchaîne Badolato en haussant le ton. Et je vais vous le dire!

– Je vous écoute.

Badolato tremble comme s'il craignait le jugement dernier. Peut-être l'effet de l'alcool.

– Ben voilà. Deux ou trois jours avant sa mort, Janette Mouriès s'était disputé à la boutique avec Floréal Roubaud, l'entrepreneur qui répare la basilique. Elle disait qu'elle savait que Marie-Madeleine et Maximin avaient vécu ensemble. Qu'ils avaient même eu des enfants et... bien avant de venir en Provence ! Roubaud, c'est le brave gars du village. Pas un de ces intellos de l'association qui savent tout sur tout, passent leur temps à donner des leçons et à écrire des livres que personne ne lit. Non. Lui, c'est le type concret, entier, un maçon, si vous voyez ce que je veux dire. Pas le genre à s'émoustiller avec des fariboles. Mais la conversation s'est envenimée quand la vieille a commencé à brayer devant les touristes. Elle disait que les preuves qu'ils avaient découvertes dans l'église allaient tout changer et que personne ne pourrait plus la prendre pour une cinglée. Roubaud l'a chopée par le colbac et l'a amenée dans ma boutique. J'ai entendu ce qu'ils disaient.

– Ah oui ?

– Eh oui ! Quand y'a eu les invasions des Maures, les moines ont déménagé les reliques et le comte de Provence les a récupérées !

– Et ?

– Et c'est ce que j'ai appris en écoutant la petite scène de ménage entre Floréal et la vieille Janette. Le comte a planqué une lettre et les restes de saint Maximin dans un mur de la basilique. Pas con, l'ancien ! Tout le monde cherche toujours les morts dans le sol. Qui songerait à les chercher en l'air !

– Les reliques de Maximin ? Non. Celles de Marie-Madeleine ! corrige Max.

– Non, non ! Celles de saint Maximin ! Enfin… saint Maximin, si on veut…

Badolato fronce les sourcils. Il s'énerve :

– Oh, pauvre ! C'est ce que j'essaye de vous dire depuis une heure !

Cette fois, Badolato se dresse sur les jambes, se verse le fond de la bouteille, boit cul sec et claque le verre vide sur la table. Il s'essuie la bouche avec le revers de sa manche et beugle :

– Ce n'est pas saint Maximin ! C'est un autre ! *Boudiou !* Vous êtes flic ou quoi ? Bon sang de bonsoir ! Ça devrait gicler de votre cerveau comme le point noir du nez d'un gamin de quinze ans ! Ce n'est pas saint Maximin, ce… Ces os, c'est… Elle avait des preuves, la Janette ! Elle savait lire en latin et tout et tout. C'était ça, le secret de Janette ! C'est pour ça qu'elle s'est fait croquer le beignet ! Bon sang ! Pauvre ! Marie-Madeleine, c'est l'olivier qui cache le mont Aurélien !

– Comment ça, « Elle s'est fait croquer le beignet » ? Que voulez-vous dire ?

– Je vais aller en enfer, commandant…

Badolato heurte la table en se rasseyant et fait tomber verres et bouteille sur le sol. Des larmes coulent sur ses joues ridées. Ses mains tremblent.

Max écarte l'opinel et recule sa chaise de cinquante centimètres.

– Mais non !

– J'ai fait des méchancetés, commandant. Trop de méchancetés et du mal aux gens…

– Calmez-vous. Vous avez bu, il faut encore manger un morceau. Vous avez du pain ?

– Eh bien sûr !

– Bon, avalez quelque chose. C'est intéressant ce que vous venez de me dire, ça pourrait me servir. Je vais demander à l'adjudant Martin de passer prendre votre déposition.

– Non ! Surtout pas Martin ! Commandant, vous croyez que je vais aller en enfer ?

– Mais non, mais non. Reposez-vous. Dans une heure, ça ira mieux.

*

* *

Mohamed Boughan, « Mo » pour les intimes, est arrivé au 36, quai des Orfèvres en février 2000. Déjà douze ans ; comme le temps passe vite. Accrochée au mur dans son dos, parmi des coupures de presse d'affaires résolues et des dossards chiffonnés de semi-marathon, une photo de Cosentino détonne. SIG-Sauer au poing, sourire aux lèvres et corps athlétique moulé dans une tenue de combat bleu nuit, Max exhibe une cible-carton criblée de trous.

C'est que Mo a de la mémoire et un sens aigu de la fidélité. Il se souvient de son accueil tumultueux à la brigade criminelle, des blagues salaces et des allusions déplacées sur ses origines algériennes. Il ne s'en est jamais tellement préoccupé, il en avait l'habitude depuis qu'il était tout gosse, mais quand le capitaine Cosentino avait rué dans les brancards pour que les gars de sa section le respectent, le jeune lieutenant de police avait apprécié.

Le temps avait fait le reste, Boughan avait fait ses preuves, et plus personne aujourd'hui n'aurait l'idée de blaguer sur le teint basané et la tignasse bouclée du gamin de Bondy.

La commissaire divisionnaire Évelyne Ranucci, patronne de la BC, n'avait pas eu de mal à binômer le nouveau venu. Mo s'était retrouvé dans les pattes de Max et, à force d'interventions musclées, de planques nocturnes et de sandwiches rassis, les deux flics avaient fini par créer des liens.

Le jour du pot donné en l'honneur de la promotion de Cosentino, Mo avait punaisé la photo au mur de son bureau, en signe de reconnaissance et pour servir d'exemple. Au cas où.

– Capitaine Boughan, brigade criminelle.

– Salut Mo, c'est Max.

– Max ? C'est pas vrai ! C'est gentil de téléphoner. Je pensais que tu étais mort. Je me disais bien aussi que je n'avais pas reçu de faire-part.

– Sois pas dur avec les anciens, le bleu. Tu ne sais pas ce que c'est, toi, une mutation. Le camion de déménagement est arrivé à Aubagne il y a cinq jours… Avec un mois de retard ! Non, mais t'y crois, toi ? Je vis chez ma mère à Cassis et je dors dans un lit de gamin.

Sans parler de Brigitte pour qui il a fallu trouver une nouvelle clinique. Celle d'Aix ne convenait pas. J'ai pas mal galéré.

– Elle va bien ?

– Ça va. Et toi ? Emma, les garçons ?

– Tout le monde est à Angers pour les grandes vacances, chez mes parents. Du coup, j'ai l'appart' et le grand lit pour moi tout seul. Tu as repris le boulot ?

– Depuis quatre jours. C'est pour ça que je t'appelle, j'ai un service à te demander. Tu te souviens quand on a serré le clan des Ukrainiens, l'affaire des disparues du Sacré-Cœur ? L'experte des religions, la professeure des universités, elle nous avait dédicacé son bouquin sur les débuts du christianisme, un truc dans ce genre.

– Sa thèse. *Mythes et réalités sous l'ère paléochrétienne et l'Antiquité tardive.* Pas mal. Pointue et super documentée.

– Elle était Marseillaise, non ?

– Je crois qu'elle l'est toujours.

– Tu n'aurais pas son nom et son numéro sous la main ?

– Valentina Cigliano. Pourquoi ?

– Il faut que je la contacte dans le cadre de mon enquête. Une vieille assassinée dans une basilique.

– Décidément, t'es abonné aux églises…

– Ne m'en parle pas. Tu as encore son numéro ?

– Sûrement.

– Parfait, envoie-le-moi par SMS.

– Ok. Mais demande-lui en souplesse si c'est possible. Nous l'avons pas mal pressurisée, ici.

– T'inquiète, Mo. Je te revaudrai ça.

L'affaire des disparues du Sacré-Cœur a secoué le landerneau parisien à la fin des années 2000. Entre juin 2008 et janvier 2010, neuf femmes, 20/25 ans, plutôt jolies, sont retrouvées mortes, violées et mutilées, dans les squares qui entourent la basilique blanche. La presse se déchaîne. Les Parisiens s'affolent. Le lien entre les victimes est évident, mais l'enquête piétine.

Le ministre de l'Intérieur convoque le préfet de police et Évelyne Ranucci. Le gouvernement exige des résultats rapides. La commissaire divisionnaire pense d'abord à un violeur-tueur de prostituées, les premières constatations portaient à le croire, puis un journaliste illuminé évoque une affaire liée au clergé local, une expédition punitive conduite par l'archange Gabriel pour châtier des femmes libertines, *femen* aux seins nus et autres révoltées provocatrices à la Marie Dedieu.

Cosentino démonte les fadaises grâce au renfort de Mo et de Valentina Cigliano, et découvre qu'il s'agit de règlements de compte au sein d'un réseau ukrainien de prostitution. La presse vire sous le vent et baptise : « Les disparues du Sacré-Cœur ». Un bon article de presse, c'est d'abord un bon titre. Cosentino est bombardé commandant, le coup d'éclat valait bien une promotion-booster ; sa tête est propulsée à la une des quotidiens, la divisionnaire et le préfet en arrière-plan.

Ne sois pas bête

Lundi 16 juillet 2012
Jour 4 – Dans l'après-midi
Saint-Maximin

L'Hôtellerie du Couvent royal ne sert plus après 14 heures, mais le garçon est devenu un intime. Rendre service à un poulet de ce calibre, ça peut toujours servir ; le nouvel ami de Max dépose un plateau-repas sur le zinc. Et tandis qu'il achève ses pieds paquets tièdes sur le bord du comptoir, le pistonné ne peut s'empêcher de songer aux délires de Jacques Badolato. Délires, certes, mais en matière de confessions, un flic sait qu'il ne faut jamais jeter le bébé avec l'eau du bain. Bien sûr Martin n'ira pas prendre sa déposition ; quand le boutiquier aura décuvé et profité de sa sieste, il sera toujours temps d'aller séparer l'ivraie du bon grain.

Max consulte ses mails sur son téléphone portable. Rien de bien transcendant. Il en profite pour envoyer un SMS à sa femme. Elle le lira en rentrant quand la gamine lui rendra son portable. « Je t'appelle ce soir ».

Max hésite à ajouter un cœur, il se retient. La vie privée des Cosentino ne regarde qu'eux. Dommage. Son excès de pudeur prive Brigitte d'un rayon de soleil. Les hommes parfois sont ainsi. Par manque de courage ou trop-plein de vanité, ils négligent de cueillir les marguerites du bonheur.

– Excusez-moi, monsieur, je termine mon service à 14 h 30. Je dois fermer.

Max paye son *crème* et s'assied dans le cloître pour tuer le temps. Trente minutes plus tard, il pénètre dans le luxueux bureau de Pierre-Joseph Blanc. Le portrait du président de la République a été décroché et posé sur une pile d'épais dossiers, près d'une bibliothèque où trônent de vieux bouquins sur l'histoire du Var. Sur une cheminée en albâtre, un buste de Jules Ferry, reconnaissable à sa barbe en forme de babines de bulldog, annonce la couleur.

Le maire de Saint-Maximin est vert de rage. Non pas parce que les travaux dans la basilique prennent du retard, mais parce que l'élu a appris de la bouche de Martin qu'une charte et des ossements avaient été découverts dans l'antre de Janette Mouriès.

À Saint-Maximin, ossements = reliques ; l'affaire prend une tournure historico-mystique des plus alléchantes. Ce ramdam médiatique à organiser est une aubaine pour les municipales de 2014 ! *France Bleu Provence*, *Var-Midi* et *France 3 PACA* vont se jeter sur sa ville comme la petite vérole sur le bas clergé ! Et en s'organisant bien, il devrait être possible d'allécher Paris, *BFM-TV* ou *TF1*.

La bête a flairé le filon. Pierre-Joseph Blanc pense à la députation, et pas qu'en se rasant le matin. Il a programmé une conférence de presse dimanche 22 (en présence de l'évêque de Fréjus-Toulon et d'un sénateur) pour annoncer officiellement la découverte de nouveaux éléments de la vie de sainte Marie-Madeleine ! Et cette fois, du lourd qui confirmerait la Tradition provençale, même s'il ignore encore, tout comme Max, le contenu du document et la nature des ossements. Un animal à sang froid ne s'embarrasse pas de ce genre de détails. Il anticipe.

Blanc veut absolument que les travaux conduits par Roubaud reprennent au plus tôt. Raison pour laquelle il s'est arrangé avec l'architecte des bâtiments historiques pour faire couler la dalle le 21. Les journalistes auront ainsi des images fraîches à se mettre sous la dent.

Max partage ses réserves de flic ; selon lui, mauvaise idée d'autoriser la présence du public dans la basilique, fût-il réduit au strict nécessaire. La nef est une scène de crime. Le maire se fend d'une pirouette digne d'un gymnaste de l'ex-URSS : la scène de crime, c'est la crypte. Au pire, la police municipale limitera l'accès des porteurs des reliques au vestibule de la basilique. Un gendarme pourra les cornaquer.

Pas la peine d'engager un combat perdu d'avance, Max reporte son tir sur Floréal Roubaud.

Se battre pour les Maximinois constitue l'essence de la vocation politique de monsieur le maire. De fait, il a insisté pour que l'architecte des bâtiments historiques et le directeur de la DRAC acceptent qu'une part des travaux soit confiée à une entreprise du cru. D'où l'attribution du lot n°18, « Réfection d'un mur à la chaux aérienne », à la *SARL Roubaud ÉTS*. Mais on ne l'y reprendra plus à favoriser un de ses administrés.

L'architecte a accepté la proposition de l'élu aux conditions *sine qua non* que le chef d'entreprise admette qu'un conseiller technique de l'ABH le marque à la culotte, et que lui et ses ouvriers subissent un stage préparatoire dans une entreprise spécialisée dans la restauration des monuments historiques. Depuis, Roubaud n'a de cesse de le harceler. « Mais pour qui ils me prennent, ces *fadolis* ? Pour un amateur qui ne sait pas envoyer de l'enduit sur une façade ? »

Madame Roubaud n'est pas non plus avare en reproches. Elle clame en mairie à qui veut bien l'entendre que son mari vit chaque matin le martyre de notre Seigneur Jésus-Christ. À ce point que le maire craint de passer par le bureau de l'état civil où elle travaille. À chacun sa Passion.

Max obtient de nouveaux détails sur Janette Mouriès, Jacques Badolato et Thierry Mille.

Janette Mouriès est née en 1943 d'un père allemand.

– Ça vous en bouche un coin, non ? Mouriès, c'est le nom de sa mère, partie faire la bonniche à Paris et revenue à Trets pour accoucher en cachette. Elle tapinait avec les boches. Les villageois l'ont capturée chez son oncle en août 44 pour une tonte réglementaire sur le cours. Elle a tourné folle et sa gamine a atterri chez les Sœurs à Marseille.

De ce que Blanc se souvient, la Janette est venue traîner à Saint-Maximin à la fin des années 1960. Fermez le ban, il passe à Badolato.

– Jacques est un gosse de riches. À une époque pas si lointaine, ses grands-parents possédaient encore la moitié du centre-village et des terres jusqu'au pied du mont Aurélien. Depuis que les parents sont morts dans un accident sur la nationale en 1987, le fils unique s'est obstiné à dilapider le patrimoine familial pour vivoter entre le comptoir du PMU, la chasse aux petits oiseaux et deux ou trois mariages malheureux.

Depuis son dernier divorce, il est ruiné. Stop et fin ; au tour de Mille.

– Ah ben lui, c'est un intellectuel imbu de sa personne, un Toulonnais qui a tout vu et tout fait et qui donne des leçons même au curé en matière de basiliques et de fouilles archéologiques.

N° 11 sur la liste de son principal opposant aux élections municipales de 2008, Thierry Mille n'est pas à proprement parler un intime de Pierre-Joseph Blanc.

– Vendredi dernier quand je suis arrivé à Saint-Maximin, reprend Max, j'ai rencontré une de vos collaboratrices qui m'a dit que vous étiez à Toulon. Pourtant, un crime dans son village… Cela devrait retenir un maire, non ?

– J'étais, cher commandant, chez Monseigneur l'évêque pour préparer les fêtes de la Marie-Madeleine. C'était prévu depuis longtemps et Son Excellence a un agenda de ministre. Impossible de reporter.

Max n'en apprendra pas davantage, Blanc devant régler des soucis de budget avec son premier adjoint avant le prochain conseil municipal. Le flic un peu las décide de passer prendre une douche à l'Hôtellerie avant de rejoindre le père Simon.

*

* *

18 heures. Le dîner est servi tôt dans les hôpitaux, privés ou pas. Brigitte Cosentino s'est fait porter son plateau chez Anaïs. La gamine, 18 ans, s'est éprise de sa voisine de couloir qu'elle considère comme une vieille copine. La longue maladie crée des liens d'autant plus solides que le temps qui reste semble court.

Tandis que Brigitte achève son potage, Anaïs sourit en mâchouillant le manche d'une cuillère en plastique. À intervalles réguliers, la petite arrache un morceau qu'elle postillonne en direction de la fenêtre entrouverte.

Anaïs Tendron est arrivée à Valclair deux mois avant son aînée. Examens, analyses, examens, analyses, et toujours le même diagnostic. C'est devenu une ancienne dans le service. Elle a visité tous les étages de l'espoir, du rez-de-chaussée aux combles, et s'est recluse dans les sous-sols de la fatalité. Elle tutoie toutes les infirmières et fait la bise à Arnal.

Anaïs crache le moignon de son couvert dans la poubelle de la salle de bains, retire sa chemise de nuit et revient se planter nue devant Brigitte.

– Je suis vierge.

– Pardon ?

– T'es conne ou quoi ? J'ai jamais couché avec un mec. Avec une fille non plus, mais je ne serais pas contre.

Brigitte ne sait pas très bien s'il s'agit d'une boutade ou d'une proposition.

– Dis-moi, rebondit-elle, tu n'aurais pas repris des couleurs ?

– Ah ! Tu trouves, toi aussi ? La grosse Aline m'a dit la même chose en retirant ma perf.

Anaïs mime l'embonpoint de l'infirmière et court dans la salle de bains afin de vérifier. Elle examine son crâne chauve dans le miroir collé sur la porte, ses épaules frêles et ses deux petits tétons perdus au milieu de sa poitrine comme deux îlots dans le Pacifique. Elle pose une serviette sur sa tête en guise de perruque, se bombe les seins avec les mains et gonfle ses lèvres.

– Le jour où je sors d'ici, les mecs n'auront qu'à planquer leur petit cul ! Je vais abattre du bambou à la tronçonneuse !

Anaïs rejoint son lit en se trémoussant. Brigitte éclate de rire.

– Je me demande si tu ne devrais pas te couvrir, suggère-t-elle. L'infirmier de garde n'a qu'à entrer... Comment s'appelle-t-il, déjà ?

– Jérémy. Une belle paire de petites fesses bien rondes, celui-là !

– Eh bien voilà ! Je trouve qu'il vient souvent traîner devant ta porte... Il n'en pincerait pas un peu pour toi ?

– J'en sais rien. Il est de service demain, je lui demanderai. À ce propos, ton mec a appelé. J'ai laissé ton portable en charge dans ta chambre.

Brigitte profite de l'incursion de « la grosse Aline », intriguée par le chambard, pour regagner ses pénates. L'infirmière a gentiment asséné une claque sur les fesses d'Anaïs pour l'inviter à se rhabiller. Les femmes ont ri de bon cœur et l'étage a retrouvé son calme.

Brigitte s'allonge sur son lit. Un SMS et deux appels manqués. C'est la règle à Valclair. Les portables sont tolérés dans les chambres, mais uniquement sur vibreur. Elle prend son temps avant de rappeler. Elle sait que Max a peur de la perdre et qu'il s'accuse de la disparition de leur fille. C'est pour ça, les anxiolytiques de la psy, rien d'autre.

Laurie joue sur la banquette arrière de la voiture, Max est en retard. Il lui demande d'attacher sa ceinture, une poupée vole dans l'habitacle. Le feu passe au rouge, l'autocar arrive trop vite. La pluie, les balais essuie-glace qui s'affolent, puis le choc. Les lumières bleues de l'ambulance. Les Urgences. La mort. L'absence. Les collègues couverts de noir. Le silence, le soir, en rentrant de la crémation. Le petit lit vide. Max qui pleure tout seul dans le garage. Max qui ne sourit plus depuis neuf ans. Max qui dort chaque nuit dans le salon, assis sur un fauteuil devant la photo de sa fille.

– Allo chéri ? C'est moi. J'ai vu que tu avais appelé. Désolé, j'étais avec Anaïs, la petite d'en face. Elle va mieux, on dirait. Qu'est-ce qu'on a rigolé !

– Salut chérie. Je me doutais bien que tu étais occupée. Tu as fait tes examens ?

– Oui, j'aurai les premiers résultats en fin de semaine. Le professeur Arnal était au scanner et il ne sait plus quoi penser. Il avait l'air surpris. On verra. Et toi, comment vas-tu ?

– J'ai recommencé les médocs. J'en avais besoin.

– Tu as bien fait, approuve Brigitte. Si le médecin te les a prescrits, c'est qu'il y a une bonne raison. Ton enquête avance ?

– Pas assez vite pour les autorités locales, mais tu me connais, je prends mon temps. C'est compliqué, un petit village. Ça me change de Paris.

– Je veux bien le croire. Ça doit te faire drôle d'être rentré à Aubagne, non ? Plein de souvenirs doivent te revenir en mémoire !

– J'ai retrouvé une copine du lycée, Sandrine Loubet. Elle était en seconde quand j'étais en terminale. Elle est devenue flic, elle aussi. Elle a trouvé mes coordonnées quand les services informatiques ont créé ma session. Elle bosse au laboratoire d'expertise judiciaire de Marseille.

– À propos d'expertise, Anaïs a regardé sur Internet pour le vase que tu m'as apporté l'autre jour. C'est un vase canope, un vase égyptien ou une copie, je n'en sais rien.

– Hum. Elle a trouvé ses renseignements sur *Wikipédia* ?

– Pas du tout ! Sur *Arts & Déco,* un site de vente en ligne. Pour 20 euros, tu peux t'en offrir une chouette imitation. Ça ferait bien dans un salon…

– Un vase égyptien *made in Taiwan…*

– En tout cas, ça y ressemble. Tu connais le principe des momies ? Tu as vu des photos de Ramsès II ? Eh bien, avant d'emballer leur royal défunt, les prêtres vidaient son corps de ses organes. Mais comme le mort devait revivre dans l'au-delà, il fallait qu'il emporte ses viscères. Les prêtres les embaumaient et les déposaient dans quatre vases, les vases canopes, des vases en terre avec un couvercle surmonté d'une figure humaine ou animale. Les vases étaient ensuite déposés dans la chambre funéraire près du sarcophage.

– Le nôtre n'est pas en terre cuite.

– Selon l'emploi prévu et le rang social du mort, ils les fabriquaient avec du calcaire, de la terre cuite, de la céramique ou même de la faïence. Ça devait être très beau. Celui que tu as trouvé dans la basilique à l'air d'être en albâtre.

– Et pourquoi quatre vases ?

– J'allais te le dire. Chaque canope était associé à un point cardinal, d'où le nombre quatre.

– Et le nôtre, c'est lequel ?

– Je l'ignore. Le vase a une tête de faucon gravée sur le couvercle. Nous ne l'avions pas vue au début, mais en mouillant, elle est apparue à contre-jour. Tu vois ce que cela pourrait vouloir dire ?

– Ben non. Une tête de faucon… Pourquoi une tête de faucon ? insiste Max à voix haute.

C'était le 4 juillet 1992 à Pointe-Rouge dans la chambre de ses parents. Ils avaient fait l'amour tout l'après-midi et s'étaient endormis, corps enlacés, peau contre peau, jusqu'à ce que le soleil plonge derrière les îles du Frioul. Brigitte s'était réveillée en premier et avait longuement caressé le corps de son amant. Il ressemblait à la bête terrassée qu'une meute de chiens aurait traquée toute la nuit. Le flux saccadé de son sang courait dans ses veines gonflées ; elle le sentait vivre, la bouche posée sur sa carotide salée.

– Ma chérie, poursuit Max, il faut que je te laisse, il est passé 19 heures et je suis invité chez le père Simon. Ça dîne tôt, un curé de village.

On n'est pas couchés

Lundi 16 juillet 2012
Jour 4 – À l'heure du dîner
Saint-Maximin

Max n'a que la rue de l'Hôtel de Ville à traverser pour rejoindre le presbytère où s'impatiente son hôte, posté sur le pas de la porte. Le père Simon est un homme affable. Comme Max est encore loin, il lui adresse un signe de la main. Une fois que son invité est à portée de mains, le curé l'embrasse comme son fils prodigue. Max remarque les pellicules sur les épaules du vieil homme et l'odeur froide de la soutane. Ici, tout sera simple et naturel, sans parabole et sans les artifices exécrables de la société du paraître. Tant mieux. Le père Simon attire Max dans sa cuisine et l'invite à s'asseoir sur une chaise rempaillée. La table couverte d'une nappe fleurie est dressée au plus simple. Deux assiettes creuses, deux verres d'un autre âge, deux couteaux et deux fourchettes en argent jauni accompagnent un dessous de plat en bois d'olivier. Le père

Simon réchauffe une cocotte sur la gazinière, propose un fond de vin et casse le pain en attendant la salade niçoise.

– Mon père, vous imaginez bien que ma visite ne se limite pas au plaisir d'un dîner en votre compagnie. J'ai besoin d'y voir un peu plus clair dans le contexte historico-religieux qui embrume l'affaire Mouriès.

– Je prie chaque jour pour l'âme de Janette.

– Mon père, je serai franc. Je ne suis pas croyant. Ma femme, oui ; mais pas moi. Je me contente d'essayer de comprendre pourquoi on a tué Janette Mouriès…

– Le mobile… Je vous sers ?

Max tend son assiette.

– Avec plaisir. Savez-vous comment la légende des reliques de Marie-Madeleine est arrivée en Provence ? Je veux dire… le plus objectivement possible.

Le père Simon pose sa louche dans la casserole. Il se signe et baisse les yeux.

– Je vais demander à Dieu de me venir en aide. Je crois qu'il faut remonter au chemin de Damas pour établir un début de chronologie, comment dites-vous ? Objective. Si, comme l'écrit saint Paul, c'est le représentant du roi Arétas qui cherche à s'emparer de Jésus, sa rencontre avec Notre-Seigneur sur le chemin de Damas a lieu entre 37 et 40 de notre ère. En 37, l'empereur Caligula place par décret la ville de Damas sous le contrôle des Nabatéens. Arétas, roi des Nabatéens, meurt en 40.

Le père Simon entrouvre le tiroir d'une armoire et en extrait un cahier d'écolier dans lequel il a pris des notes et collé des coupures de journaux.

– Souvenir du séminaire, précise-t-il, ce n'était pas hier. Entre 1261 et 1266, Jacques de Voragine écrit *La Légende dorée*. Selon l'auteur, la famille du Messie fuyant les persécutions d'Hérode quitte la Terre promise et embarque sur des navires sans aucun pilote. Les proches du Christ débarquent en Provence. Nous voici vers l'an 44. Parmi les rescapés du long voyage, sur la plage qui deviendra Les Saintes-Maries-de-la-Mer, se pressent sainte Marie-Salomé, sainte Marie-Jacobée, sainte Sarah, sainte Marie-Madeleine, sainte Marthe, saint Lazare, d'autres, et saint Maximin, notable de Béthanie, que l'apôtre Pierre avait présenté à sainte Marie-Madeleine.

Max éponge sa sauce avec du pain noir. La salade niçoise du curé est une tuerie.

– De cela, vous êtes certain ? reprend-il en se léchant les doigts.

– Les voies du Seigneur sont impénétrables, mon fils. Selon la Tradition chrétienne, le groupe décide de se séparer, une fois arrivé à destination. Les trois premières femmes demeurent sur place. Sainte Marthe s'établit à Tarascon où elle vainc la fameuse Tarasque, la bête *faramine* qui hante les marécages. Sainte Marie-Madeleine prêche un temps à Marseille en compagnie de saint Lazare, son frère, avant de se retirer à la Sainte-Baume, tandis que saint Maximin, qui l'avait suivie chez les Phocéens, s'installe dans la plaine de l'Arc.

À la mort de sainte Marie-Madeleine, saint Maximin enterre l'apôtre préférée de Notre-Seigneur Jésus et crée un prieuré à l'endroit de la sépulture où notre beau village verra le jour.

– Et les siècles passent…

– *Tempus fugit…*

Le père Simon tourne les pages de son *press-book.*

– Au début du VIIIe siècle, les Sarrasins ravagent la région. Par crainte de profanation, les restes de sainte Marie-Madeleine sont déplacés de son tombeau d'albâtre dans celui de marbre (où le comte Charles les retrouvera, précise le père Simon en regardant Max par-dessus ses lunettes), après en avoir enlevé le corps de Sidoine. Sur ordre de Girart de Roussillon, deux moines emporteraient, un peu avant l'an 750, les reliques à l'abbaye Sainte-Marie-Madeleine de *Vézelay.* Un de ces deux moines, le frère Badilon, revient de nuit procéder au « pieux larcin ». Avec son complice, il dépose le corps sacré sur un chariot et l'emporte par la route de Salon jusqu'*à* Vézelay.

– Et on se retrouve alors avec deux corps pour une seule sainte ? Un dans le Var et un dans l'Yonne, remarque Max.

– Eh oui… à Vézelay, le culte de sainte Marie-Madeleine commence au XIe siècle. Une bulle de notre Saint-Père Léon IX la désigne patronne de Vézelay. Mais la controverse apparaît vite. Au XIIe siècle, l'évêque d'Autun interdit le pèlerinage de Vézelay, considérant qu'il y a des doutes sur l'authenticité des reliques conservées dans l'Yonne. Et pourtant en 1265,

Saint Louis vient assister à l'élévation solennelle de ces reliques.

Max se frotte les yeux.

– Quelles sont vos sources sur l'authenticité des reliques de Marie-Madeleine retrouvées à Saint-Maximin ? continue-t-il.

Le père Simon va jusqu'au réfrigérateur et sort deux cornets de glace du *freezer*. Il rechausse ses lorgnons pour déchiffrer l'étiquette.

– Chocolat-pistache pour tout le monde. Ma principale source est un extrait du parchemin retrouvé dans la tombe de sainte Marie-Madeleine, authentifié par le frère dominicain Bernard Gui en 1281. Le frère Gui avait été convaincu de la nature de l'ossuaire, car une odeur de sainteté s'était élevée dans la crypte au moment de l'ouverture du caveau. C'est typique des sépultures de saints. Il a signalé ce fait hors du commun dans son rapport. Et, miracle, les quatre moines franciscains qui l'accompagnaient en pénitence avaient été guéris de leurs écrouelles et autres pustules dans les semaines qui avaient suivi leur voyage aux sources de l'Argens. Janette Mouriès connaissait l'existence d'un philtre d'éternité contenu non pas dans une soi-disant coupe, le fameux Graal sur lequel tout le monde fantasme, mais dans un vase d'origine égyptienne, un vase canope à tête de faucon symbolisant l'ouest, c'est-à-dire la direction qu'avaient prise Marie-Madeleine et sa famille en fuyant les persécutions des Romains. Selon Janette, Marie-Madeleine l'avait rapporté de Palestine en Provence et il s'était retrouvé dans la tombe de la sainte. D'où l'odeur de sainteté qu'il exhalait et, surprise, la guérison des franciscains. Après, plus de nouvelles du canope. Beaucoup de nos trésors ont été pillés.

Le père Simon souffle en tournant les pages de son calepin. Ses mains fatiguées par le poids des ans tremblent. Mais il tient à poursuivre :

– Vous voulez des preuves de l'authenticité des reliques de sainte Marie-Madeleine... Il y avait la sainte ampoule qui contenait de la terre du Calvaire, imprégnée du sang de Notre-Seigneur. Chaque année les fidèles pouvaient la vénérer et regarder le sang qu'elle contenait se liquéfier.

– Où peut-on la voir ?

– Disparue, elle aussi ! Elle a été volée en 1904. Il y avait le morceau de vieux liège que Charles de Salernes lui-même a tenu entre les mains. Il s'est rompu et dedans le futur comte a trouvé le papyrus en latin qui a livré le texte cité tout à l'heure. « Les restes de sainte Marie-Madeleine sont déplacés de son tombeau d'albâtre dans celui de marbre. Etc. » Il y avait aussi le *Noli me tangere*, le bout de chair couvert de la peau qui est restée tout ce temps au-dessus de l'arcade sourcilière gauche où Notre-Seigneur avait touché sainte Marie-Madeleine. En voilà, des preuves.

– M'oui... marmonne le disciple de saint Thomas en achevant son cornet de glace.

– Attendez, mon fils, le morceau de chair est quand même resté en place sur le crâne jusqu'au XVIIIe siècle ! Le procès-verbal de l'enquête menée en 1640 par Louis de Valois, lieutenant-général de Provence, en atteste. Ce n'est qu'en 1780 que le morceau se détacha. Il y a aussi un écrit là-dessus. Je peux demander à l'Évêché.

Max dodeline de la tête en triturant le papier qui enveloppait sa glace ; le père Simon se rassied à table après avoir enfin croqué dans la sienne. La crème glacée lui dégouline sur les doigts.

– Donc les reliques sont restées ici, conclut Max quand le curé s'est essuyé les mains.

– Une église primitive est construite à *Villa-Latta*, l'ancien nom de Saint-Maximin. Les frères de l'abbaye de Saint-Victor y ont enfoui les reliques lorsqu'ils les ont échangées avec celles de saint Sidoine pour les divertir des Maures. Les ossements de sainte Marie-Madeleine sont demeurés dans le Var, ce que le comte Charles voulait de toute façon et ce que de récentes fouilles archéologiques permettent de conjecturer.

Max plonge le regard dans son assiette. Il est tourmenté comme un gosse qui voudrait redemander du dessert, mais n'ose pas. Le curé s'en rend compte et débarrasse la table pour donner du temps à son hôte.

Le vieil homme fouille dans un buffet branlant et revient avec une bouteille et deux petits verres à liqueur. Il se place dans le dos de Max, pose la main gauche sur son épaule, s'appuie contre sa chaise et, de la main droite, verse la verveine.

– Allez-y, posez-la votre question.

– Comment ça ?

Le père Simon se rassied en face de Max, se sert à son tour et enfonce le bouchon de liège sur le goulot de la bouteille. Il s'envoie le digestif cul sec, pousse un petit râle de satisfaction et se frotte la bouche d'un revers de manche.

– Allons, mon fils… Vous savez, je regarde *Les petits meurtres* d'Agatha Christie, le soir à la télé. Alors je vois bien comment ça marche. L'inspecteur cherche toujours à connaître le mobile, le pourquoi du comment. C'est pour ça qu'il trucide goulûment tous les protagonistes de l'action, tous ceux qui à raison ou pas traînaient dans les parages de la scène de crime. Vous, vous avez déjà l'arme du crime, je songe aux coups de marteau dans le dos de la pauvre Janette…

– Comment…

– C'est écrit dans le journal.

– C'est vrai ! s'agace Max. Alors, cette question que j'aimerais vous poser ?

– Ma foi, qu'est-ce que Janette Mouriès a bien pu découvrir dans la basilique ? En le devinant, vous entreverriez le mobile. Et avec le mobile, vous trouveriez sûrement l'assassin ou, au moins, le filet se refermerait sur les gros poissons. Et vous pourriez harponner celui que vous cherchez. Les Sœurs qui ont recueilli Janette l'auraient initiée à la philologie, à la paléographie et à l'histoire des religions…

– Il paraît qu'elle parlait le latin ?

– Oui. Et fort bien…

– Curieux qu'avec toutes ses connaissances, elle n'ait pu devenir autre chose qu'une SDF, remarque Max sur un ton ostentatoire.

– Les voies du Seigneur sont impénétrables, mon fils, je me répète. La vie l'avait traumatisée. Elle s'était recluse sur elle-même, mais Dieu lui avait donné le don de clairvoyance.

– Elle était pieuse ?

– À sa façon. Lors de la perquisition de son… domicile, qui n'est, soit dit en passant, qu'un des accès au chantier des fouilles de 1994, vous avez dû trouver des pièces rares…

– Le maire vous a dit ?

– Pour la charte et les ossements ? Le maire a dit à Monseigneur et Monseigneur m'a dit… Mais rassurez-vous, Pierre-Joseph se garde la surprise pour la presse. Nous sommes très peu dans la confidence. Monseigneur m'a appelé deux minutes avant que vous n'arriviez et m'a imposé le secret de la confession. Vous avez les coudées franches au moins jusqu'au 22 juillet.

La nuit tombe très tard l'été, alors la lumière invite les Maximinois à traîner dans les rues animées. Des touristes déambulent sous les fenêtres du presbytère. Des enfants crient. Des ballons roulent. Des couples se bécotent. Sur la petite place, juste en face, un groupe joue de la guitare, accompagné par la petite foule qui s'est formée. Le père Simon se réjouit du spectacle de la vie, debout à la fenêtre derrière les rideaux usés.

– Je ne sais pas, reprend-il, ce que la pauvre Janette a découvert, mais d'autres et pas des moindres ont porté bien avant elle un grand intérêt à sainte Marie-Madeleine. Et ont pris au sérieux sa venue en Provence. Pour ne parler que des rois, permettez-moi de citer à nouveau Saint Louis, très certainement le commanditaire de Charles de Salerne.

Max rejoint son hôte à la fenêtre. Le groupe joue un potpourri des Beatles, et plutôt bien.

Yesterday, all my troubles seemed so far away.

Now it looks as though they're here to stay.

Oh, I believe in yesterday…

Max songe à Brigitte, et se reprend.

– Ah oui ? Dites toujours.

– Eh bien, en 1252, tandis qu'il participe à sa première croisade, Louis IX apprend que sa mère, Blanche de Castille, vient de mourir. Le roi décide de rentrer dans son royaume laissé sans maître. On le comprend ! Selon Joinville, son chancelier et biographe, le roi débarque à proximité de Hyères après dix semaines en mer. Il accoste au début du mois de mai 1254 et part se recueillir dans la grotte de la Sainte-Baume. Au lieu de filer à Paris ! Le roi de France en ressort bouleversé. Il charge son neveu Charles de retrouver les reliques de l'apôtre des apôtres. En 1279, les efforts du futur comte de Provence sont récompensés. Il redécouvre les reliques de Marie-Madeleine et leur construit une basilique en guise d'écrin. Son saint oncle est mort, tout le bénéfice est pour lui.

– Comment a-t-il fait pour savoir que les reliques étaient ici ?

– Charles II affirmait avoir agi par inspiration divine, ce que confirmera le cardinal Philippe de Cabassole. À l'époque, on était moins difficile que vous avec les sources. En fait, Charles ordonne d'entreprendre des fouilles dans les églises chrétiennes du comté et il finit par trouver ce qu'il veut à Saint-Maximin. D'après ce qu'on sait, il participe aux fouilles en personne avec une telle ardeur qu'il est inondé de sueur lorsqu'un ouvrier heurte sa pioche dans le marbre du tombeau. En avril 1295, Charles, devenu comte, présente au Saint-Père les procès-verbaux rédigés par les évêques de Provence qui confirment les conclusions de Bernard Gui. Le très Saint-Père Boniface VIII certifie que les reliques trouvées à Saint-Maximin sont bien celles de sainte Marie Madeleine et vous la connaissez, la suite.

– Il paraît qu'il avait fait rédiger un inventaire des reliques, remarque Max, vous ne l'auriez pas, par hasard ? Au moins un fac-similé.

– Non. Mais j'ai une copie de celui de 1780. Je vais la photocopier demain et la transmettre à l'Hôtellerie.

– Mon père, merci pour cet excellent repas et les renseignements historiques, mais je vais devoir vous laisser. J'aimerais me reposer un peu. Depuis que je suis arrivé à Saint-Maximin, je ne fais que courir comme une chèvre, comme dirait l'adjudant Martin.

– Vous avez bien raison. Nous ne sommes plus jeunes… Surtout moi. À 74 ans, mon corps a besoin de plus de repos. Heureusement, je prendrai ma retraite à la fin de l'année.

Le père Simon, ému, range la bouteille de son digestif des familles. Sur le vieux buffet, Max qui l'aide à débarrasser découvre une collection de photos du curé en compagnie d'enfants de chœur. Dans un cadre, deux gamins qu'il croit reconnaître! Le père Simon confirme qu'il s'agit de Thomas Martin: « le plus jeune », et de Floréal Roubaud, « le grand costaud »! « De sacrés garnements, ces deux-là ».

– Et sur cette photo, voici Jacques Badolato et Thierry Mille, cinq ou six ans plus tôt! Je les ai tous eus comme enfants de chœur. Pierre-Joseph aussi, le maire. Ce sont tous mes petits.

– Mille n'est pas de Toulon?

– Son père, oui. Mais sa mère était de Saint-Maximin.

– Et les deux autres? Badolato et Roubaud?

– Ils sont d'ici. Floréal est sûrement celui qui a le mieux réussi des quatre. Sa femme est presque une sainte. Jacques, lui... s'est égaré dans une vie qui lui promettait le bonheur. Et Thomas, c'est délicat... Il vit dans le péché.

Max n'a pas le temps de s'éplorer. Son portable sonne, c'est Martin! Quand on parle du loup... L'adjudant sera dans une minute devant le presbytère. « C'est grave, je ne peux rien dire au téléphone. Soyez prêt! »

Max regarde sa montre: 23 h 15. Des pneus crissent sur le trottoir. On n'est pas couchés.

Joyeux noël !

Sept mois plus tôt
BTA de Saint-Max

Cette fois, Aurélie s'était convaincue de passer à l'action. Ça faisait un petit bout de temps déjà qu'elle s'était décidée. Mais elle s'était retenue mille mauvaises fois pour mille mauvaises raisons. La famille, les voisins, le boulot, le qu'en-dira-t-on. Ç'avait d'abord été des petits mensonges, des retards à répétitions, des coups de fil en secret au fond du garage. Thomas avait été retardé chez un viticulteur de Puyloubier. « Tu sais ce que c'est avec les paysans ; si tu ne bois pas un coup, ils te grillent ». Thomas avait oublié sa veste au bureau. « Je vais la chercher. Je prends mon portable au cas où, va te coucher sans m'attendre ». Thomas était arrivé en retard pour récupérer Lucas au foot. « Il n'est pas malin non plus, c't'entraîneur, de t'avoir appelée. J'en ai profité pour faire le plein d'la bagnole ! » Puis ç'était monté en pression. C'était sorti des limites du couple, de la maison, du secret fallacieux qui laisse entrevoir qu'une rémission sera toujours possible.

Il y avait eu les allusions salaces des collègues gendarmes au pot d'accueil du major Kuhlmann, et les regards obliques de leurs pétasses d'épouses. Il y avait eu les conseils avisés des bonnes copines de l'agence et leurs petites moqueries hypocrites dans le miroir des toilettes. Il y avait eu la bagarre entre Thomas et son frère, aux fêtes de Pâques, et les cris d'orfraie de sa belle-sœur. Ce n'est pas elle qui se serait fait cocufier par la première cagole qui passe. Aurélie avait avalé les pilules une à une sans broncher. Jusqu'au jour où sa mère et sa sœur lui avaient montré des photos de son mari bécotant une fille à la terrasse d'un restaurant de Sanary.

Aurélie avait manqué de ce courage qui lui était enfin venu ; le courage de partir plutôt que de rester ; le courage d'expliquer aux garçons leur sort injuste et son flot d'excuses, Lucas ne comprendrait pas et Enzo était trop petit ; le courage d'affronter le regard des autres, leurs réflexions débiles, leur jugement puritain ; le courage d'affronter son échec, ses maladresses et son manque de jugement. Mais cette fois, Aurélie s'y était résolue : personne ne déciderait plus pour elle. Que Thomas la trompe depuis bientôt deux ans avec cette gamine de Brignoles, c'était sa faiblesse à lui et sa lâcheté à elle. Mais que *Facebook* relate leurs ébats amoureux à la terrasse d'un resto de plage, non. Aurélie Martin quittait le foyer conjugal avec la ferme intention de ne plus jamais rentrer. Elle l'avait jusque-là fermée. Elle en avait bavé toute seule le soir à pleurer son ricil comme une conne devant la télé. Désormais Thomas allait payer le juste prix.

Thomas Martin était parti à Brignoles fêter l'enterrement de vie de garçon d'un copain du rugby. La soirée avait été bien arrosée et, un peu après minuit, la belle équipée avait rejoint la future épouse et ses copines. Il avait regardé cette petite brune danser sur la piste, à secouer ses seins dans sa sueur et à se contorsionner les fesses dans le bruit insoutenable des enceintes. Les vibrations des haut-parleurs traversaient son corps et le démangeaient jusque dans le bas des tripes. Il se serait bien levé pour la serrer de près et l'emmener dans un coin, mais… il n'avait pas osé.

Agustina Féraud avait remarqué ce mec qui ne la quittait plus des yeux. Elle ne lui avait pas prêté plus d'attention que cela, mais avait bien vu qu'il était seul à la table et devait s'ennuyer. Elle avait continué à tourner sur elle-même pendant des heures, jusqu'à ce que les copains décident de rentrer à Saint-Maximin.

Thomas était parti à regret. Il n'avait pas tenté sa chance et ça l'avait tiraillé pendant plusieurs nuits, jusqu'au tréfonds de ses fantasmes quand il faisait l'amour avec Aurélie. C'est la fille de Brignoles qu'il prenait et reprenait. Il lui arrachait ses collants et sa petite culotte, lui écartait les jambes et la pénétrait toujours plus profond. Il la faisait jouir ; il lui faisait mal. Elle criait et ça l'excitait toujours davantage, obnubilé qu'il était par ce corps dominé, impuissant et ouvert à tous les outrages.

Thomas l'avait revue le samedi suivant au mariage, au début de la cérémonie laïque. Elle était assise près d'un hidalgo parfumé, sur un banc juste devant Aurélie, et portait un décolleté à effrayer un spéléologue aguerri. Elle non plus ne pouvait plus le quitter des yeux, telle était éprise qui croyait éprendre. Agustina Féraud avait envie d'un homme marié et ne cessait de se retourner, incapable de refréner son désir.

Aurélie, préoccupée par les garçons, n'avait rien calculé de la tragédie qui se jouait. Elle avait confiance. Pourquoi n'aurait-elle pas eu confiance en cet homme qui lui avait donné Lucas et Enzo, les perles de sa vie. Un peu après le gâteau, les garçons s'étaient endormis sur ses genoux et il y avait eu une farandole. Elle a perdu Thomas à ce moment-là. Sur le parking derrière la salle de réception, Agustina Féraud et Thomas Martin s'envoyaient en l'air pour la première fois sur la banquette arrière d'une berline, dans un amour rude et sans confort, passionnel et bestial, imprégné de l'odeur rance des *dancefloors* et du similicuir en LOA. L'année 2011 n'avait été qu'une succession d'orgasmes et de mensonges. À force de cigarettes après l'amour, Agustina Féraud et Thomas Martin s'étaient mis à former des projets. Il envisageait depuis quelques mois de partir s'installer en Argentine, le pays natal d'Agustina. Thomas n'avait qu'à divorcer, démissionner, repartir à zéro. Seulement, pour ça, il allait falloir du courage...

Un peu après 19 heures, à la fin de son service, Thomas Martin était repassé par la zone commerciale de Saint-Max pour acheter des cadeaux — il était temps, la veille de Noël ! – un parfum au pif pour Aurélie et des voitures téléguidées pour les garçons.

Aurélie avait eu cette lubie d'un réveillon à quatre. Pourquoi pas ? Agustina était en Argentine chez sa mère. Il n'avait que sa petite famille et sa patience pour finir l'année.

Le temps était exécrable et la nuit déjà noire. Le thermomètre affichait quelques degrés au-dessus de zéro quand il se rangea sur le parking privé de la résidence. Un vent agressif présageait de mauvais augures. Sous la lumière falote d'un lampadaire, Aurélie achevait de remplir le coffre d'un petit cabriolet.

– C'est quoi cette caisse ?

– Fiat 500. Ma nouvelle voiture. Tu n'étais pas au courant ?

– Ben non ! Où sont les garçons ?

– Chez mes parents, à La Garde.

– Comment ça ? Qu'est-ce que tu fais ?

– Tu ne le vois pas ? Je m'en vais.

– Je t'interdis ! Tu n'as pas le droit.

– Ça m'étonnerait. Et ne t'avise pas de me toucher, ton major est au courant et tes collègues se délectent derrière leurs rideaux.

L'insupportable pour Aurélie, c'était qu'il avait menti, joui et désiré ailleurs. Il avait posé les pattes sur une autre ; il avait pénétré une autre ; elle en avait la nausée. Elle n'avait pas été tout pour lui ; elle n'avait pas été la femme idéale capable de lui rendre insipide toute tentation et l'empêcher de succomber à d'autres draps.

Alors elle avait décidé de se bricoler un vaccin à sa façon. Certaines femmes trompées pardonnaient ? Pas elle. Elle avait cru mourir devant ces photos ; elle avait eu mal comme si on l'avait tabassée. Elle s'était sentie détruite, mais c'était déjà le passé. De culpabilité, elle ne voulait plus. Il avait voulu jouer ? Elle allait jouer.

Thomas Martin s'était avancé au milieu du parking avec ses cadeaux dans les bras.

– Non, mais tu t'en rends compte ? Tu pars comme ça, un 24 décembre !

– Eh oui, mon gars ! Va sauter ta pute et joyeux Noël à vous.

Minuit crétin

Lundi 16 juillet 2012
Jour 4 – Très tard
Vieux Saint-Maximin

23 h 52. Le *Partner* de la gendarmerie pile devant la porte du presbytère, rampe de gyrophares tous flashes allumés. Sur la petite place de l'office du tourisme, les guitaristes marquent la pause tandis que des idiots accourent comme des poulets appâtés par du grain.

Max s'engouffre place du mort et claque la portière. Martin redémarre en trombe.

– Qu'est-ce qu'il se passe ?

– Jacques s'est pendu, une voisine vient de le trouver. Mettez votre ceinture !

– Badolato ? Il est mort ?

– Ah plutôt ! Raide de chez raide !

– Ce n'est pas possible. J'étais chez lui tout à l'heure… Il avait un peu forcé sur la bouteille et radotait, mais de là à se suicider…

– Se suicider ? répète Martin en fronçant les sourcils, ça reste à vérifier. La patrouille entrait chez lui quand le planton a sonné chez moi. Le temps de prévenir le proc, d'alerter la BR, de réveiller le légiste de permanence – et de vous trouver ! – ça m'a pris *demi-heure*. Le major va devoir demander des renforts. Avec les gars de garde dans la basilique et les missions courantes, on ne va plus pouvoir s'en sortir très longtemps.

Max s'installe comme il peut dans l'utilitaire en désordre. Il recule son siège et attache sa ceinture, les pieds embarrassés par tout un bric-à-brac de sécurité routière.

– Désolé pour le bordel, un accident sur la nationale hier soir. J'ai pris la première caisse que j'ai trouvée. Regardez, là, dessous votre pied gauche, dans mon sac à dos, le marteau arrache-clou. J'avais promis de vous en montrer un.

Max s'exécute, plus par politesse que par conviction. L'outil est lourd, le manche verni encore bien lisse, neuf, étiqueté ; ses incisives brillent comme deux lames de rasoir immaculées. Au moins celui-là n'a jamais servi à trucider de vieilles dames…

– Je ne comprends pas, enchaîne Max, ce qui a pu se passer dans la tête de Badolato. Je n'ai rien vu venir.

– Vous faisiez quoi chez lui ?

Max explique qu'après l'interrogatoire de Roubaud, la patrouille l'a déposé devant l'hôtel de ville. Il n'était pas encore midi. Il est passé à la mairie et quand il est redescendu sur le parvis, Badolato le guettait, tout excité. Il voulait discuter.

– Ah bon ? s'étonne Martin en se garant dans l'impasse derrière l'ambulance des pompiers. Et qu'est-ce qu'il vous a dit ?

– *Peanuts !* Il s'est contenté de lire les pages d'un site Internet. Je vous l'ai dit, il avait bu et divaguait. « J'ai fait du mal », « Je vais aller en enfer ». Des conneries, quoi ! J'ai cru au syndrome dépressif de l'alcoolique moyen. Je me suis bien planté.

– Et rien d'autre ?

– Ben non, pourquoi ?

– Pour rien. Pour l'enquête. Venez, on entre. Les collègues de la BR se font attendre.

Malgré l'heure, des voisins sont descendus dans la rue, d'autres se sont agglutinés au balcon. C'est défilé du 14-Juillet *bis repetita* sans les lampions. Sur le pas de la porte, deux collègues gendarmes barrent l'entrée de la maison et retiennent une femme en peignoir-bigoudis.

– Salut Éric. Alors ? demande Martin.

– On est là depuis trois quarts d'heure, répond le maréchal des logis-chef Aubert. Mme Garcia habite au 34, juste en face. Vers 23 heures, elle a entendu du bruit, elle est entrée et a découvert la victime dans la salle à manger. Elle est choquée, les pompiers lui ont donné une couverture et un truc à boire.

– À part la témointe, personne d'autre n'est entré ?

– Durand et moi, pas plus loin que le couloir.

– Certain ?

– Elle avait une clef. Elle a ouvert et refermé derrière elle. Elle a appelé le planton avec son portable et quand nous sommes arrivés, elle était encore enfermée dedans. On l'a trouvée assise par terre dans l'entrée.

Martin se retourne sur Max.

– Vous en pensez quoi ? On y va ? Le temps que la BR se pointe, ce serait con de perdre du temps.

Max acquiesce.

– Parfait ! Durand, tu ramènes Mme Garcia au *VSAV* mais tu ne la lâches pas d'un pouce. Éric, tu gardes la porte et tu nous préalertes quand le légiste déboule.

Martin tend une paire de gants à Max et ouvre la voie qui mène à la salle à manger, là où Badolato dégustait son pinard quelques heures plus tôt. Il allume les lumières au fur et à mesure de sa progression sur les tomettes roses. Du vestibule, les deux hommes aperçoivent deux godillots qui pendouillent au-dessus de la table de la pièce à vivre.

– Oh pauvre ! se surprend Martin, il est là ! Dans cet état à minuit… Quel crétin !

Jacques Badolato pend au bout d'une corde de nylon bleue, comme celle qu'on achète dans les magasins de bricolage. Il a passé le filin dans un anneau vissé au plafond. Pas besoin d'échelle, il a grimpé un escalier encombré de pots de fleurs mortes pour atteindre une petite mezzanine. Il a enfilé son nœud coulant autour du cou, a enjambé le garde-corps et a plongé dans le vide. Le pendu passe la langue, penche la tête à gauche ; ses yeux révulsés fixent la tapisserie. Il porte les mêmes habits que tout à l'heure, mis à part qu'il s'est rechaussé. Allait-il sortir ?

Max fait encore remarquer à l'adjudant l'étrangeté du *modus operandi*. En principe, les pendus improvisent avec du matériel à portée de main, une poutre, une ceinture, une chaise. Ils sont en panique et leur process est désorganisé. Là, Badolato est monté à la mezzanine et a utilisé une corde qu'il est allé chercher dans le garage, il a pris le temps de faire un nœud de cabestan doublé par un nœud simple. Froideur remarquable de la part d'un homme qui avait l'air bien aviné quelques heures plus tôt... Même avec une sieste en prime.

– Je vous propose de ne pas y toucher, suggère Max. Attendons le légiste et vos collègues de la BR, ils nous expliqueront comment le pauvre a procédé. Venez, on jette un œil aux autres pièces.

– Je vous suis...

La chambre de Badolato ressemble au champ de bataille de Verdun le soir du 18 décembre 1916. Il n'avait pas dû prévoir de recevoir du monde si tard. Martin retourne le matelas tandis que Max s'attaque à une vieille garde-robes en acajou.

Les deux hommes renversent des tiroirs et des piles de linge, vident des cartons et fouillent l'infâme désordre à la recherche d'un indice. Tout bois qui fera feu est jeté pêle-mêle sur le lit : un juxtaposé d'avant-guerre, un carton de photos jaunies, une liasse de papiers attachés par un ruban bleu et une boîte à chaussures.

– Whaô ! envoie Martin, admiratif.

– Qu'est-ce que c'est ? accourt Max.

– Un beau paquet de fric ! Je dirais 50 000 euros à vue de nez !

– Mettez tout sur l'édredon. Je veux que vos collègues embarquent tout. Le fusil, les papiers, l'argent, tout.

– À vos ordres, mon commandant. Je redescends voir s'ils arrivent.

– Je vous rejoins dans deux minutes. Allez chercher la témointe, nous allons la cuisiner en attendant.

Huguette Garcia, 62 ans, célibataire et trop d'enfants, vit au 34, impasse du Loriot. Elle a racheté la bicoque pour une bouchée de pain noir voici vingt-quatre ans « à Monsieur Badolato ». « Pas un méchant monsieur, ce monsieur, mais porté sur la bouteille et pas très malin avec les femmes », confie-t-elle.

Mme Garcia déclare posséder une clef de la maison « car elle y fait parfois le ménage ». Elle sortait aussi le chat. Hier soir « vers 11 heures moins un quart après la télé », elle est allée « griller un dernier *cigario* » sur la terrasse. « Le nouveau home cinéma de M. Badolato marchait à fond ». Elle a toqué pour demander qu'il baisse le son, ses petits-enfants étant au lit, « mais comme *dégun* répondait », elle est retourné chercher sa clef « pour entrer voir ».

– Mon Dieu ! s'effraye Huguette Garcia en portant les mains sur les joues. Je l'ai vu au-dessus de sa table. Ça m'a fait le choc. J'ai couru jusqu'à la porte et mes jambes m'ont lâchée. J'ai pris le portable et j'ai appelé les gendarmes. Ils ont dit de ne rien toucher, de ne pas bouger et de les attendre. Et ces messieurs sont arrivés, conclut-elle en désignant Aubert et Durand du menton. Je leur ai ouvert et c'est tout.

Une voiture banalisée de la brigade de recherches s'enfile dans l'impasse tandis que Martin griffonne sur son calepin. Le légiste est là, lui aussi, venu à pied, car garé près de la basilique. Mme Garcia perd le premier rôle. Elle est invitée à rejoindre ses quartiers, elle sera convoquée à la BTA.

– Durand, fais dégager les curieux, mais dis aux pompiers de rester, ordonne Martin. On aura peut-être besoin d'eux pour transporter le corps à la morgue. Suivez-nous, je vous montre le tableau.

Une lieutenante en civil, galon au brassard, prend le légiste en compte.

Max en profite pour retenir Martin par le bras. Il l'emmène dans la cuisine de Badolato, tire une chaise, s'assied et bâille au plafond.

– Vous avez l'air crevé, mon commandant.

– On le serait à moins. Dites-moi, Martin, un truc m'inquiète. Vous connaissez bien Badolato et Mille, le président de l'association. Et Roubaud aussi. Je le sais, le curé m'a dit que vous aviez servi la messe ensemble.

– Oui… Mais on n'est pas des intimes.

– Vous les appelez quand même tous par leur prénom.

– Amis d'enfance, rien de plus, hein. On n'est pas mariés.

– D'accord. Mais vous qui les connaissez si bien, ça ne vous intrigue pas que Badolato soit ruiné et qu'il possède une tablette numérique dernier cri ? Et un home cinéma flambant neuf ? Il y a encore l'emballage dans le garage. Sans parler des 50 000 euros en cash ? Ça ne vous intrigue pas que Mille vive avec une modeste retraite de prof et une *Rolex* neuve au poignet ? Une chaîne en or autour du cou et une grosse chevalière vissée à l'annulaire gauche ?

– Ce sont des célibataires sans gosses à rhabiller. Ça aide. Je ne vois pas le rapport avec l'affaire Mouriès ?

Un OPJ de la BR habillé en spationaute surgit dans la cuisine. Aux lueurs qui brillent dans ses yeux, on croirait qu'il a découvert une exoplanète.

– Le légiste a quelque chose. La lieutenante veut vous voir.

Un champ de travail stérile a été déposé sur la table de la salle à manger. Le corps dépendu de Badolato repose dessus. La pièce à vivre est devenue un véritable laboratoire. Max et Martin sont interdits de séjour. Des prélèvements de toute sorte s'accumulent dans des cartons blancs.

Le toubib parle à travers une bâche plastique transparente. Il explique le topo : « rupture des cervicales », « mort sur le coup », « traumatisme cervico-bulbaire classique », « redoutable efficacité », et sert le meilleur pour la fin : la victime présente sept plaies dans le dos, « probablement infligées par un outil tranchant dont la nature reste à déterminer ».

Max et Martin se regardent, estomaqués : un marteau arrache-clou, à tous les coups !

– Je ne pense pas prendre de gros risques en affirmant que la victime ne s'est pas suicidée toute seule, ironise la lieutenante. Nous avons trouvé du sang sur le plancher de la mezzanine, les analyses confirmeront sans doute qu'il s'agit du sien. Les coups ont pu être donnés là-haut.

– Il n'y a pas eu de lutte ? demande Max.

– *A priori*, non.

– Il connaissait donc son assassin, imagine Martin.

Personne n'ose répondre.

– Généralement, les personnes qui se suicident, et surtout celles qui choisissent la pendaison, précise le légiste en retirant ses gants, rédigent une lettre justifiant leur geste…

– Vous n'avez rien trouvé en entrant ?

– Non, répond Max à la patronne de la BR, ce qui confirme la thèse du suicide assisté. Nous ne sommes pas allés dans la salle à manger.

– Avec le commandant, nous avons juste visité le garage et la chambre, croit utile d'ajouter Martin. Nous avons laissé des trucs sur le lit.

– Et la toponymie des coups ? Quelque chose de remarquable ? demande Max.

– Pardon ? s'étonne le légiste.

– Oui… Les coups ont-ils été portés selon… une stratégie particulière ?

– Je ne sais pas. Ils suivent le rachis, en colonne par un. Les pompiers vont emmener le corps à La Timone. L'institut médico-légal vous dira quoi d'ici un jour ou deux.

– Eh oui…

Max et Martin sont retournés dans la ruelle. Durand a fait le job. À part un ou deux péquenauds insomniaques, tout le monde est allé se coucher. Les voitures des gendarmes ont été rangées à l'équerre et les pompiers sont partis.

Max jette un œil à sa montre. 1 h 49. Le légiste est rentré rédiger son rapport de levée de corps et la lieutenante s'est déséquipée. Elle fume une cigarette sous la lune pendant que ses hommes organisent une noria de cartons, preuves et autres scellés. Des professionnels du déménagement ne feraient pas mieux.

– Dites-moi, lieutenante, j'ai cherché un cadre photo de la victime et de son « ex » en costume et robe de mariés. Impossible de mettre la main dessus. Or je l'ai vu quand je suis venu interroger la victime entre midi et deux. Vos gars ne l'auraient pas embarqué ?

Alexia Moreau tire une dernière bouffée sur sa cigarette et, d'une pichenette, l'expédie dans le caniveau. Elle se retourne et arrache une liasse de papiers des mains d'un subordonné qui poireautait à six pas réglementaires. Elle contrôle attentivement la liste des prélèvements, relève la tête, intriguée, et plante son regard d'azur dans les yeux cernés de Max.

– Non. Dix cadres ont été recueillis. Mais pas de photo de mariage. Pourquoi ?

– Un détail à vérifier. Les hommes de l'adjudant Martin verront quand vous les autoriserez à entrer.

Martin dodeline de la tête pour acquiescer et s'effondre de désespoir :

– Ah non ! J'y crois pas… Regardez qui voilà ! Mylène Martinez !

– J'ai déjà entendu ce nom quelque part, murmure Max.

– La journaliste de *Var-Midi*. En pleine nuit ! Et *France Bleu Provence* ! Comment ils peuvent déjà être au courant, ces vautours ? Ils ne dorment donc jamais ?

– Je n'en sais rien, répond Max en bâillant à nouveau, mais c'est vous qui vous les coltinez. Moi, demain matin, j'ai rendez-vous au labo d'expertise judiciaire à Marseille et je compte bien dormir une heure ou deux.

– Et je leur dis quoi, à ces emmerdeurs de première ?

– Parlez-leur de Minuit crétin. Je rentre à pied, l'Hôtellerie est à deux pas. Vous me préparez une copie du rapport de la BR et vous m'appelez s'il y a quelque chose d'intéressant sur cette histoire de coups de marteau. Vous ne voyiez pas de rapport avec l'affaire Mouriès ? Eh bien en voilà un à creuser ! Lieutenante, merci pour le coup de main.

Brice of Nice

Mardi 17 juillet 2012
Jour 5 – Dur matin
Marseille

La 206 file sur l'A8, atteint Aix et bifurque sur l'A52, direction Marseille par les quartiers nord. Les yeux rougis et les jambes ankylosées, le flic du SRPJ trace sur pilote automatique et allume la radio aux abords des premiers ralentissements. Ça le réveillera peut-être.

– Il est 10 heures. Rejoignons Mohamed Assani, notre envoyé spécial dans le Var, à Saint-Maximin-la-Sainte-Baume, où une deuxième mort mystérieuse frappe la petite ville varoise. En effet, cher Mohamed, jeudi dernier dans la matinée, une vieille dame, Janette Mouriès, nous connaissons maintenant son identité, a été retrouvée sans vie dans la crypte de la basilique.

Vu le contexte et la personnalité de la victime, certains se sont plu à parler de « mystère » de la crypte. Et, cher Mohamed, hier soir : rebondissement !

– Bonjour Corinne. Exactement. Hier vers 22 h 45, un homme d'une soixantaine d'années habitant à Saint-Maximin a été retrouvé mort à son domicile du 27, impasse du Loriot, par une voisine indisposée par le tapage de sa télévision. L'adjudant de gendarmerie Thomas Martin, en charge de l'enquête judiciaire, nous a demandé la plus grande prudence et n'a pas voulu, en l'état des premières investigations, donner de détails sur les circonstances du drame, mais, ce que je peux d'ores et déjà vous affirmer avec certitude, c'est que cette nouvelle victime travaillait dans la basilique de Saint-Maximin depuis quelques années et qu'elle connaissait bien Janette Mouriès, retrouvée sans vie, comme vous venez de le dire, jeudi dernier vers 10 heures dans la crypte de la basilique de Saint-Maximin-la-Sainte-Baume, par des touristes australiens. Alors... Y a-t-il un rapport à établir avec le meurtre de vendredi dernier ? Il est un peu tôt pour l'affirmer, mais le doute est permis. Nous devrions en apprendre davantage sous peu.

– Merci Mohamed. Vous restez à Saint-Maximin et, bien sûr, vous nous rappelez dès que vous avez du neuf.

Max coupe la radio, se présente devant la grille coulissante du laboratoire interrégional de police scientifique et entre se garer sur le parking derrière le grand bâtiment gris.

*

*   *

– Salut Max. Tu tiens le choc ?

Sans attendre de réponse, Sandrine Loubet saute au cou de son vieux camarade. Elle est ainsi, la capitaine Loubet, professionnelle, voire froide dans le travail, « une vraie tueuse », une ancienne de la BAC, mais incapable de maîtriser ses émotions dès lors qu'elle est impliquée « perso ». Quand il peut à nouveau respirer, Max se dégage de l'étreinte de la jeune femme, reprend son souffle et trouve le courage de lui répondre.

– Ça va, Sandrine, on vient d'avoir une nouvelle victime cette nuit. J'ai des nuits courtes, mais ça va. T'inquiète.

– Parce que j'aimerais bien t'avoir à dîner à l'appartement pour parler du bon vieux temps. Mais attention, hein ! En tout bien, tout honneur. Mon pauvre ! Depuis que nous nous sommes retrouvés le mois dernier, je n'arrête plus de penser au lycée.

– Tu es gentille, c'est sympa. Mais… Un de ces jours, je t'expliquerai… Vous avez bossé sur les scellés ?

– Oui, soupire-t-elle, déçue qu'il aborde d'emblée le véritable but de sa visite.

Elle aurait aimé poursuivre les prémices, parler du Mistral et des calanques, de la dernière future ex-réforme de la Police nationale, tourner autour du pot, prendre son temps.

– Tu as de la chance. En un week-end, ce n'était pas évident d'avoir des réponses de tous les services malgré les ordres du divisionnaire. En plus, pendant les grandes vacances… Mais quand j'ai dit aux garçons que c'était pour un vieux pote du *36*, tout le monde s'est défoncé. Viens dans mon bureau, je vais te montrer leurs prodiges.

D'un pas alerte, Sandrine entraîne son compagnon dans son sillage. Max peine à la suivre. C'est une sportive, que du muscle et des os, accro à la salle de sport et à ses dix bornes quotidiennes sur la Corniche. Jean, baskets, tee-shirt serré, cheveux attachés, cinquante kilos et pas de seins. Max ne l'imagine pas en robe et escarpins.

Les deux flics parcourent un long couloir, traversent un jardin qui a dû être beau au siècle dernier, pénètrent dans un nouveau bâtiment tout aussi délaissé par l'administration, puis, au bout d'un escalier mal éclairé et tortueux, se retrouvent devant une massive porte en bois au vernis écaillé.

Sandrine s'arrête, silencieuse, lève la main gauche vers le digicode puis rabat les bras le long du corps sans se retourner. Max admire sa nuque, ses oreilles sans boucle et ses vertèbres saillantes. La mise en scène dure bien cinq secondes. Une éternité quand un ouragan vient de vous emporter. Elle tourne les talons et plante son regard dans les yeux de Max.

– Tu sais… Ton parchemin et le morceau de tissu qui l'accompagne me font penser au saint Suaire de Turin, censé être vieux de deux mille ans. À l'époque, un fragment du linceul avait été daté par un laboratoire de l'Université Paris-Sud. J'ai travaillé dessus pour ma thèse. Passionnant.

– Qu'avez-vous découvert sur mon manuscrit ?

Elle souffle.

– Tu es resté le même, toi. Droit au but !

Sandrine Loubet se souvient de cette anecdote au lycée d'Aubagne, vingt-cinq ans plus tôt. Une bande de joyeux drilles l'avait serrée d'un peu trop près sous un préau. Max avait vu la main d'un lycéen glisser sous sa jupe. Il était intervenu à coups de poing. Il avait frappé dans le tas, à l'aveugle, davantage par souci d'efficacité que par volonté de justice. Tout le monde en avait pris pour son grade, lui le premier : conseil de discipline et renvoyé une semaine. La sentence avait renforcé leur amitié. Puis la vie les avait séparés jusqu'à ce que, affecté de Paris à Marseille, Max découvre sur un organigramme que Sandrine travaillait elle aussi dans la police, en l'occurrence au laboratoire interrégional d'expertise judiciaire de Marseille.

– Tape-le, ton code ! Tu m'as mis l'eau à la bouche !

Sandrine hausse les épaules. Elle s'exécute et pousse la lourde porte qui craque. La surprise est grande et le contraste de taille. Les deux flics traversent un vaste hangar ultra-moderne et lumineux. Le sol brille, les murs sont blancs, vierges de toute décoration. Des rampes d'écrans d'ordinateurs, autour desquelles tourbillonnent des fonctionnaires en blouse blanche, encerclent l'ancien dépôt sur deux étages.

Au milieu du bâtiment, des groupes de travail s'affairent dans des bulles de plastique isolées les unes des autres. Sandrine et Max cheminent entre deux bandes jaunes peintes sur le sol. Interdit de s'en écarter. Cette fois, l'administration n'a pas lésiné sur les moyens.

La jeune femme grimpe un escalier en aluminium, pousse une porte sur laquelle est inscrit son nom et invite Max à s'asseoir.

– *Kawa*? demande-t-elle.

– Non merci.

– Moi non plus.

Elle ouvre un classeur.

– Je ne te cache pas que j'ai appelé à la rescousse les services centraux de la police technique et scientifique d'Écully.

– Tu as bien fait.

– Toi, Cosentino, tu n'as décidément pas changé ! Tu pourrais dire que la petite Sandrine est géniale ! Qu'elle prend les bonnes initiatives ! Qu'elle percute sévère et que tu es content !

– Je suis content.

Sandrine soupire. Elle se résout à résumer le rapport.

– D'après les gars de la *Scientifique,* le papier support de ton manuscrit daterait du IVe ou du Ve siècle. Tiens. Regarde. Ils l'ont daté au *Carbone 14.*

Elle lui tend un document mal photocopié.

– Mmm, grommèle-t-il. Le C14 est une bonne horloge.

Max lit à voix haute en sautant les passages qu'il juge sans intérêt.

ANALYSE DU SUPPORT

Les matières organiques entrant dans la composition du support analysé sont estimées à 350-450 ans après J.-C.... *Conclusion : le support peut être évalué à 1 600 ans d'âge avec une marge d'erreur de plus ou en moins cinquante ans… La confrontation avec des échantillons de pièces de comparaison de la Bibliothèque de France, bien que très délicate eu égard à la mauvaise conservation de la souche analysée, confirme néanmoins la datation proposée… Méthode : radiométrie au* Carbone 14 *des échantillons organiques (papiers, bois)… Remarque : une datation de confirmation par les laboratoires du Commissariat à l'Énergie Atomique est souhaitable…*

– Ok. Et pour l'écriture ? poursuit-il en jetant un œil distrait sur le reste du dossier.

– Là, tu vires lof pour lof ! Direction la Bretagne ! Mon père a une copine experte en graphologie auprès de la cour d'appel de Rennes. Tu sais, depuis que lui et maman se sont séparés, je ne le reconnais plus. Il a rajeuni de trente ans. Il court les jupons comme un jeunot !

– Si sa copine est compétente, cela ne me dérange pas.

– Directrice du centre de recherches criminelles de Nantes. Ça va ?

– Pas mal. Son nom ?

– Alexandra Le Fol.

– Connais pas.

– Aucun intérêt. Papa lui a demandé de se pencher sur des clichés de ton manuscrit. Premier point, le sceau est celui de Charles II d'Anjou, comte de Provence. Elle a comparé l'écriture avec celles de documents certifiés de sa main.

– Ou de son nègre.

– Tout juste. Dès le moment où il devient comte de Provence à la mort de sa mère, Charles d'Anjou fait rédiger tous ses documents officiels par Jacob de Nice, son scribe attitré qui le suit partout comme son ombre.

– … ?

– … D'après la copine de papa ! Elle en connaît un rayon. Je te l'ai dit. Et pas qu'en galipettes !

– Ne sois pas grivoise. Et ?

– Eh ben… La copine de papa a suivi la piste. Écoute-moi ça : « Par comparaison graphologique avec des documents avérés de la main de Jacob de Nice, il est permis d'affirmer que le texte de la pièce de référence a bien été rédigé par ledit Jacob de Nice, notaire du comte de Provence ; il fait par ailleurs partie des signataires du document, comme c'était l'usage à l'époque ».

Fin de citation. Pour recouper l'info, elle m'a suggéré de contacter l'École des chartes de Paris. Le type vers qui m'a dirigé le secrétariat est maître de conférences. Il a comparé le manuscrit de Saint-Maximin avec des textes médiévaux de leur bibliothèque. Selon lui, aucun doute possible : Brice *of* Nice est dans le coup ! Tiens ! Regarde !

Le paléographe parisien souligne une foultitude de correspondances graphiques sur les épreuves numérisées qu'il a expédiées à Sandrine. Max s'y plonge avec intérêt, constate que « liés et déliés concordent », que « les pièces de comparaison présentent elles aussi une écriture nerveuse avec des barres de T longues et prononcées, des mèches de L enroulées et achevées en queue de cochon ». Soit, qu'il s'agit de toute évidence de l'écriture de Jacob de Nice, d'autant que ses marques habituelles apparaissent tant sur le scellé trouvé dans l'antre de Janette Mouriès que sur les pièces de comparaison.

– Ok. Le parchemin de Saint-Maximin a été rédigé pour Charles le Boiteux par ton Brice *von* Nice.

– Le sceau le confirme !

– C'est celui de Charles d'Anjou ?

– Je viens de te le dire !

– Et pour l'encre ?

Elle se rajuste les cheveux avant de répondre.

– Alors là : très délicat...

– Mais tu as trouvé ?

– Pour qui me prends-tu ?

Sandrine ouvre un autre classeur et déclame sur un ton professoral :

– Il s'agit d'encre métallogallique, la plus utilisée en Europe à partir du XIIe siècle. J'explique. Les encres sont des mélanges. Leur formule comporte toujours, une chance pour toi, trois éléments de base : un colorant, des additifs genre cires animales ou végétales, et des anti-maculant. Première idée de manœuvre, donc, découvrir la recette magique de l'encre de ton papyrus.

– C'est-à-dire identifier les pigments ou autres composés.

– Tu comprends vite, c'est bien.

– Vous avez procédé par spectroscopie ?

– Eh oui, monsieur je-sais-tout. Il a fallu massacrer un petit morceau de ton papelard, mais bon, ça a permis de faire le job.

– Restait alors à comparer les résultats à une base de données…

– Comme pour les chartes rédigées par ce cher Brice *of* Nice.

– Ok. Et tu as demandé à qui, cette fois ?

– À Pierre Willendorf, mon maître à moi. Mon ancien prof de Paris-Sud. Un type fabuleux. Eh ben, mon vieux pote, tu vas rire ! Ton encre date de la toute fin du XIIIe siècle. Aucun doute possible.

– L'époque à laquelle Charles II d'Anjou a fait construire la basilique de Saint-Maximin…

– Si tu le dis.

– C'est important. Le père de ce Charles-là était le frère de Saint Louis.

– Et alors ? Quel rapport ?

– C'est le lien avec la Benoîte-Affique et le Hainaut. En mourant, la victime aurait prononcé deux mots : « Benoîte-Affique ». Un gendarme qui bosse avec moi…

– … celui qui a apporté les scellés ?

– Sûrement. Adjudant Martin. Un grand maigre, cheveux poivre et sel.

– C'est lui, confirme Sandrine. Il était assis à ta place vendredi dernier.

– Martin a fait des recherches sur Internet. Il a découvert un crime similaire au nôtre, commis en Belgique dans la collégiale Sainte-j'sais-plus-qui à Mons. Le vol de cette Benoîte-Affique aurait été le mobile du crime. C'est une sorte de broche qui représente trois personnages, qui a été perdue et retrouvée trente-six fois, bref qui a provoqué la mort d'un abruti.

– Et quel est le lien avec ton affaire ?

– Au beau milieu du XIIIe siècle, une guerre de succession déchire le Hainaut. La comtesse locale ne veut pas céder son comté au successeur désigné, le donne au frère de Saint Louis, le père de mon Charles d'Anjou.

– Et le brave monte dans le Nord pour prendre possession de son cadeau, glisse Sandrine.

– Exact. Mais les Ch'timis ne se laissent pas faire. Papa Charles manque d'être tué lors d'une escarmouche à Valenciennes, un bled là-haut. Queue entre les pattes, il retourne en Terre sainte. Louis IX l'oblige à renoncer au projet. Fin de l'aventure, ou presque.

– Ok. Tu as fait une thèse en histoire médiévale et tu ne l'as dit à personne. Bravo. Et c'est moi qui suis sopo !

– Ne te moque pas. Internet n'est pas fait que pour les sots. Ça rend plausible le rapport entre les deux crimes. La Benoîte-Affique représenterait Jésus, Marie-Madeleine et… leur enfant.

– Du grand n'importe quoi !

– Peut-être, Sandrine, mais moi, ce qui m'intéresse, ce n'est pas que ce soit vrai ou faux. C'est que des ensuqués y aient suffisamment cru pour tuer une pauvre vieille. La tombe de Sainte-Marcelle qui a été détériorée sur la scène de crime représenterait Jésus sous deux formes différentes. C'était en tout cas la théorie de la victime.

– Oh la vache !

– Je ne te l'envoie pas dire.

– Il faudrait un élément en béton pour confirmer le rapport avec ton bled, dans le Nord.

– Le Hainaut. Je l'ai, confirme Max.

– Je t'écoute !

– Charles II d'Anjou a fait don à l'église de Jumet, un village belge à quelques kilomètres de Mons, d'une relique de Marie-Madeleine. J'ai vérifié.

– Je n'y crois pas ! Tu es certain que c'est une relique de Marie-Madeleine ? Ce matin, j'ai fait traduire ton manuscrit par un fonctionnaire du département, comme tu l'avais demandé. Figure-toi que c'est une donation. Mais pas d'un terrain, d'un fief ou d'un truc important comme un château ou que sais-je encore.

C'est une donation de reliques ! Celles de… saint Maximin. C'est écrit *texto* dans la charte.

– Une donation ? À qui ?

– À personne.

– Déconne pas !

– Je suis sérieuse ! À personne !

– Comment cela ?

– C'est une donation aux murs de la basilique de Saint-Maximin.

– Oui… Une donation à l'Église, en qualité d'institution politique, c'est-à-dire au clergé, précise Max. Comme pour les murs d'une entreprise.

– Non. Le gars des Archives départementales est catégorique. Tu parles si ça l'a intrigué. Il n'avait jamais vu ça. C'est un don *aux murs de la nouvelle* église. Bizarre, non ?

– Il faudra faire confirmer cette traduction par quelqu'un de chez nous.

– J'y ai pensé, mais faut me donner des délais. En quatre jours, mes potes ont déjà fait pas mal de miracles ! Dès que je l'aurai, je te rappellerai. Dis donc, mon vieux, ton affaire date de deux mille ans. J'en ai la chair de poule !

– Ils auraient assassiné Janette Mouriès pour ça…

– Pourquoi pas ? Elle ne serait pas la première à passer à la trappe pour ce genre de conneries...

– À cause d'un document écrit avec de l'encre du XIIIe siècle, sur un papier du IVe siècle, en rapport avec des ossements du Ier siècle ? Tu parles…

– Je ne voudrais pour rien au monde être à ta place. Tu es certain que tu ne veux pas un café ? insiste Sandrine. Tu as une tronche de déterré.

– Non, ça va. Il va être midi, je rentre manger sur le pouce à Saint-Maximin et je dors une heure ou deux. Je suis explosé. Et pour les ossements qui accompagnaient le manuscrit, où en êtes-vous ? demande Max en tirant sur la portière de la 206.

– Ah là, camarade, il faudra que tu attendes un peu ! Des ossements humains, de l'expertise ADN, ça prend un tout petit peu plus de temps. Et ce ne sont pas les mails insistants du père Depardieu qui t'aideront. Dis-moi, le *Gérard,* c'est ton pote pour qu'il donne priorité à tes prières ?

Saint-Maxi Code

Mardi 17 juillet 2012
Jour 5 – Début de soirée
Retour à Saint-Maximin

– Bon sang de bonsoir, Martin ! Mais qu'est-ce qui s'est encore passé c't'après-midi ?

– Ah ! Vous étiez où ? Thierry Mille est mort !

Un peu après 15 heures, Jean-Charles Gaffiot, 57 ans, Saint-Maximinois en charge du site Internet de l'association *Madalene Sancti*, tourne une vidéo sur l'état des toitures de la basilique. Il s'est installé à l'angle sud-est du parvis où un échafaudage vient d'être monté, et a fait décoller le drone acheté la semaine précédente sur un site en ligne. Il est accompagné de deux autres membres de l'association, impatients de découvrir les performances annoncées par le fabricant de l'appareil photo volant. Des curieux s'approchent, et là, stupeur !

À peine le drone vient-il d'atteindre le sommet, que l'écran de contrôle dévoile un corps allongé sur le ventre, un marteau planté dans le dos. Gaffiot distingue un homme, mais, ému par la scène, crashe son objet volant identifié sur la corniche. Un de ses collègues court prévenir les gendarmes de garde à la crypte.

Quelques minutes plus tard, l'adjudant Martin se gare sur le parvis, accompagné du maréchal des logis-chef Aubert. Martin ordonne d'établir un périmètre de sécurité et enfile son petit sac à dos. Il passe sous la bâche bleue qui masque l'intérieur de l'échafaudage et réapparaît tout essoufflé au sommet sur la plate-forme. Il crie à Aubert d'alerter la BR. Le maréchal des logis-chef a le bon réflexe de confisquer le module de contrôle de Gaffiot. L'enregistrement servira pour l'enquête.

Une fois redescendu, Martin court au *Partner* où il avait laissé son portable et appelle Max. En vain, comme d'hab…

– Où est l'arme du crime ?

– Je viens de l'envoyer à Marseille, conformément à vos consignes.

– Martin, vous commencez à m'emmerder à la jouer perso. Pourquoi avez-vous dit au maire que nous avions découvert un manuscrit et des ossements chez Janette Mouriès ? Ça devait rester confidentiel. Dorénavant je ne tolérerai plus d'incartades. Vous auriez dû m'appeler tout de suite quand vous avez su pour Mille.

Martin se plante devant Max, les bras ballants le long de son corps longiligne, comme un boxeur impatient d'entendre le gong pour envoyer les premiers coups. Il perçoit les battements de son cœur jusque dans ses tempes.

– Un : le maire, c'est un va-de-la-gueule ; et deux, je vous rappelle que Badolato était avec vous quand vous avez fouillé chez la vieille Mouriès. Quant à Mille, je viens de vous le dire. J'ai essayé de vous contacter et plutôt deux fois qu'une. Répondeur + SMS.

– Portable déchargé. Je me suis endormi. Vous auriez dû envoyer quelqu'un me chercher à l'Hôtellerie ! Il est 18 h 50 ! Pourquoi avoir attendu si longtemps ?

Martin fait encore un pas en avant. Il n'en faudrait plus beaucoup pour qu'il craque.

– Mon commandant, regardez autour de vous. Je suis débordé, je manque de personnel et mon patron s'en fout. Je ne débande plus depuis que vous êtes arrivé à Saint-Max et vous, vous baladez toujours quelque part. Chez le curé, chez Jacques, dans la basilique à trouver des portes partout, à Marseille et je ne sais encore où. Pourquoi vous ne me diriez pas où vous allez tout le temps ? Et pourquoi n'irions-nous pas partout à deux ? Qui est-ce qui se la joue perso ? insiste Martin. Moi ? Pas certain. Il a fallu accueillir la BR, le légiste pour la levée de corps et les pompiers pour le descendre, se cogner la paperasse et les premiers témoignages. Si vous n'êtes pas content, voyez le major Kuhlmann ou le capitaine. Ils vous aideront, eux.

Par curiosité, Max s'approche de l'échafaudage qui n'est pas si difficile à escalader. Il se coule sous la bâche qui brise la vue et observe le squelette d'aluminium de l'intérieur. Un étroit escalier en ligne brisée permet de passer de plancher en plancher sans effort.

Thierry Mille qui n'était pas un grand sportif n'a pas eu de mal à grimper. Mais pourquoi monter là-haut ?

Max souffle un grand coup et rejoint l'adjudant au volant du *Partner.*

– Bon, Martin… Qu'est-ce que vous avez ?

– Un troisième macchabée trucidé à l'arrache-clou. Pas d'autre indice pour l'instant. J'attends le rapport du légiste et j'ai envoyé Aubert se renseigner dans les magasins de bricolage du coin. Il va éplucher les enregistrements de leurs caméras de surveillance. Et qui sait ? On chopera peut-être notre tueur en série en train de présenter sa carte de fidélité à la caissière ?

– Vous croyez toujours à votre piste… « religieuse » ?

Max mime les guillemets avec les doigts.

– Plus que jamais. Janette Mouriès, Jacques Badolato et maintenant Thierry Mille, tous trois impliqués dans la vie de la basilique. Ils devaient être au courant d'un secret. Et je ne suis pas le seul à y croire. Vous avez lu le *Var-Midi* d'aujourd'hui ?

– Bien sûr que non !

Martin tend le bras et ramasse le journal sur le siège passager.

– Eh bien, tenez ! Vous allez adorer ! Et montez ! La juge d'instruction arrive à la BTA. Elle veut nous voir, je sens que notre matricule va chauffer !

Var – Midi

Mardi 17 juillet 2012 – Prix : 1,30 € – N° 23316

SAINT-MAXI CODE

De nouvelles révélations sur la vie de Marie-Madeleine ?

Hier lundi 16 juillet vers 22 h 45, un habitant de Saint-Maximin-la-Sainte-Baume a été découvert sans vie à son domicile par une voisine indisposée par des nuisances sonores. C'est la deuxième mort suspecte qui secoue la petite ville du Var en moins d'une semaine. (Voir notre édition du 13 juillet). L'homme, célibataire, âgé d'une soixantaine d'années, se serait pendu sans raison apparente si l'on en croit les premiers témoins interrogés sur place. Toutefois, l'importance des forces de gendarmerie qui recherchaient des indices pendant toute la nuit et ne quittaient le domicile de la victime qu'après 3 heures du matin, permet d'envisager de multiples hypothèses. Cette tragique disparition aurait-elle un lien avec la mort de Janette Mouriès dont le corps était retrouvé jeudi dernier dans la crypte de la basilique ? Il est permis de le croire puisque l'homme décédé hier soir travaillait depuis 2008 dans la boutique de la basilique au profit d'une association locale et fréquentait Janette Mouriès. Selon une source qui a souhaité rester anonyme, la vieille dame aurait découvert dans la basilique un secret en rapport avec la vie de Marie-Madeleine. La récente mise au jour d'un manuscrit ancien et de nouvelles reliques pourrait corroborer cette thèse. Sommes-nous en présence d'un « Saint-Maxi Code » ? Les autorités judiciaires et religieuses qui n'ont pas encore réagi sur ce point devraient bientôt apporter des réponses concrètes aux nombreuses questions que se posent des Saint-Maximinois inquiets.

Mylène MARTINEZ, *m.martinez@varmidi.com.*

Dans la salle de réunion de la BTA, quatre hommes et une femme discutent en cercle sous les néons. Le major Kuhlmann et le capitaine N'Guyen, descendu de Brignoles pour l'occasion, encadrent Manon Padovani. Devant eux, Cosentino et Martin, oreilles et profils bas, font figure de prévenus.

La juge d'instruction, fidèle au costard que lui a taillé Depardieu, exige des explications claires et précises. Comment un caractère de pitbull a-t-il pu élire domicile dans une si jolie femme ?

– Non, mais c'est quoi, cette histoire de *Saint-Maxi Code* dans la presse ? Et « des autorités judiciaires qui n'ont pas encore réagi » ? Vous n'avez rien ? Même pas un signalement ? Un indice ? Si vous n'êtes pas capable d'avancer, dites-le ! Je confierai l'enquête à quelqu'un d'autre.

Martin fixe le bout de ses chaussures noires et ses collègues gendarmes comptent les mouches au plafond, alors Max organise la position de défense.

– Nous avons découvert une charte et des ossements dans le repaire de la première victime, Janette Mouriès. D'après le laboratoire d'expertise judiciaire, il s'agit d'un document du XIIIe siècle. Quant aux ossements, le labo pense qu'il s'agit d'os très anciens, mais les analyses sont en cours. Il faudra attendre avant d'affirmer quoi que ce soit. Pour Jacques Badolato, pareil, prélèvements en cours d'analyse. Ça ne se fait pas en deux minutes. Quant à Thierry Mille, les pompiers viennent d'emporter son corps à l'institut médico-légal. Nous avons l'arme du crime, elle a aussi pris la direction de

Marseille pour expertise. Nous aurons peut-être des empreintes. La presse fantasme et raconte ce qu'elle veut. L'adjudant et moi, nous progressons étape par étape sur la base d'éléments vérifiés et recoupés.

Max a marqué un point. Manon Padovani observe en silence son visage fatigué et les poils en bataille de sa barbe de trois jours. Le capitaine N'Guyen et le major Kuhlmann ne bougent pas. Martin relève les yeux.

– Il y a quand même un point commun entre nos trois victimes, reprend la juge après quelques secondes. Il faut creuser de ce côté-là.

– J'allais y venir, madame, aux coups de marteau. Sept, à chaque fois dans le dos, précise Max. La légiste doit me rappeler. Nous verrons si nous pouvons établir des points communs: *modus operandi,* nature du marteau, topographie des impacts.

Manon Padovani écarquille les yeux.

– Avez-vous les marteaux?

– Un seul. Celui de la troisième scène de crime, lequel a peut-être servi dans les trois cas. Pour l'instant, impossible d'établir un lien entre les victimes, à part qu'elles se connaissaient et s'intéressaient de près à la basilique. Je suis intrigué par la scénographie des meurtres. Janette Mouriès a été agressée dans un lieu public. Elle a dû être poussée dans les escaliers de la crypte puis lacérée de coups et retournée sur le dos. Une des cuves de la crypte a été martelée et les gravats ont disparu. Elle a pu être victime de plusieurs agresseurs. En revanche, Badolato et Mille ont été assassinés en espace confiné si je puis dire, l'un chez lui et l'autre sur un toit, sans que personne ne puisse rien voir. Leur agresseur devait donc être seul, libre d'agir à sa guise. Peut-être un *copycat* mais là encore, ça reste à confirmer. Je sais que l'adjudant Martin a une autre idée.

Max pivote sur les talons.

– Mon adjudant, touchez-en un mot à Mme la juge.

Martin se frotte les cheveux, inspire profondément et souffle à fond.

– Oui… Janette Mouriès prétendait avoir découvert un secret en rapport avec la vie de Marie-Madeleine et de Jésus. C'est elle qui disait ça et beaucoup la prenaient pour une folle, moi le premier. Mais comme m'a dit un jour le commandant, quelqu'un a pu croire ses délires et la supprimer pour qu'elle emporte son supposé secret dans la tombe. C'est pour ça que la cuve a été martelée. Elle représentait Jésus. Sinon, quel intérêt de perdre du temps à la détruire et de risquer de se faire prendre ? Mille était président de l'association des Fidèles de la basilique et Badolato, son boutiquier. Eux aussi savaient des choses. Ils s'entretenaient souvent avec Janette, même si en apparence ils ne s'aimaient pas beaucoup.

– Bon sang de bonsoir ! s'écrie Max, Floréal Roubaud ! Il faut le protéger. Lui aussi côtoyait Janette Mouriès. Et vous pareil, mon adjudant, vous étiez enfant de chœur avec lui, Badolato et Mille.

– Roubaud est donc la prochaine victime, intervient la juge.

– Exact !

Le major Kuhlmann lève une main un peu pataude. De fines gouttelettes s'accumulent à la naissance des ailes de son nez. Manon Padovani, en prédatrice dans l'âme, a senti une faille dans l'armure du patron de la BTA. D'un coup de menton autoritaire, elle intime au sous-officier de parler.

– Roubaud a disparu. Aubert est passé chez lui pour votre histoire de vente de marteau. Une bonne idée ! Il voulait savoir où il achetait les siens. Son domicile était vide. Une voisine a vu la famille partir en voiture mercredi vers midi. Georges Tapan, son contremaître, a déclaré ne pas l'avoir croisé depuis l'interrogatoire d'hier. Peut-être s'est-il caché après avoir lu le journal ? Il a peut-être compris qu'il était le prochain sur la liste ?

La juge d'instruction reprend les choses en main tandis que Max s'éloigne du groupe. Son portable vibre pour la troisième fois en cinq minutes.

– Bien, commence la jeune femme d'un ton calme, mais ferme. Avis de recherche, signalement dans les aéroports, les gares et les postes-frontière ; caméras de surveillance aux péages des autoroutes. Tout de suite. Et perquisition des domiciles de Mille, Badolato et Roubaud. Capitaine, je veux qu'on aille vite et que tous les moyens soient mis à la disposition du commandant Cosentino. Je compte sur votre étroite collaboration. Je vous rappelle demain matin.

Tandis que les trois gendarmes courent lancer les procédures, la juge d'instruction se retourne vers le fond de la salle où Max vient de raccrocher. Elle l'interpelle sur ce ton qui ne la quitte jamais.

– Un rapport avec notre affaire, ce coup de fil ?

Max ne peut masquer un petit rictus. *Elle ne lâche jamais, cette nana !* Manon Padovani s'en aperçoit et sourit à son tour.

– Vous ne croyez pas si bien dire, madame la juge. J'avais demandé au capitaine Boughan, un collègue du Quai des Orfèvres, de me transmettre les coordonnées de Valentina Cigliano, professeure des universités versée dans les religions. Elle m'avait aidé dans une affaire à Paris. Elle en connaît un rayon sur les débuts du christianisme, bien plus que moi ! J'ai pensé qu'elle pourrait m'éclairer sur cette histoire de Marie-Madeleine à laquelle Janette Mouriès croyait dur comme fer. J'ignore si Martin a raison, mais moi, je cherche un mobile. Si je dénoue les fils du premier meurtre, les lacets des deux autres se déferont tout seuls. Maintenant, il faudrait que la chance s'en mêle.

Manon Padovani hausse les épaules sans grande conviction et jette un œil au cadran de sa petite montre.

– Quand la voyez-vous, votre experte judiciaire ?

– Demain après-midi sur le Vieux-Port.

– Parfait. Je rentre à Toulon. Vous me tenez au courant pour les perquises.

Bien observé

Mercredi 18 juillet 2012
Jour 6–15 heures
Au Vieux-Port

Max Cosentino file sur l'A50. De sombres pensées envahissent son esprit. L'une d'entre elles, plus que les autres, l'emporte : tirer un trait sur cette vie à sens unique. Vivre sans sa fille Laurie est déjà un supplice ; l'idée de perdre Brigitte devient un calvaire. Il décide de passer à l'acte. Il assemble ses souvenirs dans un sac marin, les jette par la fenêtre sur la zone d'arrêt d'urgence et fonce dans une pile de pont. La tôle se déchire dans un bruit infernal. Les vitres éclatent en mille morceaux. Les airbags se gonflent. L'odeur de l'essence emplit l'habitacle. Des flammes lèchent son corps, sa peau. Il ne ressent aucune douleur. La lumière s'éteint. Le bruit, encore le bruit, si violent, perdure un instant. Quelle étrange sensation. Max offre son corps à la police technique et scientifique, s'il en réchappe un morceau.

Depardieu pleure son départ.

– Cosentino ! Bon sang ! Qu'allons-nous faire des pièces à conviction ?

– Mon pauvre *Gérard,* brûlez tout ! Les ex-voto, le manuscrit, les reliques et tout le saint-frusquin…

Mauvaise réponse.

Max subit par contumace l'opprobre des enquêtes bâclées, des rapports incomplets, des paroles non tenues.

– Quel manque de courage !

– De la part d'un ancien du *36,* ce n'est pas croyable !

Les collègues du SRPJ refusent de cotiser pour la couronne. Les gendarmes de Saint-Maximin ne vont pas à l'enterrement. Et alors ? Max se fiche pas mal des jugements premiers. L'image de Brigitte l'accompagne : son sourire pincé avant le cancer, sa petite robe d'été sur la plage, ses cheveux bouclés dans les embruns, l'été 92 et l'empreinte de ses orteils dans le sable de Sormiou.

Max prend le large. Il vise à se racheter une âme neuve, une conviction de missionnaire ; oubliés la chimio, les heures à l'hôpital, l'appartement vide de Nanterre et la télé allumée tard le soir. Plus d'intérêt pour cette vie échue, le chat qui ne le regarde plus. Le voici libéré.

La Bonne-Mère l'accueille sur son bras droit, juste en face du petit Jésus. Les anges chantent et, tandis que Brigitte vient à sa rencontre en tenant Laurie par la main, il s'enivre de leurs voix d'enfant. « En route vers vous, mes amours », songe-t-il tout sourire.

– Oh ! T'avances ou quoi ? C'est vert, *con !*

Dans le rétroviseur de la 206, un excité s'acharne sur son klaxon. Sous sa casquette à la *one-again,* le jeune homme exulte et ressuscite Max.

Quelle étrange sensation.

Max n'a pas trouvé la force de poser ses actes au bout de ses idées. Il baisse la tête. Qui lui jetterait la première pierre ? Il desserre le frein à main et relâche la pédale d'embrayage.

La Peugeot s'engage sur le Vieux-Port. Maintenant, il faut trouver une place pour se garer. Et à Marseille, ce n'est pas la plus mince des affaires.

*

* *

Valentina Cigliano affiche cet air préoccupé qu'elle avait déjà à Paris. Max ne peut pas la rater. Elle a le visage bronzé, rond, et des yeux noirs comme ses cheveux qui tombent en queue de cheval dans son dos.

– Madame Cigliano ? Commandant Max Cosentino, SRPJ de Marseille.

Max exhibe sa carte de police.

– Je vous en prie, commandant, je vous ai reconnu. Ravie de pouvoir à nouveau vous aider.

– Je vous en remercie encore, répond-il en serrant la main offerte. Une chance que vous soyez à Marseille et que vous ayez du temps à me consacrer.

– Comme je vous l'ai dit au téléphone, une petite heure.

Valentina Cigliano remarque l'air triste de Max. Il est beau, mais sans charme, et s'habille sans goût particulier. Sa chemise est propre, mais mal repassée ; ses chaussures sont neuves, mais pas cirées. Il n'a de toute évidence pas à plaire à quiconque en rentrant chez lui après sa journée de travail.

– Une petite heure ? Cela devrait suffire. Je vous offre un café ?

– Je préfèrerais marcher un peu, si cela ne vous ennuie pas ? Il fait un peu lourd...

– Allons voir le chantier du *MuCEM*. Du fort Saint-Jean, la vue embrasse Marseille.

L'improbable couple avance un moment sans prononcer le moindre mot. Après l'hôtel de ville, Cosentino décide qu'il est temps d'attaquer. Une petite heure, c'est court.

– Madame Cigliano, je souhaitais vous rencontrer pour donner suite à l'affaire sur laquelle j'enquête. C'est bien sûr confidentiel et je dois compter sur votre discrétion.

Valentina Cigliano écarte les bras en signe d'évidence. Max enchaîne.

– Voilà. Jeudi 12 juillet dans la matinée, Janette Mouriès, une vieille dame, a été retrouvée morte dans la crypte de la basilique de Saint-Maximin, dans le Var. L'enquête ne fait que commencer et les hypothèses sont nombreuses, crime crapuleux, vengeance personnelle, homicide prémédité. Tout le monde n'appréciait pas la victime qui prétendait avoir découvert un secret dans la basilique où, vous le savez, sont conservées les reliques de Marie-Madeleine. J'ai besoin d'en apprendre davantage sur le contexte religieux de l'affaire et j'ai pensé à vous. Car pour découvrir pourquoi quelqu'un a voulu s'en prendre à une SDF, je ne veux négliger aucune option.

Valentina Cigliano s'approche à portée de souffle de l'officier de police. Elle peut désormais distinguer les poils mal rasés sur ses joues, ses petites rides grasses entre ses sourcils et ses yeux d'un vert limpide.

– Janette Mouriès était bien davantage qu'une SDF, cher commandant.

– Vous la connaissiez ?

– Dans le microcosme catho-mystique de la région, tout le monde la connaissait. Janette était une intellectuelle, certes un peu illuminée, mais une voyante très consultée. Politiques, scientifiques, fidèles et mécréants de tout poil, croyez-moi, du beau monde, défilaient dans son petit confessionnal. Si je ne l'ai jamais rencontrée, mes étudiants m'en ont plus que parlé ! Elle prétendait depuis longtemps avoir découvert à Saint-Maximin des indices de la venue de Jésus en Provence. Elle ne s'en cachait pas et le répétait à l'envi. Cela faisait rêver les uns, sourire les autres, mais ne laissait personne indifférent. Selon mes sources, elle affirmait être en possession de nouvelles preuves, selon elle irréfutables.

– Décidément ! Marie-Madeleine, oui ! Sur une barque qui échoue par je ne sais quel miracle aux Saintes-Maries-de-la-Mer ? Mais Jésus, alors là, chapeau bas ! A-t-on seulement une preuve de la présence de Marie-Madeleine à Marseille ? Car admettez-le, en partant de Palestine à la voile, il faut y arriver, à Marseille ! Ce n'est pas le port à côté !

Cette fois, Valentina Cigliano juge nécessaire de s'arrêter. De l'index, elle indique le banc public qu'un groupe de touristes allemands vient de délaisser.

– Je vais être concise, poursuit-elle une fois assise. Après l'événement de l'Ascension, Marie-Madeleine disparaît des textes. Vous ne la trouverez plus nulle part dans le *Nouveau Testament* ; même pas dans les Épîtres de saint Paul. À peine peut-on l'imaginer, dans les *Actes des Apôtres,* présente parmi quelques femmes autour de Marie, mère de Jésus. Mais elle n'est pas nommément citée. En revanche, elle est signalée dans des textes apocryphes. L'Évangile de Nicodème assure qu'elle se serait rendue à Rome pour se plaindre de la justice de Ponce Pilate. L'Évangile de Marie affirme qu'elle soutenait le moral des apôtres. Selon les *Actes de Philippe,* Marie-Madeleine détenait le registre des pays assignés à chaque apôtre pour l'évangélisation. Et puis plus rien. Paradoxalement, c'est ce plus rien qui justifierait le silence des textes officiels.

– Évidemment !

– Vous permettez ? Je m'explique. Si les Écritures ne citent plus Marie-Madeleine, c'est qu'elle aurait quitté le ressort territorial couvert par ces documents, une zone allant de Rome à l'Asie Mineure, avec la Palestine en épicentre. Si elle est venue à Marseille, l'argument tient debout.

– Je veux bien vous croire… Mais vous ne répondez pas à ma question. Dispose-t-on du moindre témoignage crédible de la présence de Marie-Madeleine en Provence ? Une source, disons… scientifique. Après… oui ! Pourquoi ne pas imaginer Jésus avec elle ? Mon catéchisme en prend un coup, je ne vous le cache pas !

– J'y viens, cher commandant. Trois auteurs signalent Marie-Madeleine après la Résurrection : en 735, Bède le Vénérable fixe la date de sa fête au 22 juillet ; en 756, peut-être un peu avant, Raban Maur la cite dans ses *Allégories sur la Sainte Écriture* et, enfin, au XIIIe siècle, Jacques de Voragine fait plus que l'évoquer dans *La Légende dorée*. Selon cet auteur, les proches de Jésus vendirent leurs biens après sa mort, restèrent une bonne dizaine d'années en Palestine pour participer au premier mouvement d'évangélisation. Puis vinrent les persécutions de 44 sur ordre d'Hérode Agrippa. Pour échapper aux Romains, l'entourage de Lazare, dont Marie-Madeleine, aurait été mis sur un vaisseau et abandonné sur la mer. Toujours selon Voragine, je le cite, « Dieu permit qu'ils abordassent à Marseille ». Pas la porte d'à côté, je vous le concède.

– Vous… Quel est votre avis ?

Valentina Cigliano serre les lèvres.

– Le bateau à la dérive sur la Méditerranée, cela me semble improbable. En revanche, que les soixante-douze disciples aient embarqué sur un ou plusieurs navires pour fuir les persécutions, c'est plausible. Ils auraient très bien pu aller d'île en île et de port en port pour décamper le plus loin possible du Proche-Orient.

D'où Marseille. Les moyens, le trafic et le réseau maritimes existaient.

– Et ils auraient eu un enfant!

– Jésus de Galilée et Myriam Migdal? Oui... Plusieurs enfants, même, selon certaines sources publiques. En ma qualité d'experte judiciaire, j'ai déjà eu l'occasion, par le passé, de donner des éléments de compréhension aux autorités judiciaires, vous n'êtes pas le premier. Que quelqu'un s'acharne à détruire ces sources, vraies ou fausses, ne me surprend pas. Vous avez un crime à élucider? Eh bien! Trouvez ceux qui veulent détruire ces preuves et vous vous approcherez des assassins de la pauvre Janette.

Valentina Cigliano extirpe une enveloppe *kraft* de son grand sac, en tire des feuilles A4 imprimées en couleur et poursuit.

– Voyez cette photo. Je l'ai préparée à votre attention. Elle a été prise en Espagne, près de Barcelone, au monastère de Santes Creus avant l'incendie de la chapelle Saint-Jean-l'évangéliste. Il s'agit (je devrais dire «il s'agissait» puisqu'il a brûlé) d'un retable en bois polychrome peint à l'huile un peu après 1600. Regardez le personnage central.

– Et alors?

– De source officielle, il s'agit de saint Jean l'évangéliste. Mais observez les détails de plus près. Il a un je-ne-sais-quoi d'efféminé, des cheveux longs, des lèvres rouges. Vous ne trouvez pas?

– Peut-être...

– Il porte une coupe dans la main gauche. Regardez. C'est le Graal, qu'il tient à hauteur de la poitrine. Et dans l'arrière-plan, sur sa gauche, que voyez-vous ?

– Deux petits personnages devant l'entrée d'une grotte. Une femme et un homme.

– Et la femme ?

– Euh… Elle ressemble à votre saint Jean.

– Oui. Même silhouette, mêmes habits, et… ?

– Même chevelure ?

– Exact. Le peintre a glissé des indices. Le personnage peint sur le retable n'est pas saint Jean l'évangéliste. En reproduisant en arrière-plan le *Noli me tangere*, l'auteur du retable a représenté la femme qui accueille le Sauveur à sa sortie du tombeau : Marie-Madeleine. Vélasquez, Le Gréco, Rubens, Le Titien, tous représentaient saint Jean en homme d'âge mûr, vigoureux et barbu, un livre à la main : son évangile. Pourquoi le personnage central ressemblerait-il ici à une femme ? Pourquoi porterait-il une coupe plutôt qu'un livre ?

– Je l'ignore.

– Parce qu'au pied de la Croix, saint Jean était encore tout jeune ? Non. Parce qu'il n'avait pas encore rédigé son œuvre ? Non, cher commandant. Parce que c'est Marie de Magdala. Un autre indice apparaît sur le retable : le crâne, toujours associé à Marie-Madeleine dans l'iconographie traditionnelle. Mais il y a encore mieux. Regardez ces agrandissements des photos des sept scènes qui figurent sous la figure principale du retable. Sur celle du milieu, voici Jésus crucifié entre les deux larrons et, au pied de la Croix, Marie de Magdala. La voyez-vous ?

– Évidemment.

– Décrivez-la, s'il vous plaît.

– Elle… Non !

– Mais encore ?

– Ce n'est pas possible…

– Si, cher monsieur. Elle est enceinte. Et sur le point d'accoucher, un linge à la main. Voyez ces seins gonflés, ces tétons saillants, ce ventre bas, si bas qu'on a envie de l'aider, de la plaindre, de l'aimer, elle que l'historiographie des Ve et VIe siècles confondit en prostituée.

– Oui, bon… C'est une peinture, une vision d'artiste. Rien ne prouve que ce soit vrai. Que le père soit… Enfin, vous me suivez.

– Me demanderiez-vous de démontrer que Marie de Magdala était de la famille de Jésus ? Qu'un lien officiel existait entre eux ?

– Oui. Enfin, que… qu'ils ont…

– Alors là, je vous interromps. Marie de Magdala n'est pas de la famille de Jésus. La famille naturelle du crucifié, la voici sur l'image suivante à la descente de la Croix. Jésus est mort, entouré de Marie, femme de Cléophas et cousine de Marie, mère de Jésus, de Joseph d'Arimathie avec son turban de pharisien, de Lazare soutenant la Vierge Marie, de Jeanne, tante de Jésus, et de Nicodème, grimpé sur l'échelle. Tous ces personnages sont la famille du Crucifié au premier cercle. La preuve ? Selon la loi de Moïse, nul ne pouvait toucher un mort sauf à être son parent. Le retable donne donc un nouvel indice : tous ceux qui figurent au pied de la Croix sont des membres de la famille de Jésus. Tiens ! Voici une étrangère, la Magdeleine, avec l'urne aux huiles dans les mains.

– Un… Une urne ? s'étonne Max en songeant au canope laissé à Brigitte.

– Contenant des huiles parfumées.

Max poursuit aussitôt pour masquer son trouble.

– Que fait-elle là, Marie-Madeleine, si vous dites qu'elle n'est pas du sang du Christ ?

– Cher commandant. Une seule possibilité pour qu'elle soit admise à poser sur la photo. Si elle n'était pas de son sang, elle était celui de sa descendance, donc, sa compagne. L'enfant qu'elle porte est le fils du Fils. Ils s'aimaient. Vers 1100, l'évêque de Cantorbéry, Anselme de Cantorbéry, écrit son *Electa dilectrix et dilecta electrix Dei,* ce qui signifie *grosso modo* qu'elle aimait le Christ et que c'était réciproque. Ce n'est pas moi qui le dis.

– Donc, le troisième personnage visible sur la Benoîte-Affique… balbutie Max.

– Je vois que vous connaissez la Benoîte-Affique.

– Ce sont les derniers mots que Janette Mouriès a prononcés avant de succomber à ses blessures. Grâce à un de mes collaborateurs, j'ai pu faire le rapport avec la collégiale de Mons.

– La Benoîte-Affique présente trois dessins anthropomorphes gravés au stylet, précise Valentina Cigliano, pas de quoi s'emballer sur de quelconques ressemblances. Un enfant de six ans ferait mieux.

– Certes, mais comment cette... peinture de Santes Creus a-t-elle pu arriver jusqu'ici? Et pourquoi n'en a-t-on jamais parlé avant? C'est stupéfiant! Tous ces gens qui l'avaient vue: le clergé, les intellectuels, les ennemis de l'Église eux-mêmes...

– Il n'y a rien d'extraordinaire à cela. D'autres exemples existent. Dans la chapelle Rinuccini, à Florence, Giovanni da Milano peint en 1365 des scènes de la vie de Marie la Magdaléenne. On y voit entre autres son accouchement à Marseille.

– Elle est enceinte au pied de la Croix, vers 33, et elle accouche quand elle arrive en Provence, si j'ai bien suivi après 44!

– Allons, allons, cher commandant. Vous êtes policier. Soyez plus perspicace... Cela signifie peut-être qu'elle a eu d'autres enfants, comme je le disais voici un instant, et très certainement, au regard des coutumes de son rang, avec le même partenaire. Voici un autre témoignage: Jan van Scorel, un peintre allemand mort en 1562, représente l'apôtre des apôtres dans un paysage montagneux, munie d'un flacon de parfum, l'urne. L'intérêt majeur de cette toile tient dans les métaphores que peint l'artiste. Un berger mène son troupeau au pied de la Sainte-Baume où figure un couple avec son enfant. L'arbre mort au pied duquel est assise Marie de Magdala reverdit. Le guide suprême, la descendance, la vie après la mort... Interprétez ces signes comme vous l'entendez.

Max gigote sur le banc, se frotte les jambes et souffle. Sa sieste de la veille l'a revigoré, mais il souffre encore d'un déficit de sommeil.

– Je comprends que cela puisse vous bouleverser, poursuit Valentina Cigliano après un moment de silence.

– On le serait à moins.

– Voyez-vous, le retable, la Benoîte-Affique, les œuvres de Milano et de Scorel révèlent une vérité longtemps considérée comme hérétique. Nombreux sont ceux qui ont payé ce secret de polichinelle de leur vie, les Templiers et les cathares pour ne citer que les plus connus.

– D'accord, mais d'où tenez-vous ces éléments ? Du *Nouveau Testament* ? Des *Évangiles* ? De textes secrets qu'on aurait découverts la semaine dernière ? Soyons sérieux.

– Oui, soyons sérieux, répète Valentina Cigliano. On ne trouve rien dans le *Nouveau Testament* ? Normal : les quatre *Évangiles* canoniques évoquent la vie publique de Jésus. Leur unique but consiste à démontrer qu'il est bien le Messie promis à Israël. Et pour cela, la naissance devait correspondre à la prophétie : « Le sceptre ne sera pas ôté de Judas ni le bâton de commandement d'entre ses pieds, jusqu'à ce que vienne Shiloh, à qui tous les peuples obéiront ». C'est dans la *Genèse*. Le Messie devait donc apparaître entre l'éviction des fils d'Hérode et l'arrivée du procurateur romain Quirinus, soit entre moins quatre et plus six de notre ère. D'autres textes qui n'ont pas été découverts la semaine dernière,

Monsieur l'incrédule, apportent les précisions qui nous intéressent. L'*Évangile de Philippe* dit que Marie-Madeleine est la compagne de Jésus ; qu'il existe le mystère du Fils de l'Homme et le mystère du fils du Fils de l'Homme ; que Jésus est très attaché à Marie-Madeleine ; que Pierre en est à ce point jaloux qu'il refuse d'admettre qu'à sa résurrection, Christ ait confié à cette femme, à *une* femme, ses enseignements secrets et la primauté de la communauté de ses successeurs.

– On me dit spécialiste, plaisante Max, mais je ne connais pas cet évangile !

– L'Église non plus. Elle ne le reconnaîtra d'ailleurs jamais et organisera, après le premier concile de Nicée, la destruction de nombreux textes apocryphes. Mais pas de tous. Le souvenir de la « Famille interdite », Jésus, Marie-Madeleine et leurs enfants, du Graal, du Sang sacré, persistera et ses défenseurs tenteront de le sauver en le représentant de mille façons, sur des bijoux, sur des œuvres d'art ou dans des livres, si faciles à brûler, voire en le sculptant sur des sarcophages comme ceux de la crypte de Saint-Maximin...

– ... pas si difficiles à marteler.

– J'en conviens.

Valentina Cigliano et Max Cosentino se sont relevés. Ils contournent le fort Saint-Jean par les quais et arrivent à hauteur de la Major. L'immense cathédrale de style néo-byzantin les écrase de toute sa dominance.

– Selon la tradition, c'est ici que Marie-Madeleine commença la première prédication de l'*Évangile* au peuple de Marseille. Maximin, Lazare et sa famille auraient élu domicile dans le péristyle d'un petit temple abandonné, situé devant le portique du grand temple de Diane, l'Artémis des Grecs. Une chapelle chrétienne fut érigée à cet endroit, remplacée plus tard par la cathédrale.

– Encore une légende…

– Je cite Grosson, auteur du *Recueil des Antiquités et des monuments de Marseille,* un document publié en 1773 dont les sources demeurent discutables, je vous le concède.

Max consulte sa montre et regarde le ciel. Le vent semble s'être calmé. L'orage promis n'aura pas lieu.

– J'ai encore une ou deux questions…

– Je vous en prie, cher commandant. Allez-y. Si je peux vous répondre, je le ferai.

– Vous avez entendu parler du papyrus de Marie-Madeleine ?

– Oh là ! Oui ! Il s'agit d'un fragment vieux de mille six cents ans comportant huit lignes rédigées en copte ancien. Ce document a déjà fait couler beaucoup d'encre ! Il a été présenté à Rome l'année dernière lors d'un congrès auquel je participais. Le texte, dont l'authenticité reste à prouver, rapporte que Jésus dit « ma femme » en parlant de Marie-Madeleine. Selon l'auteur anonyme de ces mots, Jésus a donc eu une épouse, une conjointe, une femme, une compagne. Selon les siècles, la signification des mots varie. L'Église nie la véracité de ces propos et les considère comme hérétiques.

– Ce papyrus apparaît maintenant comme par hasard. Cela ne vous étonne pas non plus ?

– Oui et non. La saga inspirée par le *Da Vinci Code* a remis au goût du jour le débat sur la nature de la relation qu'entretenaient Jésus et Marie-Madeleine. Mais pas davantage. Rien de neuf sous le soleil : le papyrus de Marie-Madeleine est conservé en Allemagne depuis le début des années 1980. Le saviez-vous ?

– Non.

– Je suis surprise que vous n'ayez pas encore fait le rapport avec votre affaire criminelle.

– Que voulez-vous dire ?

– Que ce n'est plus la liaison entre Marie-Madeleine et Jésus qui fait débat chez les scientifiques – pour nous, elle est avérée – mais l'hypothèse selon laquelle Jésus serait venu en Provence et aurait achevé sa vie auprès de sa compagne.

– En existe-t-il une preuve ?

– Non, cher commandant. J'aimerais tant ! En revanche, comme pour la descendance de notre couple, les premiers chrétiens semblent avoir semé des indices parfois si évidents qu'on les distingue à peine, comme le bout de notre nez si proche de nos yeux. Le message du sarcophage de Sainte-Marcelle en est peut-être un. Ou plutôt, en était un, puisqu'on l'a détruit. Janette avait une thèse à ce sujet. Voyez-vous ce que représentait la sculpture de ce caveau ?

– Mon collègue gendarme m'a montré une photo. Au centre, deux hommes se tiennent debout côte à côte. Jésus, placé sur la gauche, montre le cœur de son voisin, une main sur son épaule et, à droite, un autre personnage, non identifié, qui écarte les bras comme s'il implorait le pardon.

– Très juste. C'est l'orant, *celui qui prie*. Enfin, officiellement. Car d'après Janette Mouriès, une autre explication participait à prouver la venue du Sauveur en Provence.

– Ah bon ?

– Selon elle, les deux individus représentés sur la scène centrale du sarcophage n'étaient en fait qu'un seul et même personnage, celui qui fut le plus grand, *Maximus* en latin, et qui devint le plus petit parmi les petits, *Minimus*, en d'autres termes, anonyme. Soit : Maximus + Minimus. Or, si vous contractez les deux superlatifs pour qu'il ne reste qu'un mot, qu'obtenez-vous ?

– Euh… Maxi-Mini ?

– Oui, en français : Maximin. Celui qui fut le plus grand, le Fils de Dieu, devenu par le subterfuge de l'anonymat le plus petit, un homme parmi les hommes. Changer de pays et de nom : un bon stratagème pour rebondir et diffuser la parole de Dieu. La représentation de Jésus et de l'orant dans la crypte de Saint-Maximin ne signifiait rien d'autre pour Janette. Le personnage aux côtés de Jésus sur le sarcophage était Maximin, et Maximin était Jésus. C'était, selon elle, le secret de l'orant.

– C'est un peu tiré par les cheveux !

– Je vous le concède, cher commandant, mais d'un point de vue pragmatique cela explique que des idiots aient détruit la scène centrale du sarcophage. Nous voici revenus à votre enquête.

– Oui. Reste l'appel de Janette Mouriès à la Benoîte-Affique…

– S'il pouvait être établi qu'un lien existe entre la Benoîte-Affique et votre affaire, cette broche pourrait constituer la composante d'un message plus long. Qu'il me soit permis d'imaginer le début dans la basilique de Saint-Maximin : Jésus a vécu avec Marie-Madeleine en Provence. Nous pourrions entendre la suite du message dans la Collégiale de Mons : Jésus et Marie-Madeleine ont eu une descendance. D'autres parties de ce message existent sans doute ailleurs, comme dans le monastère de Santes Creus : Marie-Madeleine était enceinte au pied de la Croix. Reste à découvrir les autres morceaux du puzzle et ce qui les relie. Nous savons que les ossements de Marie-Madeleine ont été éparpillés en Europe, dont un à Jumet, près de Charleroi. Peut-être que les derniers mots de Janette Mouriès, prononcés devant les reliques de Marie-Madeleine, constituaient un indice pour aller jusqu'à Mons ?

– Et de là, pour visiter tous les endroits où les restes de la sainte ont été distribués.

– Bien observé !

– En attendant, Janette Mouriès emporte son secret avec elle.

– Certes… J'aurais aimé savoir quelles hypothétiques preuves supplémentaires la pauvre avait découvertes… Les connaîtra-t-on jamais un jour ?

Un loup dans la tanière

Jeudi 19 juillet 2012
Jour 7 – Dans l'après-midi
Saint-Maximin

Il fait chaud, très chaud, quand Max frappe à la porte du bureau du major Kuhlmann. Les vieux Provençaux (ceux qui se souviennent de l'été 1976) prétendent n'avoir jamais vu un mois de juillet comme celui-ci. Les sources se taisent ; les oliviers souffrent en silence ; la vigne manque d'eau. Les plages de Cassis, La Ciotat, Saint-Cyr et Bandol ne désemplissent pas. Même les campings municipaux de l'arrière pays suffoquent dans la moiteur des après-midis sans fin. Les grains de sable glissent entre les orteils. Les *esquimaux* glacés fondent à la terrasse des bars. L'huile solaire suinte sur les corps rougis. Il fait chaud, très chaud… même dans les bureaux *climés*.

Georges Kuhlmann se grandit sur la pointe des pieds et tend la main pour vérifier que la clim n'est pas morte. Malgré le flux d'air réfrigéré qui s'écoule entre ses doigts, le patron de la BTA n'est pas convaincu de l'efficacité de l'engin. Sa belle chemisette bleu ciel est noyée. Il repense au commandant de compagnie qui l'a empapaouté avec cette mutation dans le Sud. Une vraie promotion! «Tu parles», se répète-t-il à l'envi en songeant aux frimas de son Alsace adorée. «Tu parles...»

Kuhlmann saute de sa chaise, réajuste ses épaulettes et fait entrer. L'œil aguerri du vieux sous-off remarque tout de suite le Dieu sait quoi d'indéterminable qui a transformé le visage du flic; un rictus indescriptible, le regard qui pétille, l'efficacité de sa nouvelle crème à raser?

– Quelle chaleur!

– J'vous l'fais pas dire, mon commandant. J'ai le résultat des perquisitions. Prenez une chaise, je vous en prie.

Max obéit, se penche sur la table basse, s'empare d'un prospectus publicitaire et s'envoie de l'air sous les aisselles. Kuhlmann fouille dans un dossier et commence son compte-rendu sans tourner autour du pot. La récolte n'est pas mauvaise.

À Kirbon, chez Mille, les gendarmes ont retrouvé une facture de 990 euros pour une chevalière muette, achetée le samedi 14 juillet dans une bijouterie marseillaise du quartier Noailles. Plus 16 250 euros en billets de 50 dans un sac poubelle. Certains numéros de séries sont proches de ceux relevés sur les billets de Badolato, c'est déjà ça. Car pour ce qui est des autres bijoux du prof à la retraite, la chaîne en or et la *Rolex*, rien. Il a pu les payer en liquide, aucune hypothèse ne doit être écartée.

Du coup, on ne sait jamais, deuxième vérification dans les scellés de la perquise de la BR, le soir de l'assassinat du boutiquier. Et là, rien non plus question facture… Ni pour le fameux ensemble *TV 8k connecté Bluetooth*, home cinéma intégré, ni pour la tablette numérique dernier cri. Pourtant, Max a bien vu les emballages neufs…

Seul point positif : Mille était à Marseille le 14 juillet. Mais pourquoi ?

Chez Roubaud, pas plus de chance question liquide et factures. Le major Kuhlmann esquisse une petite moue vite ravalée, car ses troupes ont tout de même levé un sacré lièvre : les débris de la cuve de Sainte-Marcelle dans un grand sac à gravats. Roubaud n'avait même pas pris soin de s'en débarrasser !

Cette fois, le major jubile et qui s'en plaindrait ? Les gars ont fait du bon boulot. Badolato et Mille avaient du liquide et ils s'en sont servi, reste à trouver où et comment ; Roubaud est mouillé, reste à savoir jusqu'où ; la juge d'instruction et le capitaine N'Guyen seront ravis.

– Ils auraient pu voler l'argent que Janette Mouriès recevait de ses clients, mais ça ne tient plus, déplore Max. Si certains numéros de série se suivent… c'est qu'ils proviennent d'une banque. Voyez auprès des agences de PACA si de grosses sommes ont été récemment retirées.

– Tout de suite. Mais, sauf votre respect, je vais devoir rendre compte au capitaine. L'affaire devient énorme et la BR va devoir prendre les choses en main.

Le major Kuhlmann ouvre un petit réfrigérateur coincé entre deux armoires métalliques. Il s'apprête à offrir un jus d'abricot bien frais à Max quand Martin surgit comme un diable : « La juge d'instruction a téléphoné, elle vient de mettre Roubaud en garde à vue. Le con s'est fait pincer hier vers 14 h 30 à la frontière franco-italienne, à la suite d'un banal contrôle de la PAF de Menton. Il avait trois os reliques et 75 000 euros en billets de 50 dans le coffre de sa BM ! »

Le petit malin filait dans sa belle-famille en Croatie avec femme, enfants, armes et bagages. Re-*jackpot* : « le fourgon qui le ramène à Saint-Maximin arrivera d'ici une heure ».

Branle-bas de combat à la BTA !

*

* *

Sandrine Loubet se dévore les ongles depuis une heure devant le bureau du commissaire divisionnaire Depardieu. La capitaine du laboratoire de police scientifique n'a pas pour habitude de déserter son refuge du boulevard Flammarion, mais là, ça valait peut-être le coup.

Gérard est remonté. Il sort d'une énième réunion inutile à la préfecture et peste contre l'administration comme un ours mal léché. Il jette sa veste sur une chaise et s'éponge le front.

– Quelle chaleur ! Le secrétariat m'a dit que tu voulais me voir. Sois brève, j'ai du taf.

– Mes respects, monsieur. C'est à propos de l'affaire du commandant Cosentino.

– Max ? Il paraît qu'il a du nouveau. Ils ont coincé leur type à Menton.

Sandrine Loubet ouvre une chemise et pose un papier sur le bureau du grand manitou.

– C'est mon rapport d'expertise de l'arme du crime. « Des crimes », devrais-je dire. Un marteau arrache-clou. J'y ai découvert les empreintes du commandant.

– Et alors ?

– Il n'y a pas que ça…

– Qu'est-ce que tu veux dire ?

– Rien… Mais je m'inquiète.

– Alors, inquiétons-nous ensemble. Assieds-toi une minute, je t'écoute.

Lorsque Sandrine Loubet a reçu Max dans son bureau du 1er arrondissement, elle le revoyait pour la première fois après vingt ans. Il avait l'air stressé, ailleurs, et manquait d'empathie. Ça lui serait passé par-dessus l'épaule s'il n'y avait eu la suite. Elle s'est renseignée auprès de tous les acteurs de l'enquête et… des éléments d'incertitude, pour ne pas dire des doutes, sont apparus :

– Concernant le meurtre de Janette Mouriès, personne ne sait où Max était le jeudi 12 juillet au matin. D'après lui, dans l'appartement de sa grand-mère, à

Aubagne, en train d'attendre un hypothétique camion de déménagement.

– J'essayais de le contacter depuis la veille, coupe Depardieu, mais il ne me répondait pas. Il a prétexté que son portable était déchargé. Sa mère vit à Cassis. Je vais envoyer quelqu'un se renseigner.

– J'ai ensuite repris contact avec l'adjudant qui mène conjointement l'enquête, un certain Martin, le gendarme venu m'apporter les premiers scellés à analyser. Un gars plutôt pro. Le jour de l'assassinat de Jacques Badolato, la deuxième victime, Max était chez cette dernière entre midi et deux. Il n'avait pas informé Martin. Pourquoi y est-il allé seul ? Selon mes analyses, refaites trois fois, le marteau arrache-clou qui a permis de mutiler le pendu et de tuer la troisième victime est le même. Précisément celui sur lequel se trouvent les empreintes de Max.

– Il n'y avait que les siennes ?

– Oui... J'ai contacté la légiste qui a autopsié les corps. Max lui a dit qu'il conservait un scellé, un bouton ramassé sur la première scène de crime. Ce n'est pas réglementaire. Il lui a aussi suggéré de garder son rapport confidentiel.

– M'ouais…

– J'ai téléphoné à la lieutenante de la BR venue analyser les scènes de crime. Max et l'adjudant Martin avaient visité la maison de Badolato juste avant leur arrivée et, à un moment, Max était resté seul dans la chambre de la victime. L'adjudant Martin le lui a dit.

Gérard n'est pas né de la dernière pluie. Les empreintes d'un enquêteur sur des scellés, c'est une faute professionnelle, mais ce ne serait pas la première fois. Il repose le rapport de Loubet sur son bureau et frotte son crâne chauve.

– M'ouais… grommèle-t-il. Max a perdu sa gamine voici quelques années, un accident de la route. Sa femme se meurt d'un cancer dans une clinique du côté des Baumettes. Il est soigné pour un état dépressif et se trouvait en arrêt longue maladie quand je l'ai remis en selle. Il prend des médocs. Il a pu péter les plombs et faire une boulette. Mais un crime, voire deux ou trois, j'ai du mal à l'avaler…

– Que fait-on ?

– On se calme. Pas la peine de semer le bordel dans la reprise ! Tu retournes dans ton labo et tu me re-re-refais tes putains d'analyses. Je m'occupe du proc et de la juge d'instruction, et je gère les pandores.

– Très bien, monsieur le divisionnaire.

Depardieu se redresse, ouvre un frigo et vide le fond d'une bouteille d'eau minérale, songeur. Puis il revient s'asseoir à son bureau.

– Ce n'est pas tout. Va à Saint-Maximin et mets-toi à la dispo de Max. Renfort opérationnel !

– Moi ? Mais… Mon chef va coincer et…

– Pas de discussion ! Ton chef, je m'en occupe. Officiellement, tu apportes à Max ton expertise scientifique, sur mon ordre. Je le connais, il va râler, mais on s'en fout. Officieusement, tu le marques à la culotte et tu me tiens au parfum minute par minute. Ça te pose un problème ?

– Non, monsieur le divisionnaire, mais…

– Alors parfait ! En avant ! Tu déboules sur zone pour lui transmettre les résultats de tes dernières analyses et tu prends la température. Je pense que tu as tort, mais pas de fumée sans feu ! Il y a un loup dans la tanière et nous allons le débusquer.

Qu'est-ce qui cloche ?

Jeudi 19 juillet 2012
Jour 7–19 heures
BTA de Saint-Maximin

Max achève le kébab offert par les collègues gendarmes quand les roues d'une camionnette crissent sur les graviers. Il se lèche les doigts et bondit, serviette en main. De la fenêtre du bureau, il reconnaît l'homme trapu qui débarque du panier à salade, menottes aux poignets, coincés entre deux molosses du PSIG.

– Le voilà ! Martin ! Vous et moi, on interroge Roubaud tant qu'il est chaud. Major, vous récupérez le liquide et les reliques. Vous vérifiez si des numéros des billets ne concorderaient pas avec ceux de Mille et de Badolato, et vous envoyez *illico* les ossements à la *Scientifique*. Je veux savoir si leur ADN correspond à ceux qu'ils ont déjà analysés.

Les hommes du PSIG, harnachés comme des gladiateurs, livrent leur colis à Martin. Roubaud a les traits tirés et l'air nerveux. Il est exténué. Tant mieux, songe Max, ça facilitera le travail. Martin lui fait tomber les menottes, lui sert un jus d'abricot et consulte sa montre.

– Mon cher Roubaud, l'adjudant trouve qu'il est tard, moi aussi. Tu es fatigué, nous aussi.

Le prisonnier hausse les épaules et vide sa canette d'un trait.

Max enchaîne :

– Je résume les faits, tu confirmes et tout le monde va se coucher. On est d'accord ?

– C'est vous qui êtes du bon côté de la table…

– Bien. Jeudi dernier avant 9 heures, tu rejoins la basilique parce que tu as un petit travail à exécuter dans la crypte. Quelques jours plus tôt, Janette Mouriès t'a demandé de l'aider à transporter son petit trésor jusqu'à son antre. Bien sûr, tu n'as pas refusé, mais tu as exigé de savoir ce que tu allais transporter. Pour te calmer, Janette t'a expliqué son mystérieux secret et tu y as cru. Tout au moins suffisamment pour exiger ta part du butin. Car tu es superstitieux, pas croyant ; en revanche, ta femme si, alors tu exiges une côte pour chacun de tes trois enfants. Madame a dû être ravie.

– Foutez la paix à ma femme.

– C'est toi qui l'as mouillée, pas moi. Tu rabroues Janette Mouriès et tu apportes le reste des reliques dans son antre. Seulement, dans la tête des Roubaud, les petites cachoteries de Janette : tagada, tagada ! Ça trotte dur. Alors tu décides de revenir dans la crypte. Jeudi, c'est relâche question boulot. Tu en profites, personne n'y trouvera rien à redire si tant est qu'on te voie. Tu burines la cuve de Sainte-Marcelle sur laquelle se trouve une des preuves que t'a confiées Janette Mouriès. Seulement, voilà. La vieille dame traîne encore dans les parages et elle t'entend. Tu sors vite fait de la crypte pour qu'elle ne voie pas ton œuvre, mais elle force le passage. Tu la pousses dans les escaliers, oups ! elle est blessée, et tu paniques. Tu ramasses ton marteau arrache-clou et tu frappes dans le dos à sept reprises. Pour effacer tes traces, tu emportes les gravats. Ne nie pas, les collègues de l'adjudant Martin les ont retrouvés chez toi.

– Je ne nie pas.

– Manquerait plus que ça. Le temps passe vite, 10 heures approchent, ce bon vieux Badolato ne va plus tarder. Tu files par la porte de la chapelle Saint-Crépin. Ni vu ni connu. Seulement il y a un hic. Janette Mouriès est vivante.

– Si c'est vous qui le dites… Et toi, mon salaud, fulmine Roubaud en se tournant sur Martin, t'as pas ta version ? Avec des complices, par exemple !

Martin se ronge le majeur de la main droite, les yeux rivés à l'écran de son ordinateur. Max se fâche.

– Eh ! Roubaud ! Regarde-moi ! 1) tu te calmes ; 2) c'est moi qui pose les questions ; et 3) j'en ai encore une : comment ?

Martin s'est mis à suinter derrière ses lunettes. Sa chemise est trempée, ses mains moites hésitent et ses tempes luisent sous les néons. Son majeur saigne, il a du mal à taper le PV. Max n'avait pas tort en prétendant que tout le monde était fatigué. Heureusement, maintenant que Roubaud s'était pris les pinceaux dans la pâte à glu, l'enquête allait poursuivre son bonhomme de chemin. Tout le monde serait à se dorer sur une plage à Bandol lundi prochain.

– Eh oui, mon adjudant ! enchaîne Max en dévisageant son collègue déconcentré. Comment M. Roubaud ci-présent a-t-il su que Janette Mouriès avait découvert un trésor ? Peut-être va-t-il nous le dire ?

Roubaud semble retrouver son calme, mais il hésite encore, alors Max l'aide un peu :

– Selon Jacques Badolato, tu t'étais disputé avec Janette Mouriès, deux ou trois jours avant sa mort, à la boutique. Elle disait qu'elle savait, je cite (Max reprend ses notes couchées sur son petit carnet) que « Marie-Madeleine et Maximin avaient vécu ensemble », que « la preuve se trouvait dans la crypte ». En fait, la vraie raison de cette dispute, c'est que tu voulais ta part des reliques. Je comprends pourquoi tu as omis cette petite altercation lors de notre dernière entrevue ici même.

Les yeux de Roubaud brillent comme deux billes d'acier en fusion. Il pue la transpiration, sa peau tourne au gris, ses épaules s'affaissent. Crevé, il lâche enfin le morceau.

Depuis le tout début des travaux, quand il avait fait dégager son chantier et monter les échafaudages, la vieille Mouriès avait prétexté un essaim d'abeilles pour venir fouiner dans ses affaires. Roubaud avait dérangé un apiculteur pour rien : Janette avait déjà emporté la reine et ses suivantes. Seulement la vieille emmerdeuse ne faisait que revenir fouiller dans le mur. Que pouvait-elle chercher ? Du miel ? Sûrement pas.

Roubaud avait bien essayé de la cuisiner, mais la vieille pie était restée muette comme une carpe. Il avait pris son mal en patience et, au fur et à mesure que les matinées passaient, avait fini par porter sa croix en silence. Un matin de faiblesse, il lui avait payé un petit canon dans un troquet de la place Malherbe et elle s'était mise à table.

Janette Mouriès avait découvert les ossements d'un bonhomme presque entier, enveloppés dans un drap pourri, et un parchemin dans une espèce de tube en plomb. Selon elle, un signe de Dieu l'avait appelée à venir creuser là. Ses rhumatismes ne lui avaient cependant pas permis de prélever autre chose que le supposé essaim.

Pour emporter le trésor, Janette avait besoin d'un homme fort qui saurait tenir sa langue. Elle avait fait confiance en Roubaud, un enfant du pays qu'elle avait vu grandir. Quelques jours avant le drame, il lui avait donné rendez-vous au pied du mur. Le maçon s'était exécuté comme un grand garçon, mais, à un moment de la partie, ça avait dû faire tilt dans un coin obscur de son cerveau. Il avait décidé de réécrire le scénario en prélevant sa part sur le don de Dieu, et le glas avait sonné pour la vieille femme.

– Martin, ordonne Max, repassez les menottes à monsieur, je rappelle les gars du PSIG. Quant à toi, Roubaud, tu finis ta garde à vue ici quelquefois que d'autres souvenirs te reviendraient.

– Mais j'ai rien fait ! Merde, Thomas, réagis !

– Calme-toi, Floréal, c'est la procédure normale et ça ne veut pas dire que tu es coupable. En quarante-huit heures, il peut s'en passer, des choses.

– J'ai droit à un coup de fil !

– Tu veux appeler Jadranka ?

– J'appelle qui j'veux !

* * *

– Ça m'a fait drôle que vous le tutoyiez. Vous ne m'aviez pas habitué au profil du flic de séries télévisées.

– C'est ça qui vous rend nerveux, Martin ? On dirait que quelque chose vous tracasse.

– Vous ne lui avez pas demandé, pour l'argent.

– Chaque chose en son temps. Laissez le major Kuhlmann terminer son boulot.

Max observe le gendarme se ronger l'ongle du pouce droit, debout à la fenêtre, le regard perdu dans la nuit maximinoise. Enfin, Martin revient à son bureau, imprime le PV en trois exemplaires et éteint l'ordinateur.

– On ne lui a pas fait signer la déposition. Je vais retourner le voir sinon son avocat nous fera des misères.

Martin s'accoude sur son bureau et fait rouler un Bic entre ses doigts. Un truc le chiffonne, Max plisse les paupières.

– Allez-y. Crachez le morceau. C'est maintenant ou jamais.

Martin bâille bruyamment et se frotte la tignasse.

– Je ne crois pas qu'il dise des conneries.

– Pour les ossements dissimulés par les bâtisseurs du Moyen Âge ? Je veux bien le croire. Mais pas pour ce qu'il ne nous a pas dit. Ni pour votre thèse religieuse.

– Ce ne serait pas la première fois que des morts ressuscitent dans la basilique. En 1859, les ouvriers ont mis au jour trois sépultures antiques en rénovant le carrelage de la crypte.

– Thierry Mille me l'avait dit.

– Ah oui ? s'étonne Martin. Les tombes étaient vides. Les os avaient disparu. Un historien a déclaré qu'il pouvait s'agir des tombes originelles de Marie-Madeleine, de Maximin et de Sidoine. Carrément !

– Les reliques de Marie-Madeleine auraient été conservées pour la dévotion du peuple, celles de Sidoine, embarquées à tort, et les restes de saint Maximin auraient, ou plutôt ont été cachés dans le mortier d'un mur. Ça voudrait dire qu'ils étaient plus importants que ceux de Marie-Madeleine.

– Alors là, vous m'en demandez trop. Allez savoir ce que les gens de l'époque avaient dans la tête.

– Ce n'est pas notre problème, Martin, vous avez raison. On tient notre homme, c'est le principal. Allez ! Un dernier effort avant dodo. Je vous résume ma pensée, vous me coupez si je me trompe. Mais par pitié, arrêtez de bâiller !

Max se lève à son tour pour ouvrir la fenêtre du bureau. Il inspire une bouffée d'air à pleins poumons. Les étoiles brillent. Le chant frénétique des grillons emplit la nuit d'une rumeur mélancolique. Après quelques minutes d'extase, il retourne s'affaler dans un fauteuil. Lui aussi semble retrouver le calme perdu depuis belle lurette.

– Roubaud confisque trois reliques à Janette Mouriès. Elle l'a en travers de la gorge. Mais elle ignore où il les a cachées. Ses menaces de damnation n'ont pas produit l'effet escompté. Elle ne sait pas comment les récupérer. Elle retourne donc sur le chantier et, pour le pousser dans ses derniers retranchements, invente qu'elle a rendez-vous avec quelqu'un à qui elle va tout avouer. Le curé ? Jadranka ? Le maire ? En tous cas, quelqu'un qui lui fait peur. Janette Mouriès tchatche devant tout le monde, les ouvriers, les touristes, cette commère de Badolato et qui sais-je encore : « Le manuscrit et les reliques trouvés dans le mur de la basilique prouvent que Jésus est venu en Provence ! »

– Je croyais que vous aviez des doutes sur cette histoire ? ironise Martin, la main devant la bouche.

– La vieille dame commet l'erreur fatale. Elle prend Roubaud à part et balance son secret : « L'orant et Jésus sont une seule et même personne ». Elle lui explique l'histoire de *maximum* et *minimum*, lesquels se transforment par l'opération du Saint-Esprit en Maximin.

– Le mobile religieux ! C'est ce que je me tue à vous expliquer depuis le début.

– Certes, mon cher Watson, mais il fallait la preuve que ce couillon de Roubaud y croyait dur comme fer, sûrement bien aidé par les conseils avisés de sa dévote d'épouse. Le matin du 12 juillet, Roubaud saute dans son camion-benne, se gare derrière la basilique et ramasse le marteau arrache-clou qui traîne sur le chantier. Il martèle le sarcophage de Sainte-Marcelle. Exit Max-la-menace et Mini-la-petite-souris !

– Et personne ne le voit. Le 12 juillet était un jeudi… précise Martin.

– Entre 8 heures et 9 h 30, il brise la vitre qui protège le sarcophage.

– Ça a dû faire un sacré ramdam !

– Ce qui alerte Janette Mouriès ! Elle se précipite et découvre la scène du haut des escaliers.

– L'arrivée de Janette exaspère Roubaud au plus haut point…

– « Encore elle ! » se dit il. Elle tente de l'arrêter. Il la repousse, perd le contrôle de ses nerfs et la frappe.

– Sept coups de marteau… Floréal… J'en reviens pas…

– Elle non plus, enchérit Max. Malgré tout, il emporte les gravats, preuve qu'il sait ce qu'il fait, et s'enfuit par où il est venu, le cloître des Dominicains. Ce qui expliquerait que Badolato ne l'ait pas vue quand il a pris son service à la boutique.

– Ni sur le parvis, tandis qu'il buvait son coup avec les copains. Et le marteau ?

– Je ne sais pas trop... J'imagine qu'il le balance dans un coin. Qu'un de ses ouvriers tombe dessus le lendemain et le range soigneusement. Ni vu ni connu.

– Ça tient debout. En revanche, pour Jacques et Thierry Mille, il nie.

– Si vos collègues l'ont arrêté hier en début d'aprèm à Menton, c'est normal. Il pouvait encore aider Badolato à se suicider dans la nuit de lundi, mais pour Mille, ça ne tient plus. Mon cher Martin, nous avons soit un complice, soit un imitateur.

Max observe la moue du gendarme qui sort de son marasme après une longue minute de réflexion :

– Roubaud ne serait pas l'auteur de ce meurtre ?

– En tous cas, pas tout seul. Quelqu'un l'a aidé. Peut-être Badolato et Mille…

– Mais il n'a pas pu les éliminer…

– Alors il y a un quatrième larron.

– Vous pensez à qui ? s'inquiète Martin.

– À personne.

– Vous n'avez pas confiance en moi ?

– Allons, allons, mon adjudant. Il est tard. Allons nous coucher et laissons mûrir Roubaud encore 24 heures. Faites-moi confiance, il craquera avant la fin de sa garde à vue.

– Si la juge accepte de la prolonger.

– Elle acceptera.

– Certainement…

– Quoi, « certainement… » ? Depuis le début, je ne vous sens pas sur cette enquête. Martin, qu'est-ce qui cloche chez vous ?

Ça fait jaser

Vendredi 20 juillet 2012
Jour 8–2 heures du matin
Résidence de la BTA

– Mais qu'est-ce que c'est que ce bazar ?

Georges Kuhlmann n'est pas du genre à râler parce qu'on le tire du lit, se lever à n'importe quelle heure de la nuit, un gendarme, ça sait ce que c'est. Mais là, après la journée que la BTA vient de passer, faut pas déconner.

Le vieux sous-off écarte les volets restés entrouverts à cause de la chaleur, pose les mains sur l'appui-fenêtre et présente son marcel usé à la lueur blafarde de la lune.

– Bordel ! Martin ! T'as vu l'heure ?

– Je sais, major. Descendez, faut que je vous parle. Ça urge.

Martin entend une voix râler à l'intérieur, sûrement madame qui n'est pas contente, vite suivie par un roulement de tambour, le major qui prend des risques en dévalant les escaliers à fond les ballons. « Manquerait plus qu'il se viande... », songe Martin.

Une clef s'agite dans la serrure et la porte s'ouvre sur la bouille défaite du commandant de la brigade. L'adjudant sourirait bien, mais le moment est mal choisi.

– Pas de bruit, dans la cuisine ! ordonne Kuhlmann.

Martin n'a pas l'habitude d'admirer son chef par vent arrière, slip trop grand et *Tongs* qui claquent. La vie de garnison a des raisons que la convenance n'a pas.

Kuhlmann tire un verre de l'armoire et fait couler le robinet.

– T'en veux ?

– Non merci.

L'ancien vide son verre d'un trait et le pose au fond de l'évier.

– Je t'écoute.

– J'ai de sérieux doutes sur Cosentino, le commandant.

– Ah oui ?

– Il n'est pas clair, j'en suis certain. Il n'avait pas l'air net quand nous sommes allés chez Badolato. Vous demanderez à la BR. Il passe entre midi et deux chez lui sans m'en parler et on retrouve Jacques pendu dans sa salle à manger. Pareil pour Thierry Mille sur le toit de la basilique avec un marteau entre les épaules. Cosentino était injoignable. Disparu. Jusqu'à ce qu'il se pointe la tronche enfarinée en me disant : « Oâ, j'ai dormi tout l'après-midi ». Ben voyons !

Le major Kuhlmann soupire, se gratte le ventre et tire une plaque de chocolat à demi entamée d'une armoire.

– J'ai faim, moi. T'en veux ?

– Non. Et ce n'est pas tout. Il a pris la clef du cloître au gamin de Floréal.

– Cesse de tous les appeler par leur prénom, on va finir par croire que vous êtes intimes. Ces trois-là sont que tu le veuilles ou non, impliqués dans l'affaire.

– Faut arrêter avec ça, on est amis d'enfance, mais pas copains. Le permanent de l'Hôtellerie a vu Cosentino sortir de la basilique en pleine nuit avec un sac sous le bras. Pourquoi embarque-t-il des trucs sans m'en parler ? Des preuves ? Il faut creuser, major. Ce type n'est pas net. Dépressif ? Mon cul !

– M'ouais, restons polis. Tu retournes discrètement à l'Hôtellerie dans la matinée et tu prends la déposition de ton mec, là, l'insomniaque. Et discret ! Je ne veux pas d'emmerdes avec les poulets, cette enquête est suffisamment chiante comme ça ! Tu observes, on fait les choses en douceur. C'est clair ?

– Oui major.

Le patron de la BTA raccompagne Thomas Martin sur le pas de sa porte, plutôt ravi que les petites confidences ne se soient pas éternisées, mais le rappelle tandis qu'il s'éloigne.

– Ah oui ! Martin, puisqu'on y est. Ta vie privée ne regarde que toi. Mais j'aimerais que tu dises à ta copine de ne plus venir à la résidence. T'es toujours marié à ce que je sache. La petite dans le dos d'Aurélie, ça fait jaser.

Tout ce qui brille

Vendredi 20 juillet 2012
Jour 8
Marseille

Quand on a bien dormi, on s'étire comme un chat. On se roule dans les draps. On flemmarde encore une minute, puis deux, parfois trois. On guette une odeur de café, le rire d'un enfant, un baiser quand on a la chance d'être deux. On profite du temps volé au réveil qui tictaque sur la commode. Bref, une bonne nuit de sommeil n'a jamais fait de tort à personne. Un coup d'œil au téléphone – 10 h 43, pas de mail, pas de SMS – une *émoticône* bisou pour Brigitte, une bonne douche et des chaussettes propres. Après, il sera toujours temps d'appeler l'hôpital pour prendre des nouvelles. Max rase le fantôme que lui renvoie le miroir quand son portable se met à tournicoter sur la table de nuit. Brigitte qui répond ? Il part vérifier. Non. C'est un 01 : Paris.

– Allo, Max ? C'est Mo.

– Mo ?

– Ouais, Mo. Mohamed, tu te souviens ? Le petit rebeu que tu as abandonné à Paris pour aller te dorer la pilule dans le Sud.

Max sourit en cherchant son tee-shirt dans ses draps.

– Mo, t'es trop con. Qu'est-ce qui me vaut le plaisir de tes sarcasmes ?

– J'ai un truc *oufissime* pour toi. T'es bien assis ?

– Sur mon lit.

– Alors, ne bouge plus. Tu te souviens du signalement que vous avez fait sur des touristes australiens ? Dans le cadre de votre enquête, là ! Jésus, Marie-Madeleine et compagnie !

– Oui. La gendarmerie de Saint-Maximin.

– Eh ben l'un de vos gars s'est fait pincer à *Charles-de-Gaulle*. Il essayait de passer trois écus d'or en douce !

– Trois écus d'or ? Des pièces anciennes, c'est bien. Quel est le rapport avec mon enquête ?

– Ben réfléchis… 1) d'après les experts de la PAF, il n'existait jusqu'à hier matin que cinq ou six exemplaires connus de ce genre de monnaie ! T'imagines la tronche des mecs en vidant les valises ! Et 2), Jimmy Petaïa, le plus jeune de la bande, a avoué avoir ramassé les trois écus par terre dans ta basilique, quand il est allé chercher des secours. Vu l'aubaine, il avait gardé ça pour lui, le blaireau !

– Je vois qui c'est. Un gamin de 18 ans, je l'ai interrogé. Vous l'avez arrêté ?

– Les collègues de Roissy l'ont mis au frais et ont prévenu le consulat. Les autres se sont envolés, pas question de les garder sans raison. Mais ne perds pas de temps, tu connais la procédure avec les étrangers, il faut faire vite.

– Ok, répond Max en enfilant son pantalon d'une main, envoie-moi des photos par SMS et fais suivre le dossier à la BTA de Saint-Maximin.

– Pour le dossier, c'est fait. Un gendarme a accusé réception.

– Alors parfait.

– Et surtout, ne dis pas merci, hein ! J'aurais pu me passer de t'appeler et tu aurais pommé un jour ou deux, le temps que ça arrive jusqu'à ton bled perdu.

– Merci, Mo, t'es un ange. Je te revaudrai ça. N'oublie pas le SMS ! Les photos des écus !

Max saute dans sa 206 et file à la BTA. Martin, excité comme une puce, l'a vu arriver. Le gendarme le rejoint tandis qu'il se gare. Le malheureux n'a pas le temps d'en placer une.

– Je sais, je sais ! lui envoie Max à la tête, les Australiens se sont fait pincer à Roissy et vous êtes déjà au courant ! Sortez-moi la liste des scellés relatifs à la perquise du local de Janette Mouriès !

– Pas la peine, j'ai déjà vérifié. Ni écu d'or, ni rien de ce genre. Nada !

– Certain ?

– Si je vous le dis…

Le major Kuhlmann surgit sur le parking de la gendarmerie. Lui aussi a dû profiter d'une bonne grasse matinée, il a encore les plis des draps gravés sur la joue droite.

– J'ai lancé une requête auprès de tous les collectionneurs, numismates et autres marchands d'art de la région. Vu le profil des gaillards et leurs petites affaires à la limite de la légalité, ça ne devrait pas tarder à mordre.

L'expérimenté sous-off a du flair. Le maréchal des logis-chef Aubert se penche à la fenêtre de son bureau et apostrophe son chef :

– Major ! Appel d'un brocanteur de Marseille qui a peut-être quelque chose pour nous. « Des Saint Louis d'or », qu'il dit !

Max et Martin se regardent : banco ! Le temps de récupérer l'adresse, Max jette une poignée d'ordres.

– Chacun sa voiture, Martin. J'ai une course à faire après.

*

* *

José Fabre possède une petite boutique d'art dans le quartier des Antiquaires à deux pas d'Estrangin. Rien de bien clinquant. Une vitrine opaque, cinq ou six huiles sans intérêt, une rafale de bibelots poussiéreux, tout un tas de vieux bouquins et une pancarte *Achats/ventes Paiement cash,* le point clef, la source de tous les profits.

Fabre a suivi les affres de l'affaire Mouriès dans la presse, les faits-divers de Saint-Maximin se taillant des colonnes honnêtes entre le mercato estival de l'OM et le projet MuCEM 2013. Mais pas plus que ça, jusqu'à ce qu'il reçoive l'appel à témoignage de la gendarmerie. Il s'est affolé en découvrant la photo du gars, pareille à celle vue dans le journal, Jacques Badolato, celui-là même qui lui avait cédé les fameux « Saint Louis d'or » samedi 14 juillet. Un jour qu'on n'oublie pas.

L'antiquaire s'en souvient d'autant mieux qu'il avait prévu de fermer boutique. Cependant, au vu de l'intérêt de l'affaire et de l'insistance des deux protozoaires, il avait quand même accepté de recevoir Jacques Badolato et Thierry Mille derrière son rideau baissé. Il ne pouvait pas non plus oublier la somme qu'il leur avait remise. 110 000 euros en coupures de 50, une taille de magot qu'on n'oublie pas non plus…

– Chouette pactole. Et bien sûr, pas de facture.

José Fabre hausse les épaules.

– Vous n'avez pas peur de garder des sommes pareilles chez vous ? Ça vaut vraiment le coup de prendre ce genre de risque ? Ne serait-ce que vis-à-vis de la loi ?

– Les factures, on en fait pas toujours dans mon métier. Quant aux écus d'or de Saint Louis, on ne rencontre ça au mieux qu'une fois dans sa vie. C'est la première monnaie d'or capétienne, monsieur l'inspecteur.

– Commandant !

– Commandant… Une fois dans sa vie, et encore. Saint Louis a limité l'utilisation des monnaies féodales aux domaines de leur émission et a interdit de frapper monnaie en dehors du domaine royal. Il a coupé l'herbe sous le pied des grands féodaux et ce n'est pas tout. Il a aussitôt ordonné la fabrication et la circulation dans tout le royaume d'une monnaie d'or unique et la fabrication d'un gros-tournois. Ses vassaux n'avaient plus de raison de fabriquer leurs propres deniers à grands frais.

– L'histoire de France, on s'en fout, coupe Martin, parlez-nous plutôt des pièces d'or, de leur rareté, etc. Montrez vos photos, mon commandant.

– Épargnez-vous cet effort.

Fabre ouvre un tiroir et en retire un agrandissement en couleur.

– Voilà l'écu d'or de Louis IX, poursuit-il en agitant sa feuille A4, 24 millimètres de diamètre pour un poids moyen de 4 grammes d'or quasi pur. Une merveille. Quand Saint Louis ordonne son émission, c'est la première monnaie d'or française frappée depuis plus de deux cent cinquante ans. Une perle d'écu semé de six fleurs de lis posées dans un polylobe aux angles rentrants fleuronnés, avec cette légende sans équivoque sur son statut : *Lvdovicvs, Dei gracia, Francorum Rex.*

– Ok, ok. Ça veut dire quoi ? s'énerve Martin.

– Louis, roi de France par la grâce de Dieu, répond Max, envoûté par la photo.

Fabre tient son public, il poursuit sur sa lancée :

– Au revers, croix aux bras fleuronnés et feuillus, avec quadrilobe à quatre lobes et quatre pointes anglées en cœur, cantonnée de quatre fleurs de lis. Légende circulaire : *XPC vincit. XPC regnat. XPC imperat.*

Martin se tourne sur le commandant qui hésite :

– Alors ? Traduction ?

Max fait la moue.

– Le Christ vainc. Le Christ règne. Le Christ commande, déclame Fabre.

Martin ouvre sa musette et jette à son tour trois photos sur le bureau.

– C'est parfait, c'est rare et ça vaut un bras. La belle affaire ! Vous les avez bien arnaqués !

– Qui ? Eux ? demande l'antiquaire en scrutant les clichés. Non. C'est la loi de l'offre et de la demande. Je leur ai proposé un prix, ils l'ont accepté. Ils étaient pressés, j'ai fait un bon coup, tout le monde était content.

– Vous les reconnaissez ?

Le collectionneur identifie sans peine les deux types venus lui vendre le trésor : Badolato et Mille. Mais pas le troisième, inconnu au bataillon. En revanche, il signale une info de première : un particulier a vendu les mêmes pièces à un numismate de Nice mercredi dernier.

Fabre a vu une mise en vente pas plus tard que ce matin sur un site réservé aux pros. Il a contacté le revendeur, car le lien avec ses propres exemplaires paraissait évident. Fabre note l'adresse mail du collègue niçois sur un *post-it* et le tend à Martin.

– Où sont les exemplaires que vous avez achetés, monsieur Fabre ?

L'antiquaire de la rue Paradis change de couleur. Il se doute de la suite.

– Pas ici. Dans un coffre à la banque.

– Parfait. Voilà nos camarades de l'office central de lutte contre le trafic de biens culturels. Ils vont prendre votre déposition.

Max et Martin sont sortis dans la rue écrasée par la chaleur estivale.

– Bon, les collègues vont finir avec notre honnête commerçant. C'est 14 heures, je vais voir ma femme à l'hôpital. Vous êtes garé où ?

– Parking Monthyon, sur le cours Puget.

– Je vous accompagne, je suis deux rues plus bas. Vous pensez comme moi, pour le particulier de Nice ?

– Ben oui. C'est Floréal. Je veux dire Roubaud.

– Exact, mon cher Martin. Roubaud est impliqué jusqu'au cou. Mercredi 18 juillet, il fuit avec sa famille en direction de l'Italie et s'arrête en route pour faire du liquide. Il avait bien préparé son coup, le salaud.

– Et qu'est-ce qu'on fait maintenant ?

– Vous, vous rentrez et vous attendez mon retour. Essayez de vous rancarder sur les autopsies de Badolato et de Mille. On laisse Roubaud mijoter jusqu'à demain matin, cette fois il ne peut plus nous échapper. On le tient. Son ou ses complices n'en ont plus pour très longtemps à se foutre de notre gueule.

Les deux hommes se séparent devant l'entrée du parking souterrain. Martin hésite à descendre les escaliers, se retourne et court rattraper le commandant.

– Qu'est-ce qui se passe ? Vous êtes blanc comme le képi d'un légionnaire.

– Et si j'interrogeais Roubaud en vous attendant ?

– Vous êtes bouché ou quoi ? J'ai promis à ma femme de passer la voir, j'en ai pour une heure. Vous rentrez à Saint-Max et vous m'attendez.

*

*   *

– Tu as eu mon SMS ?

– Ton petit bisou ? Oui, je t'ai répondu.

– Ah zut, j'ai pas fait gaffe.

Max tapote les poches de son blouson à la recherche du portable. Sa réaction de petit garçon coupable fait rire Brigitte.

– Ta mère est passée, ajoute-t-elle, elle était inquiète, car tu devais la rappeler.

– J'ai oublié.

– Tu n'es décidément pas fait pour le téléphone portable…

Max s'est assis au bout du lit et a pris les pieds de Brigitte dans ses mains. Il caresse ses minuscules orteils avec douceur. Elle penche la tête en arrière pour mieux s'abandonner au frisson et rouvre les yeux au bout d'une minute. Il a l'air fatigué ; elle ne le lui fait pas remarquer.

– Ça va, ton enquête ?

– Ça avance bien. Je devrais en avoir terminé sous peu et c'est tant mieux. J'ai encore le déménagement qui m'attend à Aubagne. C'est une impression ou tu as l'air mieux ?

Brigitte sourit ; Anaïs et l'infirmière lui ont dit la même chose ce matin.

– C'est peut-être encore un peu tôt pour s'emballer, mais les premiers résultats des tests sont surprenants. Le professeur Arnal est passé hier après-midi pour en causer. Il est resté prudent, mais j'ai bien vu qu'il avait l'air étonné.

– Étonné ? Pourquoi ? Il a dit quelque chose ?

– Non, rien de particulier. Il s'est contenté de commenter les bilans, mais…

– Mais quoi ?

– Oh rien, il n'a rien dit d'époustouflant. Mais j'ai bien vu à sa tête qu'il se passait un petit *chouïa*.

– Tu es en rémission, c'est ça ?

Brigitte a plié les jambes pour s'approcher de Max. Elle passe la main dans ses cheveux ébouriffés et embrasse ses lèvres.

– C'est encore trop tôt pour le dire. Selon lui, mon état s'améliore.

– Tu vas arrêter ton traitement, alors !

– Non, mon chéri. L'affection cède du terrain, mais des cellules cancéreuses peuvent avoir survécu. Il ne va pas falloir baisser la garde, et faire et refaire des bilans. Et si on ne voit toujours rien, alors, d'après le professeur Arnal, on pourra parler de rémission.

– Quand ?

– Pas avant cinq ans…

Max s'est avancé jusqu'à la baie vitrée. Dehors, deux gamins s'évertuent à rendre fou un chien en lui lançant le bâton qu'il rapporte frénétiquement en agitant la queue.

Brigitte le laisse souffler. Elle aimerait tant revenir à ses côtés, décorer l'appartement d'Aubagne et s'endormir le soir dans ses bras.

– Max ?

– Quoi ? répond-il, le regard perdu sur l'horizon.

– J'ai demandé à Anaïs de t'emballer le canope. Il serait mieux là où tu l'as pris.

– Hein ? Ah oui ! Le vase... D'accord, je vais le rapporter. Drôle de truc, hein ? Tu crois qu'il est si vieux que ça ?

– Je ne sais pas. Cette nuit, j'ai fait un drôle de rêve. Quelqu'un ou quelque chose me demandait de le rendre. Il n'est pas à sa place entre nos mains.

– Je me demande si...

Max s'interrompt, songeur. Le chien a perdu le bâton, les gamins abandonnent la partie.

– Si quoi ? insiste Brigitte au bout d'une poignée de secondes.

– S'il a vraiment la valeur que je lui crois. En ce moment, tout ce qui brille n'est pas or...

Charabia

Vendredi 20 juillet 2012
Jour 8 – En soirée
Hôtellerie du Couvent royal

Huit jours se sont écoulés depuis la mort de Janette Mouriès. C'est beaucoup et peu à la fois. Deux hommes sont morts depuis, c'est trop et toujours trop à la fois. Mais ce qui devient franchement trop de chez trop, c'est ce nombre effarant d'insatiables qui s'acharnent à pourrir la vie de Max Cosentino, et, maintenant, **même** jusqu'au fond de sa cellule ! Depuis trois bonnes minutes, un abruti s'acharne à tambouriner à sa porte. À tous les coups, Martin qui s'ennuie tout seul dans son grand pavillon !

– Qu'est-ce que c'est ? finit par marmonner Max, les dents pleines de dentifrice.

– C'est Sandrine. Ouvre !

– Sandrine ?

– Capitaine Loubet ! Police nationale ! Ouvrez ou je défonce la porte !

Max se rince la bouche, crache dans le lavabo, enfile vite fait le peignoir fourni par la maison et obéit.

Sandrine Loubet, sèche comme un clou, le visage émacié, a chaussé son plus beau sourire. Elle porte à son habitude un *jean* troué, c'est la mode, ses éternelles baskets d'adolescente et une veste de treillis trop grande. Ses cheveux noirs, plaqués sur son crâne par une queue de cheval, ajoutent un brin de tristesse à sa silhouette qui n'en avait pas besoin. Une femme de son âge devait s'habiller comme une femme de son âge.

– Mes voisins vont apprécier ton humour. Qu'est-ce que tu fous là ?

La flic de la *Scientifique* repousse Max à l'intérieur de la chambre et esquisse une grimace en découvrant le foutoir.

– Je viens te filer un coup de main. Ordre du *big* patron ! On devrait peut-être commencer par le ménage…

– Me filer un coup de main… ? C'est quoi, c't'embrouille ?

Max tire une valise du dessous de son lit.

– Tu me fais chier, Sandrine, je n'ai besoin de personne.

– Ben, c'est sûr ! Max Cosentino, c'est *Mister* Sherlock Holmes. Un prétentieux surdoué qui sait tout faire tout seul. Sauf ranger sa piaule…

Max enfile un tee-shirt propre et arrête Sandrine dans son délire.

– C'est bon, halte au sketch ! Le vieux t'a appelée ?

– Pas vraiment. J'étais à l'Évêché pour un truc quand il m'a demandé où on en était dans ton enquête. Qu'est-ce que tu voulais que je lui réponde ? D'aller se faire foutre ? Il m'a dit que vous aviez coincé un type à la frontière italienne et que mes dernières trouvailles pourraient t'être utiles. Je lui ai promis que j'allais t'appeler, il m'a répliqué « *Niet*, tu files à Saint-Maximin ». Me voilà…

– Avec quoi dans ton sac à dos ? Un rebondissement de première, j'espère.

Sandrine observe son copain d'avant. Ce râleur porte bien sa quarantaine. Ce n'est pas encore un homme vieux, mais ce n'est déjà plus un homme jeune. Il en est peut-être arrivé à ce que les magazines à bourgeoises appellent la maturité. Sur ses reins sont apparus des petits rebonds, sur son front des rides grasses et sur ses tempes les premiers cheveux blancs, épars et sournois.

Il paraît que passé quarante ans un homme a la gueule qu'il mérite, pas celle qu'il aimerait. Sur ce point, Max est dans la norme. Sandrine voit bien qu'il n'est plus à prendre, ce qui ne la tracasse pas puisque les mecs n'ont jamais été sa tasse de thé, mais parce qu'à observer son langage corporel, ses gestes inconscients, sa façon de se recoiffer, elle devine bien qu'il est à une autre. Les femmes, homos ou pas, sont sensibles à ces détails.

– Eh, Loubet ! Accouche au lieu de me reluquer le cul. Qu'est-ce que tu as trouvé d'extraordinaire pour que le père Depardieu t'envoie me gonfler un vendredi soir ? Et dépêche, j'aimerais bien manger un morceau et me coucher tôt.

Sandrine sourit, retire de la poche arrière de son *jean* une feuille pliée en huit et se jette dans un fauteuil.

– L'étoffe dans laquelle était emballé le parchemin que tu as trouvé date du IVe siècle. Comme le papier-support, d'ailleurs.

– Tu me l'as déjà dit, ça, encre métallogallique, etc. Tu ne te souviens pas ?

– Évidemment, je te rafraîchis le cerveau.

– Un de tes experts devait traduire la charte. C'est fait ?

– Oui. Une pointure des archives départementales. Il confirme : c'est une donation « aux murs de l'église ». Enfin… comme du dis : à la basilique, pas à l'institution.

– Alors tout s'explique. En 2010, la ville a lancé un programme de rénovation de la basilique. Il y avait des infiltrations. Au début, ils ont cru que c'était à cause d'une toiture mal entretenue. Mais non. L'ancienne maçonnerie avait été recouverte à l'occasion d'une réparation au XIXe siècle, dans ces eaux-là. Et ça s'est lentement effrité. Tu parles ! Du mortier du XIIIe siècle !

– Tu t'es mis au béton ? J'admire.

– Janette Mouriès, la première victime, a découvert un essaim d'abeilles dans ce mur. La vieille était un peu illuminée ; pour elle, c'était un signe de Dieu. Elle a regardé dans la fente et en fouillant y a trouvé le parchemin, des ossements et… je crois bien, des pièces en or. C'est ça que voulait dire ton Machin de Nice en écrivant « une donation aux murs de l'église ». Ils ont caché leur trésor dans les murs de la basilique en construction. Ce con de Badolato avait raison.

– Un trésor ? Whao ! Et tu sais ce que je crois ? Le fait d'emballer le document et les ossements dans la même étoffe est une signature, un indice permettant de savoir à qui il appartenait et d'établir une sorte de traçabilité. Tu saisis ? Ossements du Ier siècle, étoffe et papier du IVe, encre du XIIIe.

– Le regroupement des quatre éléments a dû être fait lors de la construction de la basilique par Charles d'Anjou. Il pourrait s'agir des reliques de saint Maximin.

– Il ne « pourrait » pas. C'est sûr !

– Comment ça ? interroge Max.

– Ben… Le rebondissement de première dans mon sac à dos. Le résultat des analyses ADN des ossements que Martin m'avait apportés. Je ne t'explique pas comment je me suis prostituée pour les avoir si vite…

– Sandrine… Je me fous des détails. Balance l'info !

– Les ossements proviennent d'un homme de type méditerranéen mort à un âge compris entre soixante et quatre-vingts ans. Les os sont vieux de deux mille ans.

– *Carbone 14* ?

– Confirmé par spectroscopie *Raman,* comme d'hab. Donc les reliques ont très bien pu appartenir à ton Maximin et se retrouver en Provence après la crucifixion de Jésus.

– Jésus ? Janette Mouriès croyait que Jésus avait débarqué aux Saintes-Maries-de-la-Mer. Quant à l'auteur du crime…

– … tu l'as trouvé !

– C'est possible.

– Mon boulot t'a aidé ?

– Oui.

– Excellent ! C'est qui ?

– Sandrine... J'ai un suspect, deux mobiles contradictoires, trois macchabées sur les bras, des débuts de preuves, des pièces en or, les reliques pourries d'un mec qui est peut-être un autre, et des billets de 50 en veux-tu en voilà ! Maintenant que tu ne vas plus me lâcher d'une semelle, tu as toutes les chances d'être la première au parfum. Pour l'instant, ce qui serait bien, c'est que tu vérifies si les trois côtes qu'on t'a envoyées hier proviennent du même corps, quitte à désobéir à *Gérard* et à rentrer à Marseille.

– Te fatigue pas. Elles sont parties à Paris hier soir avec la navette de 20 heures. Mais avant de les emballer, j'ai remarqué un détail curieux. Les trois côtes présentent des stries parallèles sur une profondeur de 2 millimètres. J'ai un collègue au labo qui bosse sur les violences conjugales, je lui ai demandé d'y jeter un œil. D'après lui, il s'agit de cicatrices dues à une flagellation, style entailles laissées par des lanières garnies de clous.

– Ah merde !

– Quoi ?

– Ben à ton avis ? Qui est-ce qui a été flagellé avant d'être crucifié ?

– Tu veux dire que la vieille Mouriès avait raison ?

– Moi, je ne veux rien dire du tout. Mais si les os sont ceux de qui je crois, on est dans la mouise. J'ai consulté une experte judiciaire des religions, Valentina Cigliano. Elle m'a expliqué un truc hallucinant : le kérygme de Paul.

– Un pote à toi ?

– Je suis sérieux, Sandrine. Il s'agit de saint Paul, l'apôtre des païens. Arrête de déconner et écoute bien parce que c'est long et compliqué. Ça vient du grec ancien *kêrugma* qui veut dire « proclamation ». Dans le vocabulaire chrétien, le kérygme désigne la profession de Foi fondamentale que le père Simon résumerait ainsi : « Jésus-Christ est le Messie, le fils de Dieu ; il est ressuscité ». Valentina Cigliano m'a aussi parlé d'une lettre aux Corinthiens dans laquelle saint Paul écrit que « Christ est mort pour nos péchés selon les Écritures, et il a été enseveli. Il est ressuscité le troisième jour ».

– Et alors ?

– Et alors ? Réfléchis deux secondes. D'un côté, saint Paul proclame que « Christ est mort pour nos péchés *selon les Écritures* ». Tu comprends ? « *Selon les Écritures* », la Bible, le texte officiel, leur code pénal, quoi ! Et de l'autre, il ajoute que : « Si Christ n'est pas ressuscité, notre prédication est vaine, et notre foi aussi est vaine ». En clair, selon saint Paul, la clef de voûte du christianisme, c'est la résurrection du Christ. Retire la clef de voûte et tout l'édifice s'écroule. Et l'Église avec lui… Si le Christ n'est pas ressuscité, il n'est pas le fils de Dieu et la Bible est bidon. Et s'il n'est pas ressuscité, ceux qui espèrent en lui ne ressusciteront pas non plus. Si Jésus est venu en Provence, il n'est pas monté au Ciel… Sale coup pour les croyants, pour l'Église et pour Janette Mouriès. Tu captes, maintenant ?

Sandrine hausse les épaules. Cette fille n'a décidément jamais l'air de s'en laisser compter.

– Et alors ? répète-t-elle avec un sourire en coin, la résurrection, on y croit ou on n'y croit pas. Personne n'a jamais prouvé qu'elle avait bien eu lieu. D'après ce que j'entends, tout repose sur les affirmations des proches et des disciples de Jésus, et l'excellentissime flic que je suis te dira la valeur toute relative qu'on devrait accorder à ce genre de témoignages…

– Peut-être, mais ça laisserait la voie à un mobile religieux, rétorque Max. Quelqu'un tue Janette Mouriès parce que ce qu'elle a découvert dans la crypte de Saint-Maximin est énorme. Mais alors, comment expliquer pour Mille et Badolato ? Ils en savaient trop, eux aussi ?

– Je n'en sais rien, mais ce que je peux te dire, c'est que tu n'es pas au bout de tes surprises question bondieuseries. Tu vas encore tomber sur le cul parce que la traduction de la charte a dévoilé un autre truc pas net. À ton tour d'ouvrir tout grand tes écoutilles.

Cette fois Sandrine prend le secours d'une tablette numérique. Max commence à s'inquiéter, car elle est devenue tout à fait sérieuse.

– Écoute-moi ça, poursuit-elle après quelques secondes de pianotage : *Iesus Nazarenus esset maxima et fecit fiet ei minimis ex Maria est caritas.* Excuse l'accent. *Maxima est minima et minima maxima.* Traduction ?

– Eh ! Oh ! Tu ne vas pas t'y mettre, toi aussi... Je connais trois ou quatre mots de latin, pas davantage.

– « Jésus de Nazareth était le plus grand et il est devenu le plus petit par amour de Marie. Le plus grand est le plus petit, et le plus petit est le plus grand ».

– C'est pas vrai.

– Eh si. *Maximus* et *Minimus*. T'es dans la merde, mon gars !

Une petite sonnerie venue de la table de nuit casse l'ambiance. Max a reçu un SMS. Il en profite pour regarder l'heure. 21 h 12. Son estomac lui offre la diversion salvatrice.

– Viens, je t'invite à croquer un morceau à l'Hôtellerie. Ils t'ont filé une piaule ?

– Rien du tout, c'est plein comme un œuf jusqu'en septembre. Et ma carte de flic n'y a rien fait. J'ai trouvé un bouge près de la sortie d'autoroute, j'espère que les routiers seront sympas.

Dans les escaliers qui conduisent à la salle restaurant, Max examine son SMS.

Origine 34021. Numéro inconnu.

« Je sais qui a tué JM. Rdv ruines château de Nans. Pas de Marie-Madeleine. Demain 10 h. Viens seul ».

Sandrine le sent préoccupé.

– Un problème ? Ta femme ?

– Hein ? Non. Une connerie... J'ai la dalle, moi, pas toi ?

*

* *

Rdv ruines château de Nans. Pas de Marie-Madeleine... Badolato avait dit à Max que l'endroit se trouvait du côté de la Sainte-Baume, sans davantage de précision. Sandrine partie dans son hôtel bon marché, Max traîne au bar pour voir si le serveur connaît. Le gars ne se fait pas prier pour étaler sa confiture.

– Bien sûr ! À Saint-Max, tout le monde sait où se trouvent les « pas de Marie-Madeleine » : sur l'ubac de la Sainte-Baume au sud des ruines du *castrum* Saint-Jean, à Rougiers. C'est simple. D'ici vous partez vers la gendarmerie et vous quittez Saint-Max en direction de Nans-les-Pins. À la sortie du village, vous arriverez à un rond-point inratable. Là, direction Marseille sur la D 560 ; trois-cents mètres après, à gauche direction Rougiers. Facile, y'a un panneau. Arrivé à Rougiers, vous traversez le village. Au bout, il y a une patte d'oie, impossible de se tromper, vous prenez à gauche et vous vous laissez guider par les panneaux « Direction *Castrum St-Jean* ». Vous roulez encore une dizaine de minutes et vous y êtes. C'est simplissime.

La mine déconfite de Max semble démontrer le contraire. Peut-être n'aurait-il pas dû accepter ce dernier whisky ?

– Ne bougez pas, je vous montre sur une carte de l'office de tourisme, ce sera plus simple pour vous. Rougiers se trouve à cinq ou six bornes à vol d'oiseau. Avec un GPS, vous trouverez facilement.

Les pas de Marie-Madeleine

Samedi 21 juillet 2012
Jour 9 – En matinée
Environs de Rougiers

Sur le chemin qui mène de Saint-Maximin à la grotte de la Sainte-Baume court une légende. Une de plus… D'étranges empreintes cachées entre les chênes rabougris et les romarins fanés portent le nom de Marie-Madeleine. Il paraît qu'un jour, tandis que la sainte descendait de la montagne pour rejoindre Maximin, ses traces de pas se sont imprimés dans la pierre. Pourquoi pas.

Le soleil est déjà trop haut quand Max atteint l'endroit, à peine signalé par un panneau branlant. Il a garé la 206 un peu plus bas, sur un petit découvert près du chemin, et a terminé la grimpette à pied. Les « pas » alignés forment des lignes pointillées creusées dans la roche grise couverte de lichens. Marie-Madeleine marchait-elle à la façon ridicule des mannequins parisiens ?

Max opère un rapide tour d'horizon, checke son pistolet automatique et bidouille son téléphone portable. Pas de réseau, tout va bien…

Des graviers roulent dans un fourré, des jurons étouffés, quelqu'un vient de se ramasser lourdement. L'inconnu émerge des broussailles en se frottant le train arrière, les épineux aiment la chair molle. Il pointe aussitôt son arme sur Max qui sourit en le découvrant.

– C'est marrant, pourquoi ne suis-je pas étonné de vous voir ?

– Jouez pas au mariole, monsieur le génie. Levez les mains et gardez votre salive pour une dernière prière. Passez devant moi sans vous retourner. Je vous préviens, je n'ai pas envie de rire.

Max est du mauvais côté du canon. Il obtempère et s'avance dans la garrigue basse. La piste à chèvres descend au fond d'un thalweg sec. Le soleil darde ses rayons criminels sur les chênes épuisés. Le parfum des genévriers monte vers le ciel immaculé. Les fourmis s'activent entre les pierres chaudes. La transpiration coule sous les tee-shirts et les chevilles se tordent.

– On s'arrête là et tu ne touches pas à ton flingue ! Garde les mains bien haut !

– On se tutoie, maintenant ? C'est vrai qu'un meurtre et deux assassinats, bientôt trois, ça crée des liens, ironise Max.

– Appelle ça comme tu veux, l'assassin, c'est toi.

– Ah ! Ah ! Bien joué, Callaghan ! Je te vois arriver, et depuis longtemps. Tu crois peut-être que je n'avais pas compris ton jeu ? La Benoîte-Affique et les bobards sur la venue de Jésus en Provence pour m'entraîner sur la vraie fausse piste du mobile religieux… Seulement, pas de bol ! Le père Simon possédait une photo avec quatre enfants de chœur : Roubaud, Badolato, Mille et ce bon adjudant Martin. En plus d'un joli paquet de biftons, Badolato possédait une tablette et un home cinéma flambant neufs ; et Mille, une Rolex et de l'or comme Crésus. Les deux lascars étaient sûrement allés faire leurs courses lors de l'escapade du 14 juillet à Marseille. Cher et risqué, mais, au moins, au marché du Soleil, ni facture ni limitation de paiement en liquide. Puis il y a eu ce couillon de gamin qui ramasse les trois écus pommés par Badolato ; Mille, trop malin, qui fait marteler la cuve de Sainte-Marcelle par Roubaud qui embarque les gravats. Bref, les *Pieds Nickelés* n'ont pas su attendre pour dépenser leur or ! Je continue ?

– Mais je t'en prie. Ça m'intéresse trop. Et laisse tes mains croisées sur ta tête.

Max regarde le cadran de sa montre. Il sèche dans la garrigue depuis tout au plus vingt minutes ; il faut encore gagner du temps. Sandrine doit être arrivée à l'Hôtellerie et le chercher. Elle ne l'a pas trouvé dans sa chambre et a appelé partout, au SRPJ, à la BTA, à Toulon. Elle va descendre à l'accueil et interroger le personnel. Le gars du bar va lui expliquer. Elle pourrait se pointer d'ici une demi-heure. L'espoir est mince, mais le jeu en vaut la chandelle.

– Tu veux que je te raconte la vraie histoire depuis le début ? Ça risque d'être long, ricane Max.

– J'ai tout mon temps, moi. Et toi aussi, d'ailleurs…

– C'est toi qui vois. Janette Mouriès découvre un manuscrit, des ossements et un sac d'or dans la fente d'un mur. La vieille veut emporter le trésor, mais Roubaud la surprend. Il veut sa part. Une violente dispute s'ensuit et alerte le jeune Théo qui fait le guet à la porte Saint-Crépin. Du coup, Roubaud est obligé de laisser partir Janette Mouriès, mais l'idée de revenir s'emparer du trésor ne le lâche plus. Ne pouvant y arriver seul, il sollicite trois bras cassés qui comme lui ne cracheraient pas sur un petit pécule. Rendez-vous est donné à Janette Mouriès le jeudi 12 avant l'ouverture de la basilique.

– J'adore ! Continue !

– Avec plaisir, ironise Max. Le jour J vers 8 h 45, Roubaud, Mille et Badolato arrivent au *Bar en Provence*. En allant pisser, Badolato demande au patron, j'ai son témoignage, s'il n'a pas vu Janette Mouriès, car « il a deux mots à lui dire ». À 9 heures, le patron voit *les Trois Mousquetaires* partir en direction de la basilique. Ils rejoignent Janette devant la crypte, la molestent, mais peine perdue, Mémé s'entiche, ça tourne mal : bousculade, mutilation et déplacement du corps. Il va être 10 heures ; des touristes australiens entrent dans la basilique. *Porthos* court planquer l'or à la boutique et perd trois écus. *Athos* et *Aramis* s'éclipsent par la porte Saint-Crépin. Sur la route du retour, ils préviennent *d'Artagnan*.

– Et *Son Éminence* s'impatiente ! La suite, vite !

– Thierry Mille, l'intellectuel de la bande, a une idée géniale : embobiner l'auditoire avec l'incroyable secret de la crypte, crédible au point de retenir l'attention de scientifiques, Jésus était en Provence sous le nom de Maximin ! Un mystique de passage – et pourquoi pas le père Simon ? – l'aura assassinée. Sinon, pour que la théorie du complot marche, continue Max, il faut que l'affaire soit confiée à la bonne personne et que cette dernière aille très vite, quitte à embrouiller sa hiérarchie.

– Eh oui ! D'autant que l'enquête devait être pliée avant les fêtes de la Marie-Madeleine, demain. Ce qui sera d'ailleurs le cas.

– J'en suis le premier convaincu. Mais tandis qu'*Aramis* téléphone à d'*Artagnan* pour lui soumettre sa géniale idée, *Athos* et *Porthos* filent brouiller les pistes dans l'antre de Janette, y laissent le manuscrit et les ossements sans intérêt. L'affaire est dans le sac et les ferrets chez la reine ? Ç'aurait pu. Malheureusement Roubaud a une femme catho-tradi. Alors lui aussi sort une idée géniale de son chapeau : il embarque une côte fétiche pour chacun de ses trois gosses. Alléluia ! Dans le salon au-dessus de la cheminée, ça fera toujours classe. Il s'enfuira vers l'Italie avec ses trois reliques et la *Scientifique* prouvera que ces trois os faisaient partie du squelette retrouvé chez Janette Mouriès. Ton plan machiavélique aurait pu marcher s'il n'y avait eu une dernière rafale de hics.

– Eh oui ! Quand le sort s'acharne sur vous…

– Premier hic, la juge d'instruction demande à Marseille de dépêcher un soi-disant expert en affaires religieuses. Ce sera le commandant Max Cosentino, ton serviteur, disponible et récemment affecté du 36, quai des Orfèvres à l'Évêché.

– Je te le concède. Pas de bol pour toi !

– Deuxième hic, poursuit Max, la vieille Mouriès n'est pas morte quand les Australiens la ramassent dans la crypte. Avant de mourir, elle a prononcé des mots incompréhensibles à l'oreille de l'interprète qui tentait de la secourir. Comment déjà ? Ah oui ! « Ben at a fake » ?

– Yes Sir !

– Ce qui te permet d'aller farfouiller sur ton ordinateur pendant la nuit, tu es de permanence et célibataire, et de servir ta version de bouffon au dépressif de flic qui se radine vent du cul dans la plaine. « Vous allez être content, mon commandant… Il s'agit d'une intrigue liée à une affaire belge. Ne confondez pas *La Province* et *La Provence*, c'est pas pareil ». Me faire avaler que l'affaire Mouriès n'en était que le rebondissement ; que Janette avait découvert que Jésus et saint Maximin n'étaient qu'une seule et même personne ; qu'un fanatique avait supprimé Janette Mouriès puis martelé la cuve de Sainte-Marcelle pour détruire les preuves de cette terrible vérité, avant de s'évaporer dans la nature ! Pas mal…

– Tu y as cru, au début, avoue-le.

– Exact, cher camarade, jusqu'à ce matin j'avais encore des doutes. Mais l'historique de recherches de ton ordinateur prouvera que j'ai raison.

– Allons, allons ! Prouvera quoi ? Personne n'aura jamais l'idée d'aller farfouiller sur ma bécane, puisque tu seras mort.

– Cette fois, tu m'épates ! remarque Max. Me faire porter le chapeau. Mes respects ! Il était temps, car ton dernier complice est prêt à craquer.

– Roubaud ? Et alors ? Quand il saura que je t'ai abattu en légitime défense, il niera tout en bloc et aucune preuve ne le reliera jamais aux meurtres. Et quand bien même ce serait le cas, il n'a fait que son boulot : charger des gravats ! Il prendra cinq ans à tout casser et sera libéré pour bonne conduite au bout de trois. Mais toi, avec tes empreintes sur le marteau planté dans le dos de Mille, pas de bol. Et le témoignage du serveur de l'Hôtellerie qui t'a vu sortir les mains pleines de la basilique, de nuit, hein ? Et comment expliquer où tu étais le jour des meurtres de Janette Mouriès et de Jacques Badolato. En train de déménager ? De faire une sieste, gavé de médocs ? Mon cul !

– Ce ne sera pas si difficile que ça.

– Les morts ne parlent pas, mon commandant ! Mais comptez sur moi. J'expliquerai tout à votre place. « Le pauvre poulet a pété les plombs, l'esprit embrumé par ses anxiolytiques. Quand je lui ai dit que je l'avais démasqué, il a voulu me supprimer ». Une de vos balles dans le gras de mon ventre et le tour sera joué. Légitime défense. Adessias, poulet !

Thomas Martin sent un flux bouillant courir dans ses veines. Son bras droit se tend. Le plan est parfait, l'acte final couronnera son œuvre. Le Proc, Kuhlmann et toute la bande goberont l'affaire. Alors c'est tout de suite ou maintenant.

Le percuteur du SIG-Sauer frappe l'amorce, le canon crache sa gerbe de feu ; la balle traverse le fût, glisse sur l'air bouillant et pénètre dans la cage thoracique de sa cible. Un hurlement déchire le ciel bleu.

Max n'a pas eu le temps de penser, ni à Brigitte, ni à la longue maladie qui la ronge, ni à Laurie, ni à la poupée qui vole dans l'habitacle, et encore moins au pistolet automatique qui dort, inutile, dans son holster.

C'est à peine si le flic distingue le corps de Martin qui s'écroule, touché en plein cœur. Max s'effondre à son tour, ses jambes ne le portent plus. La chute dure une éternité, douce et légère comme le vol d'un colibri dans le confort de l'inconscience. Le temps ne compte plus.

*

* *

– Max ? Bordel ! Réveille-toi !

Le maréchal des logis-chef Aubert a beau protester, brandir ses menaces de secouriste à grand renfort de cris, tenter de recourir au bon sens inexistant de la flic, Sandrine Loubet insiste grossièrement. Et vlan ! Une baffe à droite. Et vlan ! Une baffe à gauche. Par chance, la 9 mm, elle, n'a qu'effleuré le crâne de Max, mais suffisamment pour l'envoyer valdinguer dans les figues.

Aubert a vérifié ses constantes – R.A.S. – et si la capitaine arrêtait de s'acharner sur son vieux pote de lycée à coups de mandales bien placées, le commandant pourrait peut-être s'en sortir…

Heureusement pour Max, un ange gardien veille ; Aubert, tel *Roland* au col de Roncevaux, a sonné de l'olifant et, cette fois, *Charlemagne* a rappliqué dans les temps. Depardieu ne sait pas s'il doit rire ou pleurer.

– Loubet ! Arrête tes conneries, tu vas l'achever !

– Je crois qu'il se réveille.

– Alors, dégage de là !

Max ouvre un œil et découvre le visage de son sauveur, *Gérard,* entouré des principaux membres de la colonne de secours : le capitaine N'Guyen, Loubet, Kuhlmann, Aubert, quelques gendarmes inconnus et le toubib du SAMU qui vient de rappliquer.

– Où suis-je ?

D'un coup d'épaule, Sandrine Loubet écarte le médecin, s'agenouille près de son collègue et pose sur son front le mouchoir humide que lui tend Aubert.

– Martin, c'est lui… Il a voulu m'abattre…

– On est au courant, mon pauvre vieux ! On est arrivés à temps et heureusement que le patron était là, explique Sandrine. Il l'a descendu à 40 mètres ! Au PA, tu te rends compte ? Un tir de *ouf* en plein buffet !

– Où est-il ? supplie Max en cherchant les yeux du divisionnaire.

– Dans un grand sac en plastique noir. Ce salopard ne descendra plus personne.

Quelques heures plus tôt, au moment où le serveur de l'Hôtellerie se confiait à la capitaine Loubet, le commissaire divisionnaire Depardieu débarquait à la gendarmerie de Saint-Maximin. Floréal Roubaud avait tout avoué au major Kuhlmann un peu avant l'aube et, suivant l'ordre hiérarchique à la lettre, le compte-rendu immédiat du commandant de brigade avait parcouru son bonhomme de chemin, de la BTA de Saint-Max jusqu'au bureau du patron du SRPJ à Marseille, via la compagnie de gendarmerie de Brignoles, le groupement de La Valette, le bureau du proc et, accessoirement, celui de la juge d'instruction au tribunal de grande instance de Toulon.

Ni une, ni deux, *Gérard* avait ordonné à tout son petit monde de sauter dans les voitures et de filer aux *Pas*. Arrivé sur place, il avait dégainé sans hésiter, comme à la grande époque, et sauvé son subordonné *in extremis*. Quant aux sommations d'usage, plus personne ne se souvient très bien si elles avaient eu lieu avant ou après le départ du coup, ou pas. C'était le cadet de ses soucis.

C'est en septembre...

Deux mois plus tard
Pôle cancérologie de Valclair

Patrice Arnal pianote sur le digicode. La grande porte en bois s'ouvre, laissant les rayons matinaux du soleil investir le couloir. Depuis quelques minutes, les lumières d'une saison mûre baignent de leur douce tiédeur le confortable bureau de l'éminent professeur, filtrées par les grandes baies vitrées qui embrassent la Méditerranée, là-bas, entre les tours de la Salette et les barres de Valmante. L'été s'en va, les vacanciers aussi, les mouches tournent en rond et les plages retrouvent leur ventre immaculé.

Le sexagénaire jette sa veste de lin sur un accoudoir, allume son ordinateur et baisse les stores, car il ne s'est jamais résolu au secours de la clim. Il revient jusqu'au fauteuil, fouille dans une poche de sa veste et en retire une carte de visite écornée : *Commandant Maxence Cosentino, SRPJ de Marseille...*

Comment était-ce possible ? Si vite, si brutalement...

Arnal se souvint des raisons de sa vocation, aider les autres, sauver des vies, s'attaquer à cet abominable monstre qu'était, et est encore, le cancer. Il avait connu les doutes auxquels succèdent les joies, les joies auxquelles succèdent les doutes, et les doutes auxquels succèdent les doutes. Il avait mille fois posé un genou à terre, mille fois remis l'ouvrage sur le métier. Il n'avait jamais abandonné et toujours cherché une explication. C'était un pragmatique ; il avait besoin de cette quête, de cet oxygène qui lui permettait de tenir et d'endurer les injustices de la nature. Qu'une de ses patientes soit en rémission sans qu'il en comprenne les raisons ne le surprenait plus. La longue maladie lui avait appris la plus grande réserve. Mais cette fois la chance dépassait les bornes. Deux d'un coup…

Arnal attrape la souris, ouvre le fichier sur lequel il a tapé son rapport et relit à voix basse, pour lui, comme pour se convaincre une toute dernière fois. Puis il imprime son compte-rendu en deux exemplaires qu'il signe et glisse dans la grande enveloppe *kraft* que lui a préparée sa secrétaire.

Brigitte et Max sont descendus à la cafète où Arnal doit les rejoindre d'ici une minute ou deux. Ce n'est pas l'ambiance de la place de Lenche l'été, mais c'est déjà mieux que les murs aseptisés d'une chambre d'hôpital. C'est une victoire incommensurable, une table carrée, mal essuyée, qui exhale le chlore, et des chaises en alu qui marquent le lino. Le café soluble a un goût de liberté et le sucre en sachet la saveur de l'espoir.

Ça faisait bien deux mois que Brigitte n'était plus descendue au rez-de-chaussée; ça faisait bien trois mois que Max se pressait dans le hall en évitant les yeux brillants des patients attablés à deux pas de la liberté.

Brigitte repose son gobelet sur la table.

– C'est une idée ou tu vas mieux? demande-t-elle à son homme.

Max picore de l'index les grains de sucre éparpillés sur la bakélite vernie. Elle le trouve beau avec son air de gamin et ses cheveux en bataille.

– Tu as l'air reposé, ajoute-t-elle après un instant.

– J'ai repeint tout l'appart' et je cours chaque matin au Garlaban. Ça aide.

Elle prend ses mains immenses entre les siennes et les embrasse.

– Et tes médicaments?

– Balancés dans l'Huveaune. Tant pis pour la poiscaille, s'il en reste.

Brigitte porte cette robe fraîche et colorée, imprimée de grandes marguerites blanches, qu'elle avait choisie pour le bal du 14-Juillet à Paris voici déjà deux ans. Max la revoit tourner et virevolter sur les flonflons de l'orchestre des pompiers. Elle souriait malgré elle, malgré le sort qui s'acharnait sur eux. La veille, ils avaient appris la terrible maladie.

Brigitte tire sur les bras de Max pour le forcer à se pencher vers elle. Il se laisse emporter. Il sait pourquoi elle a tenu ce matin à remettre cette robe devenue trop grande. Pour conjurer le destin, pour lui dire qu'il ne pouvait pas toujours avoir raison et n'en faire qu'à sa guise.

– Max, je suis convaincue que toutes ces bonnes nouvelles ne sont pas dues qu'au hasard.

– Que veux-tu dire ?

– Le canope.

– Et alors ?

– Anaïs a trouvé de la documentation sur Internet, et pas que des niaiseries comme tu dis toujours. Des philosophes, des linguistes, des théologiens, même, prétendent que Marie-Madeleine cherchait un philtre d'immortalité. Je veux bien ne pas y croire comme toi, il n'y a qu'un pas du rêve au fantasme, mais une chose est certaine. Le calice qu'on voit partout à côté de Marie-Madeleine symbolise cette quête d'éternité. Le canope était supposé contenir un onguent pour soigner toutes les maladies.

– Et ?

– Et souviens-toi, quand nous l'avons ouvert, l'odeur de fleur… D'après Anaïs, Bernard Guy aurait écrit, quand il est allé sur la tombe de Marie-Madeleine, que ça sentait « comme dans une parfumerie ».

– « Comme si l'on eut ouvert un magasin d'essences les plus aromatiques », Brigitte. Tu diras à ta petite copine de réviser ses sources…

– Max, tu n'avais plus souri depuis des années. Tu as jeté tes antidépresseurs. Tu dors mieux. Tu t'es remis de ta blessure à la tête en moins d'un mois et tu refais du sport…

– Je ne vois pas le rapport.

– Anaïs elle aussi va mieux. Comme toi, elle a senti l'odeur. Elle était soi-disant condamnée ; je le sais, ses parents me l'avaient dit. Depuis, ses cheveux repoussent, sa peau rosit, elle chante. Arnal l'a laissée rentrer chez elle la semaine dernière... Elle est en rémission. C'est grâce au canope, j'en suis certaine.

– Il doit y avoir une explication logique.

– Mais bien sûr, mon chéri. L'odeur de sainteté, c'est sûrement de la chimie ou de la physique. Je ne sais pas. En tous cas, quelque chose que nous ignorons et que nous ignorerons longtemps encore. Tu l'as remis en place dans la basilique ?

– Le soir où Sandrine Loubet m'a rejoint à Saint-Maximin.

– Tu as bien fait.

– Les maçons ont coulé leur chape de béton dessus. Personne ne le trouvera avant des siècles. Ainsi la mission de la pauvre Janette perdurera : les pèlerins continueront à guérir de leurs écrouelles et à attribuer ces miracles à Marie-Madeleine.

Les gros battants en alu de l'ascenseur s'écartent, laissant Patrice Arnal se jeter dans l'arène. Le long couloir de l'hôpital conduit vers la sortie où se croisent les destins. Devant l'accueil et le bureau des enregistrements, Brigitte et Max Cosentino n'attendent plus que lui pour s'envoler vers la vie.

– Rebonjour, Brigitte.

Le professeur en blouse blanche se tient devant sa patiente comme un humble pénitent. C'est l'apanage des grands hommes que de ne pas avoir à se forcer pour paraître grand ; ils le sont.

Max se lève pour serrer la main du médecin.

– Je vous offre un café ? demande-t-il par politesse.

Arnal décline.

– Je vous remercie, mais je n'ai pas beaucoup de temps. Je vous ai apporté ma synthèse, le bon de sortie et une ordonnance que vous utiliserez si besoin. J'y ai ajouté un dossier sur les bons réflexes en cas de difficulté. Vous avez ma carte, vous m'appelez quand vous voulez. Si vous n'avez pas de question, vous pouvez y aller.

Brigitte embrasse Arnal et ne peut s'empêcher de pleurer. Max craque aussi. La gérante de la cafète allume un poste radio suranné. La blouse blanche du professeur s'est déjà engouffrée dans l'ascenseur.

C'est l'heure des vieux tubes de fin d'après-midi sur *France Bleu Provence*, quand les chanteurs piégés dans les bouchons deviennent philosophes.

C'est en septembre, quand les voiliers sont dévoilés,
C'est en septembre, que l'on peut vivre pour de vrai.

Bécaud n'avait jamais chanté aussi juste.

– On enterre Janette Mouriès demain. Tu viens avec moi ? demande Max à Brigitte qui, pour la première fois depuis bien longtemps, bâille au soleil.

Garlaban

Mercredi 26 septembre 2012
Trets-en-Provence

Voilà. Ce matin au cimetière de Trets, on enterre Janette Mouriès en toute discrétion ; l'enquête est quasi terminée, le procureur a donné son feu vert. La vieille dame va pouvoir rejoindre la terre de ses ancêtres.

Les pneus du corbillard crissent sur les graviers blancs. Quatre types en costard bon marché posent le cercueil sur des tréteaux. Le curé s'avance jusqu'au trou et semble chercher les proches de la défunte. En vain.

Le maire discute dans la contre-allée avec le divisionnaire et la juge. Pour une fois que des huiles se déplacent au village, il ne fallait pas rater l'occasion.

Le capitaine N'Guyen est descendu de Brignoles, le major Kuhlmann en profite pour partager les soucis du moment, le remplacement de Martin, la chaudière de la BTA en panne, le parc informatique fatigué.

Sandrine Loubet ne lâche pas les Cosentino d'un pouce malgré les protestations de Max. Les femmes sont ravies de se rencontrer. Sandrine embarque Brigitte dans des plans entre copines, un dimanche à La Ciotat, un massage duo à Plan-de-Campagne, une session lèche-vitrines à *Grand Littoral*. Brigitte aime bien l'idée.

Le commissaire divisionnaire Depardieu s'est extirpé des griffes du maire; il vient sauver Max.

– Tu as deux secondes? J'ai des nouvelles du front.

– Oui.

– Les derniers écus d'or ont été retrouvés par les gendarmes à Peynier, dans un cabanon appartenant au grand-père de Martin, explique *Gérard*, ainsi qu'une photo sur laquelle Badolato et sa femme posent dans la salle des mariages. L'heureux élu porte un costard avec de jolis boutons carrés.

– Cette histoire de bouton sur la scène de crime, c'était cousu de fil blanc, acquiesce Max. Ça m'a mis la puce à l'oreille.

– Martin avait fauché d'autres bricoles, saisies par les gendarmes. Regarde ce que le capitaine vient de me montrer: la lettre d'aveux que Jacques Badolato a écrite avant de se pendre. Il confirme ton pressentiment. J'en conclus que Martin avait déjà arrangé le tableau en scène de crime quand il est venu te chercher au presbytère, et subtilisé le cadre et le testament du boutiquier. Ça t'intéresse?

Gérard tend le bras. Max saisit le scellé glissé dans une pochette en plastique transparent. Le document est affligeant.

> *« Dans ma vie, j'ai fais beaucoup de mauvaises chose et je demande pardon à ma pauvre mère que je vais retrouvé au Ciel. J'ai tué la vielle Mouries en frappant dans son dos avec le marteau de mon complisse FLOREAL ROUBAUD qui brulera en ENFER.*
>
> *Sur conseil de ce salopar de gendarme MARTIN qui est dans le coup avec MILLE le président, j'ai jeté un bouton de mon pantalon pour faire une fausse piste et les soupçons ont tombé sur moi. Je suis un pécheur et j'ai fais du tort. Je vais voir le bon Dieu qui me jugera. Pardon.*
>
> *Signé Badolato Jacques. »*

Max soupire tandis que le cercueil de Janette Mouriès disparaît dans le trou. Manon Padovani, le major Kuhlmann et le patron de la compagnie de Brignoles se sont approchés des deux flics. Les gendarmes ont repris l'affaire à leur compte après les événements des *Pas de Marie-Madeleine*.

Max remet sa mèche en place et tente de s'expliquer le mobile de l'affaire.

– Thomas Martin trompait son épouse depuis deux ans avec Agustina Féraud, une fille de Brignoles. Aurélie Martin avait quitté le foyer conjugal un peu avant Noël. Ils étaient en instance de divorce... Avec sa maîtresse, Martin pensait s'installer en Argentine. Malheureusement pour lui, sa solde de gendarme et les indemnités d'Agustina Féraud ne suffisaient pas au grand projet. Les tourtereaux avaient besoin d'argent frais. Et c'est là que germe une idée pas si folle à la base : subtiliser le magot accumulé par Janette Mouriès pendant des années de voyance...

– Mes hommes l'ont retrouvé dans un cabanon appartenant à la famille de Martin ! coupe le capitaine N'Guyen. Un peu plus de 80 000 euros en coupures usagées. Il y avait aussi des francs...

– Et voilà ! reprend Max en croisant le regard complice du divisionnaire, et l'adjudant Martin agit avec l'aide de trois copains d'enfance. Pourquoi eux ? Ils ont tous les trois besoin d'argent, comme lui : Roubaud est à la limite du dépôt de bilan, Badolato a dilapidé l'héritage familial et Mille survit dans un hameau voisin avec une retraite minable de l'Éducation nationale. Les trois compères bossent dans la basilique ; qui s'étonnera de les voir papillonner autour de la vieille dame ? Et c'est là qu'arrive la surprise du chef. Janette Mouriès découvre un trésor d'une rareté exceptionnelle : des reliques et...

Max hésite, à cause du canope. Restée un peu en retrait, Brigitte discute avec Sandrine ; sa petite robe aux marguerites flotte dans la brise légère qui descend de la colline. Elle rayonne.

– Et un joli paquet de pièces d'or ! intervient le major Kuhlmann.

– Oui… Un joli pactole. Au tout début, Roubaud qui surprend Janette Mouriès avec son fardeau pense sûrement tout garder pour lui, mais il comprend vite que le poisson est trop gros pour sa ligne. Il prévient les trois autres larrons, l'histoire change de braquet, Martin remanie le script. Il suffira de menacer la pauvre vieille de détournement de biens culturels. Seulement Janette Mouriès en a vu d'autres. Elle ne se laisse pas impressionner par trois loustics en goguette.

– Et l'affaire tourne mal !

– Exact, major. Roubaud la pousse dans les escaliers de la crypte, elle tombe, fractures, hémorragie interne. Il va être 10 heures, des touristes entrent dans la basilique. Panique à bord. Badolato emporte les pièces d'or dans sa boutique. Dans sa précipitation, il en perd trois. Roubaud et Mille s'enfuient par la porte de la chapelle Saint-Crépin… Roubaud appelle Martin à la gendarmerie pour lui rendre compte de la catastrophe, et xième réécriture du scénario : on a tué Janette Mouriès parce qu'elle avait trouvé les preuves de la venue de Jésus en Provence. Plus c'est gros, mieux ça passe ; il y aura bien une grenouille de bénitier ou un Parisien pour y croire. Dès lors, Martin s'arrange pour que le major lui confie l'enquête et il imagine une sordide idée. Faire porter le chapeau à ses trois comparses. Seulement les trois copains de chœur ont commis des erreurs. Badolato a donné des coups de marteau dans le dos de Janette Mouriès, l'a condamnée sans le savoir, car elle n'était pas morte, l'a retournée sur le dos, bras gauche tendu vers la cuve de Sainte-Marcelle, au cas où on ne comprendrait pas, et a jeté le fameux bouton sur la scène de crime.

– Sur les conseils de Martin !

– Oui, major, le commissaire divisionnaire vient de me montrer la lettre. Quant à Roubaud, il a martelé la scène supposée révéler le secret de Janette Mouriès, ça occupera toujours les mystiques, et a emporté les gravats. Pourquoi ? Réflexe de professionnel ? Il faudra le lui demander.

– Je le ferai !

– Merci, major. Puis Mille et Badolato courront vendre leur part des pièces d'or à un collectionneur marseillais. Ils ignorent tout de leur rareté. Roubaud, lui, c'est autre chose. Sa femme est une fervente catholique et, pour l'impressionner, il empruntera trois côtes dans le sac des ossements découverts par Janette Mouriès. Malheureusement pour les siens, il n'a pas inventé l'eau chaude. Il quittera précipitamment la Provence, envisageant de se délester au passage de son trésor chez un numismate niçois, et se fera prendre à la frontière franco-italienne avec ses reliques. Qu'espérait-il ?

– Échapper à Thomas Martin, remarque la juge d'instruction. Ce ne sera pas difficile de le lui faire confirmer.

– Tout à fait, madame, car pour la première fois dans cette histoire, Martin prend peur. Il improvise une dernière adaptation du *roadbook*. Il se débarrasse de Badolato et de Mille, et décide de vous laisser croire que je suis l'auteur des faits. Ça n'a pas marché avec les *Pieds Nickelés,* alors il tente avec moi. Pas si bête, il avait anticipé en me mettant l'arme du crime entre les mains, le soir du dîner chez le père Simon. Après l'interrogatoire nocturne de Roubaud, je m'arrange pour rester seul avec lui. Je tente de le rassurer en lui faisant croire que j'ai avalé son histoire de mobile religieux, mais il sait que son plan ne tiendra plus bien longtemps. J'ai chargé Roubaud, son complice va bientôt craquer. Alors il me convoque aux *Pas de Marie-Madeleine,* un site paumé en pleine garrigue.

– Là, tu perds le contrôle, Max. Et tu prends des risques.

– Je sais, monsieur le divisionnaire. Son idée? M'abattre en légitime défense, sans témoin, et vous raconter qu'il m'avait démasqué, que j'ai craqué sous le poids de la culpabilité et sorti mon arme de service. Je suis fatigué, sous tranquillisants, et ma femme est malade. Bref, je suis capable de n'importe quoi. Le petit malin a envoyé le marteau avec mes empreintes au labo de la *Scientifique* de Marseille plutôt qu'à la gendarmerie. En revanche, ce qu'il ignore, c'est que Sandrine va vous appeler, monsieur le divisionnaire, et que vous allez débarquer au pied de la Sainte-Baume sans crier gare. Il dégaine et tire. Je n'ai pas besoin de vous expliquer la suite, vous assistiez à l'hallali.

– Exact ! conclut Depardieu qui n'aime pas les longs discours. Et tu t'en es bien sorti, malgré l'anti-jeu du père Martin. Bravo, tout le monde a fait du bon boulot.

Le divisionnaire serre la main du capitaine N'Guyen qui apprécie le compliment. La collaboration n'était pas évidente vu le contexte. Tandis que le service funéraire remballe son matériel, la petite troupe se dirige cahin-caha vers le parking. Sandrine rentre à Marseille avec *Gérard,* elle embrasse une dernière fois Brigitte. Kuhlmann embarque dans la *Clio* de son capitaine, sa demande de départ anticipé à la retraite dans la poche.

La juge d'instruction serre la main de Max.

– Votre divisionnaire m'avait loué votre talent pour ce genre d'affaires, je vois que votre réputation n'était pas galvaudée.

Max et Manon Padovani rient aux éclats tandis que Brigitte les rejoint, intriguée par tant d'effusions. Un bon flic ? Max l'était sûrement, mais certainement pas un expert des religions. *Gérard* l'avait surcoté pour le vendre à bon prix et il avait eu de la chance. Max était tout, sauf dupe.

*

*   *

Pour rentrer à Aubagne, Cosentino n'a pas choisi le chemin le plus court. Il a décidé d'emprunter les lacets tortueux du Petit-Galibier et de rejoindre la vallée de l'Huveaune par le village de Saint-Zacharie. Il prendra l'autoroute à Auriol.

Au bout des nombreux virages qui grimpent dans la chênaie, la départementale traverse une petite plaine, un de ces nombreux poljés qui parsèment la région. C'est Kirbon, le hameau de Thierry Mille.

Brigitte a descendu sa vitre, l'air tiède de la fin de matinée fait voler ses cheveux. Elle a remonté sa robe au-dessus de ses genoux et abandonné ses mocassins sous le siège. Max n'a pas desserré les lèvres depuis dix minutes, elle sent bien qu'il a quelque chose sur le cœur. Il se décide en gravissant le col.

– J'ai un truc à te dire…

– Tu m'aimes !

Il rigole. Elle aussi.

– Bien sûr, quelle idée ?

– Il y a longtemps que tu me l'as dit.

– Ce n'est pas vrai. Ce matin encore en t'apportant le café au lit.

Max n'a pas quitté la route des yeux. Brigitte se tourne vers lui, passe la main sur sa nuque. Ses cheveux sont moites. Il transpire malgré l'air qui s'engouffre dans la 206. Depuis combien de temps n'avaient-ils pas dormi toute une nuit dans le même lit, serrés l'un contre l'autre, à sentir leurs corps tièdes, leur peau salée, leur souffle apaisé ? Trois mois ? Quatre mois ? Bien davantage, une éternité aujourd'hui enfouie dans le cimetière des souvenirs oubliés.

– Redis-le, insiste-t-elle.

Max temporise, comme s'il cherchait les mots qui lui brûlent les lèvres. Il serre sur le bas-côté, des *cyclos* descendent la colline à tombeau ouvert.

– Je pense démissionner. Je suis fatigué de cette vie de patachon. J'ai envie de changer d'air.

– Ah. Bonne idée. Et pour quoi faire ?

– Je n'en sais rien. Élever des abeilles dans un coin de Provence, ou des chèvres, comme dans la pastorale qu'on vient de croiser. Pour commencer à vivre, en vrai.

Brigitte sourit dans son for intérieur. Elle sait que ça lui passera et que les collègues du SRPJ lui manqueront bien vite. Alors, bestioles pour bestioles, elle saute du coq à l'âne.

– Et si Jésus était vraiment venu en Provence ?

Max souffle ostensiblement.

– Tu ne vas pas t'y mettre ?

– Il y a cette histoire d'homme noir qui se serait fait crucifier à sa place.

– Simon de Cyrène, qui selon des courants hérétiques du IIe siècle aurait pris la place de Jésus sur la croix. Méf' quand même, ma cocotte, l'hypothèse de la substitution est mal prise par l'Église. On a brûlé des sorcières pour moins que ça…

– C'est dans le *Nouveau Testament*, mon coco !

– Pas vraiment, même si beaucoup ont accommodé l'évangile de saint Mathieu à leur sauce : « Ils trouvèrent un homme de Cyrène, du nom de Simon, et lui firent porter sa croix. Au Golgotha, ils lui donnèrent à boire du vin mêlé de fiel, après quoi ils le crucifièrent ». Personne n'a dit que c'était à la place de Jésus.

– Si ! Le *Coran*… ajoute Brigitte, un brin taquine.

– Eh ben dis donc, tu t'es renseignée !

– À l'hôpital avec Anaïs, quand on a fait les recherches sur le canope. J'ai passé des soirées sur Internet à cause de toi…

– « Or, ils n'ont ni tué ni crucifié Issa (Issa, c'est Jésus, précise inutilement Max) ; ce n'était qu'un faux semblant ».

– Tu veux que je te dise ? continue Brigitte après un moment. Toute cette histoire pose en fait la seule question qui soit digne d'intérêt. Qu'est-ce qui est le plus important pour toi ? Que la venue en Provence de Marie-Madeleine et de Maximin, et pourquoi pas de Jésus, soit authentique ? Ou que les valeurs qu'ils nous ont léguées soient bien réelles ? L'amour, le pardon, la tolérance. Ça, c'est du concret.

– Je n'en sais rien.

– Eh bien moi, Max, j'ai fait mon choix ! Je ne crois pas en un homme et encore moins en une église qui me dirait ce qui est bien et ce qui ne l'est pas. Je crois aux valeurs qui peuvent rendre l'Humanité meilleure. Le respect, le partage. Le voilà, le secret de Marie-Madeleine. C'est la parole de Jésus. « Aimez-vous les uns les autres ».

– Et donc, pour toi, Jésus en Provence…

– Un homme qui, par amour, abandonnerait tout pour suivre une femme : le ciel, son père, son royaume. Ce serait une sacrée belle histoire, non ? Tout lâcher pour celle qu'on aime. C'est romantique.

– Oui, mais impossible.

– Comment ça ? Impossible… Tu ne le ferais pas pour moi ?

– Moi, si. Mais Jésus, impossible. Si Jésus n'est pas monté au ciel alors tout l'édifice s'effondre. Pas de Noël, pas d'œufs de Pâques, pas de chocolat. Jésus en Provence, ça reste une légende, semble un instant regretter Max, Simon de Cyrène ou pas.

– Les légendes en disent davantage que l'Histoire et elles sont tout aussi légitimes que les vérités convenues. Voilà, au fond, ce à quoi aspirent les peuples pour être heureux : aux récits légendaires, aux romans d'amour, aux rêves improbables, aux étoiles du berger qui donnent de l'espoir.

– Je ne te suis plus…

– Quoi ? Jésus et Marie-Madeleine venus du bout du monde avec leurs enfants pour refaire leur vie. Jésus qui sacrifie une sacrée belle carrière pour sa famille. Marie-Madeleine qui abandonne les siens, son pays, ses projets, pour l'épauler. Discutable au regard de l'Histoire ? Peut-être, mais c'est la version que je préfère.

– Alors c'est ce qui compte le plus, pour toi, ce à quoi rêvent les hommes ?

– Pour tracer les chemins qui mènent vers l'avenir ? Bien davantage que les vérités officielles écrites pour les princes, mon coco !

Max paraît troublé. Il s'arrête à la gare de péage de Pont-de-l'Étoile pour payer et relance la 206 sur l'A501, direction Les Sollans. Les cigales chantent à tue-tête ; il relève les vitres et passe la cinquième. Brigitte pose la main sur sa cuisse, le soleil haut annonce le calme des après-midis feutrés. Aubagne s'apaise enfin sous l'ombre réconfortante de Garlaban.

Le chemin de Damas

Épilogue

Les pavés de Salomon couvrent les chemins du Roi à travers toute la Palestine. Le premier quitte Jérusalem au nord-est de la ville et mène en Pérée par Béthanie, Jéricho, et le Jourdain que l'on franchit en bac vers Gadara. Le deuxième, au sud de la Cité complétude, conduit en Égypte par Hébron, Gaza, et s'achève dans la mer qu'on dit Rouge. Le troisième fuit vers l'ouest jusqu'à Jaffa : c'est la route la plus courte pour rejoindre la Grande Mer où naviguent les Grecs, les Romains et les Phéniciens, et quelques aventuriers venus d'Arabie. Le dernier quitte la Ville sainte par le nord et traverse la Samarie. À Sichem, il oblique sur Bet-Shéan, franchit le Jourdain au sud du lac de Tibériade et remonte par l'est du plateau du Golan. Il permet d'atteindre Mabartha en un jour, le village des Samaritains, puis la Galilée. C'est le passage vers Damas. Il ne conduit pas à la mer, loin de là. Mais n'est-il pas écrit que la voie du salut n'emprunte pas toujours le chemin le plus court ?

– Quelle chute !

– Shalom.

– Je n'y vois plus rien ! Aide-moi ! Vite !

– Calme-toi, mon ami. Tu es tombé de cheval. Ma compagne va te donner de l'eau et des figues.

– J'ai mal !

– Abrite-toi à l'ombre de ce vieil olivier et reprends tes esprits.

– Mes hommes ! Où courent-ils ?

– Ils sont allés rattraper ta jument. Ils m'ont ordonné de te porter secours.

– Je n'y vois plus rien ! Qui es-tu ? Sais-tu où nous nous trouvons ?

– Mon ami Lazare est féru de géographie. Il dit que nous approchons du lac de Tibériade. Mais toi, sais-tu qui tu es ?

– Quelle question ! Tu me crois sot ? Affaibli à ce point ?

– Non…

– Moribond ?

– Pas encore.

– Aveugle, certes, mais pas mort !

– Je vois bien.

– Je suis Saül de Tarse, circoncis le huitième jour, de la race d'Israël, de la tribu de Benjamin, Hébreu né d'Hébreux ; quant à la loi, pharisien ; quant au zèle, persécuteur de l'Église ; irréprochable à l'égard de la justice de la Loi.

– Je suis très impressionné !

– Je vis à Jérusalem où j'ai été élevé et instruit au pied de Gamaliel dans la connaissance de la Loi de nos pères.

– Et quelle cause supérieure te pousse au grand galop sous un soleil de plomb ? À cette heure du jour, ce n'est guère avisé.

– J'ai sur moi des lettres de recommandation pour débusquer les partisans du Galiléen. Je cours alerter les synagogues. La secte des dissidents fait peser un grand danger sur la Loi.

– Tu ne sembles pas les aimer.

– C'est peu dire ! À Jérusalem, le mois dernier, j'ai voté la mort d'Étienne, leur diacre. J'ai assisté à sa lapidation. L'impudent ! Si tu l'avais vu caracoler devant son public… Il se moquait de ses juges !

– Le zèle n'est pas non plus la moindre de tes qualités.

– Je mets toute mon énergie à combattre cette racaille. Ils racontent que leur chef a ressuscité d'entre les morts. Ressuscité… Tu te rends compte ? Ils ne sont pas fous, ils sont dangereux. Il faut les exterminer jusqu'au dernier comme l'ivraie qui pourrit les blés sains.

– Quel procureur es-tu donc pour porter un tel jugement ?

– Et toi ? Qui es-tu pour porter si altruiste secours au piètre cavalier qui ne t'a rien demandé ?

– Celui que tu persécutes, à la fois simple intendant et homme libre. Voici Marie de Magdala et son fils, Céphas. Nous allons sur le chemin de Damas.

– Et cette foule qui t'accompagne ?

– Ceux que tu persécutes. Voici Marthe, sœur de Marie, et Lazare, son frère. Voici ma tante Marie-Jacobée. Voici Marie Salomé, femme de Zébédée, mère de Jacques et de Jean, mes fidèles amis. Voici Marcelle et le jeune Sidoine qui, comme toi, n'y voyait pas, leurs familles et leurs suites.

– C'est une longue route que tu imposes à ta troupe ! Une compagne et un jeune fils, de vieilles femmes, beaucoup d'enfants, des hommes fatigués… Tiendront-ils le coup ?

– Il le faudra bien. Car ceux qui nous persécutent n'ont pas de repos.

– Te rends-tu compte de ce que tu dis ?

– Devrais-je avoir peur ?

– Tu fais partie de cette secte et tu ne me crains pas ? Es-tu fou ?

– Certes non.

– As-tu vu les armes que portent mes compagnons ?

– Ce qui compte est en toi, et non sur ou autour de toi. Tes armes, tes chevaux, tes hommes de guerre ne te seront pas d'un grand soutien. Tu cours les pistes sur un fier destrier et voilà que tu manges la poussière. Je n'ai qu'une paire de sandales usées et je me tiens debout devant toi. Tu as les yeux grands ouverts et pourtant tu ne vois pas. Le peu d'amour que j'ai à partager illumine ton cœur. Relève-toi tant qu'il est temps. Ne reste plus à terre. Celui qui aime peut pardonner et celui qui pardonne est bien plus fort que celui qui se venge. Celui qui aime ne doit pas demeurer écrasé par le poids de sa culpabilité. Il peut, s'il le veut, se lever seul et marcher dans l'amour du Père.

– Tu es le Galiléen? Celui qu'ils prétendent revenu d'entre les morts?

– Bravo. Tu errais dans la nuit et voilà que tu revis. N'aie plus peur, ceux que tu persécutes deviendront tes amis. Il n'y aura plus ni Juifs, ni Grecs; il n'y aura plus ni esclaves, ni hommes libres; il n'y aura plus ni hommes, ni femmes. Il n'y aura plus que les enfants du Père. Poursuis ta route, maintenant, puisque tu vois enfin. Va sans crainte, la lumière éclaire ton chemin.

Tandis que la discussion s'apaise entre les deux hommes, le caravansérail plante ses tentes près d'une modeste masure. Le groupe qui accompagne Jésus l'a déjà rejointe. Le maître des lieux accueille les nouveaux venus en versant de l'eau parfumée sur leurs pieds.

Les voyageurs harassés s'allongent sous de lourdes toiles tendues à la hâte sur trois piquets tordus. Chacun pose sa besace, son bâton, et desserre les draps qui ceignent les plis de sa robe. Un peu d'huile, un peu de vin, les marcheurs soignent leurs blessures.

Autour de Saül, la troupe des séides a recouvré ses esprits. Les soldats tentent de remettre le fier capitaine en selle, mais voilà qu'il refuse. Le choc a été rude et l'hématome qui enfle sur son crâne inquiète son état-major. Il n'y voit toujours pas mieux, quoi qu'en dise le donneur de leçon.

– Maître ! Veux-tu qu'on arrête celui qu'ils appellent *sauveur* ? Les Romains nous prêteront leur renfort.

Saül ne répond pas tout de suite. Il ne réfléchit pas non plus. Il erre dans une parenthèse et ses hommes s'inquiètent.

– Laissez-le, ordonne-t-il. Et toi, au lieu de dire ce que tu ne comprends pas, mène-moi plutôt à Damas chez Ananias, il me soignera.

Pendant que l'astre du jour décline, la colonne des soldats disparaît sous l'horizon dans un nuage de poussières. Lazare craignait le pire ; le voilà soulagé, mais toujours inquiet.

– Il a dit qu'il alerterait les synagogues. Nous ne serons plus en sécurité à Damas si nous y arrivons, car il reste trois bonnes journées de marche. Changeons de route. Allons par la voie qui mène à *Acco* puis Jaffa. Il y a là-bas un port où viennent les marins du monde. De là, nous embarquerons pour Chypre. Réveillons les enfants et partons tout de suite.

– Lazare, ma place est ici, près de nos frères.

– Ta place est près de ta famille. Tu es né homme de chair et de sang. Nous sommes tous autour de toi, faits de chair et de sang. Tu veux faire entendre ta parole ? Alors, préserve ta chair et ton sang déjà tant éprouvés. À Chypre, nous aviserons. Nous irons vers le nord, en Cilicie… Ou vers le sud, en Égypte. Tu décideras.

* * *

Les Juifs disent que la ville a été construite après le déluge par Japhet, quatrième fils de Noé. Lui aurait-il donné son nom ? Jaffa, que les Romains ont rendue à Hérode, ouvre la porte de Jérusalem vers la Mer intérieure. Les Égyptiens, les Grecs et les Assyriens y commercent depuis mille ans. Peut-être davantage.

J'ai vu arriver Celui qui prêche l'amour et le pardon. Il était accompagné par une troupe d'hirsutes, éreintés par la longue marche. Ils sont allés voir le grec Midas pour trouver une embarcation. Mais ils n'avaient pas de quoi payer.

– Tu ne diras mot ?

– Je ne dirai rien, ai-je répondu.

Je savais qu'ils étaient recherchés. Ils m'ont plu. Et puis… je n'ai jamais beaucoup aimé l'autorité de l'occupant. Je leur ai trouvé un boutre dont le capitaine ne pose pas de question. Nazir est un *nacouda* honnête. Il a longtemps navigué vers *le pays de Pount* dont il se dit natif. Bien qu'il soit un peu menteur, je le crois volontiers. Sa fortune est son esquif, sa famille est son équipage (deux hommes, les passagers doivent aider à la manœuvre). Puisque ceux-là voulaient aller à Chypre, Nazir ferait voile vers l'occident à la tête de quelques boutres.

Par prudence, ils sont partis au crépuscule. Les eaux étaient calmes et la température douce. J'ai vu leurs voiles se diluer après un long temps sur la ligne incertaine qui tremble à l'horizon. Un nommé Lazare qui paraissait tout organiser, le seul dont je connaisse le nom, m'a demandé de me taire. J'ai promis.

Un matin, Nazir est revenu à Jaffa. Il les avait abandonnés sur une plage près du port de Paphos. L'un d'entre eux lui aurait confié qu'ils voulaient poursuivre vers Rome.

J'ignore ce qu'ils sont devenus.

*

* *

La caresse du ressac s'infiltre le long de ses jambes. L'eau salée va et vient. Par instant, ses pieds semblent flotter quand la mer se retire et dérobe la plage qui le porte. Le vent siffle dans la cime des chênes qui ploient au pied de la grève ; des vagues s'écrasent sur les rochers et laissent dans ses oreilles des grains de sable perdus.

Les embruns s'insinuent dans le creux de ses narines où des parfums de garrigue chassent le goût de miel des pins séculaires. Serait-il encore de ce monde ?

Le sel s'est infiltré jusqu'au fond de sa gorge ; ses lèvres saignent ; le goût du sang l'informe qu'il est vivant. Il va vomir.

Un ange blanc flotte à quelques mètres au-dessus de sa face. Suspendue dans le ciel, les bras en croix, l'apparition oblique la tête, s'approche encore, le dévisage et pousse un cri rauque presque désagréable.

– C'est une mouette.

– Où sommes-nous ?

– Échoués sur une plage. Avant la tempête, les Grecs ont dit que nous croisions au large de la Sardaigne.

Rome est bien loin. Nous avons dérivé pendant sept jours vers le nord-ouest. La tempête a brisé les navires.

– Je vois ça. Pourquoi Marie Salomé et Jean pleurent-ils ?

– Jacques n'a pas survécu. Trois enfants sont morts. Beaucoup ont disparu.

– Alors nous pétrirons la terre et nous élèverons un autel sur cette plage pour les honorer. Et Marie ? Céphas ?

– Ils se remettent de leurs émotions un peu plus loin. Des filets de pêcheurs ont trahi une source. Nous te cherchions tous. Nous craignions le pire…

– Femme de peu de foi.

Marthe hausse les épaules.

– Qu'allons-nous faire maintenant ? insiste-t-elle.

– Ce pour quoi nous sommes venus : prêcher notre foi. Puisque ce berger dit qu'il y a une colonie romaine au nord, et la Massalia des Phocéens à l'est, nous irons de ce côté.

– Marie Salomé et Marie Jacobée ont été éprouvées. Elles resteront ici. Sarah ne veut pas les quitter. Moi, j'irai vers le nord.

– Qu'il en soit ainsi puisque c'est votre volonté.

Marthe tourne les yeux vers l'horizon. Des *gabians* s'affolent sans raison par-dessus la mer comme si un funeste présage les avait effrayés. La jeune femme se retourne vers Jésus qui ne l'a pas quittée des yeux. Il sait ce qu'elle craint.

– Je t'écoute, dit-il.

– Si nous avons pu atteindre cette côte, d'autres peuvent le faire. Nos persécuteurs sont partout. Nous ne sommes pas en sécurité.

– Que proposes-tu ?

– Dans un premier temps, nous allons nous séparer et prendre chacun une direction différente. Tous ensemble, nous serions trop repérables.

– Marie, Céphas et moi-même, nous irons chez les Phocéens, là où les Romains ne sont pas maîtres. Ceux qui le souhaitent nous suivront.

– Méfie-toi de tous. Fais-toi discret. Ne dis pas qui tu es. Notre survie est à ce prix.

– Tu veux que je taise mon nom ? Ce serait travestir la vérité…

– Certes. Et faire le peu de mal d'où sortirait un grand bien.

Post-Scriptum

Le dimanche 24 février 2013, Brigitte Cosentino se met en quête d'une pharmacie de garde, à Aubagne. Max ne peut l'aider, il est sur une affaire dans les quartiers sud de Marseille. Elle pourrait patienter jusqu'à lundi, mais non. Il faut qu'elle sache. Tout de suite. Il est presque midi quand elle se présente au Pin Vert, avenue Roger Salengro. Les nausées sont de retour, le sommeil est parti, la fatigue est revenue. Elle n'a pas peur. Elle se doute de ce qui arrive. C'était inévitable. À Noël, elle avait jeté le dossier et la carte de visite du professeur Arnal. Pour conjurer le sort, pour aller de l'avant, résolument. Elle revient à l'appartement avant midi et court aux toilettes. Elle place le test de grossesse sous son jet d'urine; cinq lourdes minutes plus tard, le trait bleu confirme la bonne nouvelle. L'amour a toujours raison.

Glossaire

Acco : Saint-Jean-d'Acre, nom donné à la ville par les croisés au XIIe siècle. Aujourd'hui « Acre » en Israël.

Boudiou ! : Boudie ! Boudillou ! Terme employé pour « Bon Dieu ! ». « Boudiou que tu as maigri ! »

BR : Créées en 1945, les brigades de recherches (subordonnées à la compagnie de gendarmerie départementale) assistent les unités élémentaires (COB et BTA) quand des techniques particulières doivent être mises en œuvre.

BTA : Les brigades territoriales autonomes sont intégrées au cœur des territoires et des populations. Chevilles ouvrières de la gendarmerie départementale, elles incarnent la représentation la plus déconcentrée de l'autorité de l'État et de la communauté militaire. Elles peuvent être commandées par des officiers subalternes, voire des majors (comme dans ce roman) ou des adjudants-chefs en fonction de la taille de la circonscription.

Cafoutche : Cafoutchi. Cagibi, petite pièce ; par extension : pièce mal rangée, en désordre.

Castrum : Lieu fortifié. En Provence, les châteaux forts du Moyen Âge s'appellent des castellas.

Chouïa: Broutille, rien, quantité infime, petit quelque chose. De l'arabe maghrébin « šuya ».

Ciel de case: Objet symbolique que les indiens Wayana de Guyane française, dans la région du Haut-Maroni, placent sous la toiture du grand carbet circulaire de réunion de leur village qui sert aussi de carbet d'accueil aux gens de passage. Le ciel de case sert à éloigner les animaux indésirables ainsi que leurs esprits. Il symbolise la protection pour tous ceux qui viennent dans ce lieu. Le ciel de case est fabriqué dans le contrefort d'un fromager (arbre), autre symbole de la forêt guyanaise.

Clebs: Klebs, clebs. Chien. « Être caporal, c'est un métier de chien. Le cabot est le clebs de ses hommes », d'après CENDRARS, *La main coupée.*

COB: Communauté de brigades de gendarmerie.

Copycat: Imitateur suivant le *modus operandi* d'un tueur en série, telle que les médias l'ont décrit, d'une personne réelle ou d'un personnage de roman à succès. L'effet copycat est la reproduction mimétique d'un acte dramatique (meurtre, suicide, attaque à main armée) favorisée par une publicité médiatique.

Cyclo: Cyclotouriste, dans le jargon des cyclistes sur route amateurs.

Dégun: Personne. « Il craint dégun, mais dégun le craint ! »

Demi-heure: À Marseille, pas d'article devant « demi-heure ». « Ça m'a pris demi-heure ».

Dépéguer: Le contraire de « péguer ». Décoller. Voyez « Péguer » et « Gachempègue ».

Émoticône : Courte figuration symbolique d'une émotion, d'un état d'esprit, d'un ressenti, d'une ambiance ou d'une intensité, utilisée dans un discours écrit. Le premier émoticône aurait été découverte par Levi Sthal dans le poème *To Fortune,* publié dans *Hesperides* en 1648.

Engamer : Se dit d'un poisson qui avale complètement l'hameçon avec l'appât.

Engatser : Énerver, (se) prendre la tête.

Fadoli : Formé à partir de fàdo (fée). Dérangé, habité par les fées. Syn. Fada. Dans son acception originelle, fadoli qualifiait un individu habité par des forces surnaturelles et bienveillantes. Ce n'est plus le cas…

Fangoule : Abruti, bon à rien. « Oh ! Fangoule ! Tu avances ? » (à un feu vert).

Gabian : Le gabian n'est pas la mouette, mais le goéland qui est beaucoup plus gros. La mouette mange du poisson, le gabian mange tout ce qui lui tombe sous le bec.

Gachempègue : Prononcer « gatch'empègu' ». « Du travail à la gachempègue » signifie « du travail maladroit fait par un "empégué" ». Terme composé de « gâche » (truelle) et de « empégué » (ici dans le sens de « saoul »).

Gar(r)i : Employé familièrement pour interpeller un garçon. Le gari est aussi un rat.

IRCGN : L'institut de recherches criminelles de la gendarmerie nationale regroupe les technologies et sciences concernant la recherche de la vérité scientifique au procès pénal. Cette unité a un statut opérationnel reconnu dans le monde entier.

Nacouda: Capitaine de boutre arabe qui assurait le trafic entre l'Égypte et les côtes de la Somalie. Dans ses *Aventures en mer Rouge,* Henri de Monfried s'entoure de marins expérimentés dont Ali, son nacouda, seul maître à bord après Allah, Dieu loué soit-Il.

Noli me tangere: Ne me touche pas (ou « Ne me retiens pas ») seraient les paroles prononcées par Jésus ressuscité le dimanche de Pâques à l'attention de Marie de Magdala. *Noli me tangere* est aussi le titre donné à de nombreux tableaux illustrant cette scène. C'est encore le nom attribué à l'une des reliques de sainte Marie-Madeleine, conservée dans la basilique de Saint-Maximin-la-Sainte-Baume dans un tube de cristal, un morceau de substance osseuse qui se serait détaché de l'os frontal réputé de la sainte lors de l'inventaire de 1780, et sur lequel Jésus aurait posé les doigts le jour de la résurrection.

One-again: « À la one-again », c'est-à-dire « n'importe comment ». « One again et bistoufly ». Expression consacrée par l'acteur français Franck Duboscq et qui aurait comme origine (douteuse) une phrase prononcée par Jeanne d'Arc lors de la victoire d'Orléans: « Won again and best to flee » (pour les Anglais). (To flee: fuir).

OPJ: Officier de police judiciaire.

Oufissime: Néologisme composé du terme « ouf » (fou, en verlan) et du suffixe à valeur superlative « issime » emprunté au latin via l'italien. Signifie « complètement fou », « truc de dingue ».

Pays de Pount: Site commercial qui apparaît dans les récits de l'Égypte antique, situé sur la côte africaine entre l'Érythrée et le nord de la Somalie. Certains voyageurs pensent que le pays de Pount se trouvait sur le territoire de l'actuelle République de Djibouti, en pays afar, près de la ville de Tadjourah.

Péguer: Coller. Pègue: résine. Jadis, en Provence, le pégoulier exploitait la résine des pins. Se faire empéguer, c'est se faire attraper, comme les mouches sur la résine…

PSIG: Les pelotons de surveillance et d'intervention de la gendarmerie (un par compagnie) constituent des unités dont la vocation prioritaire est la lutte contre la délinquance de voie publique. Ils peuvent être appelés en appui des unités territoriales.

Qué?: Quoi?

SRPJ: Le service régional de police judiciaire est une division territoriale de la police judiciaire française qui dépend de la direction centrale de la Police judiciaire.

Tanqué: Fixe. La pétanque, jeu de boules provençal, se pratique les pieds tanqués (pétanque). Signifie aussi «bien fait(e)»: cette fille est bien tanquée.

TGI: Le tribunal de grande instance connaît des litiges qui ne sont pas spécialement attribués à une autre juridiction. Il comporte une chambre correctionnelle qui traite des affaires pénales et donc de l'affaire Mouriès pour le TGI de Toulon.

Vénère: Verlan de «énervé».

Villa-Latta: Toponyme du foyer gallo-romain qui devint le village de Saint-Maximin-la-Sainte-Baume. Ce centre gallo-romain d'échange, peut-être un «mutationes» (un poste de relais destiné aux véhicules et aux animaux), voire une agglomération plus vaste sous l'Antiquité tardive, était situé sur les actuels boulevard Bonfils et place Malherbe de la ville royale.

VSAV : Véhicule de secours et d'assistance aux victimes utilisé par les pompiers.

Remerciements de l'auteur.

L'effervescence autour des reliques de Marie-Madeleine et de la question de la venue ou pas de la Sainte en Provence sont d'une actualité brûlante. Au-delà de la foi et de la tradition, ce sont les valeurs humanistes apportées dans le sud de la France par les premiers chrétiens qui animent cette ferveur. Ma rencontre, à l'occasion de la rédaction de mon ouvrage d'histoire régionale *Auriol-en-Provence* (tome 1 en 2006 et tome 2 en 2007), avec des chercheurs, des universitaires, des conservateurs de musées, mais aussi des membres d'associations patrimoniales locales, toutes et tous passionnés par leur Provence chérie, m'a déterminé à me lancer dans l'aventure, en 2015. Dès lors, la quête de sources fiables et recoupées a commencé. La bouilloire à idées s'est mise à chauffer et le choix du genre policier, par souci d'objectivité et de recul, m'a permis d'explorer le vaste sujet sans privilégier aucune thèse (pour/contre, vrai/faux). Quoi de mieux, d'une part, qu'une mystique qui défend la maternité de Marie-Madeleine et la venue de Jésus en Provence et, d'autre part, qu'un policier cartésien, disciple de saint Thomas et de la preuve par 9, pour animer le débat ?

Cinq ans entrecoupés de longues pauses ont été nécessaires à l'écriture de trois manuscrits successifs. Le doute, aussi, s'est invité dans la partie. Mais quoi de mieux que le doute pour celui qui cherche la vérité ? Je me suis remis au travail en 2018 et la crise du printemps 2020 me vit arriver avec une base exploitable de quatre-cents pages. Quelque part, l'actualité et l'idée de refonder notre société, avec cette histoire de coronavirus, m'avaient rattrapé. Brigitte Cosentino, l'épouse de mon personnage principal, n'avait-elle pas raison ? Toute cette histoire ne reposait-elle pas sur la seule question qui soit digne d'intérêt : qu'est-ce qui est le plus important dans notre roman national ? – que le débarquement aux Saintes-Maries-de-la-Mer des proches de Jésus soit authentique ? – ou que les valeurs qu'ils nous ont léguées soient bien réelles ? L'amour, le pardon, la tolérance. Le respect, le partage... Le voilà, le message de Marie-Madeleine. C'est la parole du christ : « Aimez-vous les uns les autres ». Sans ça… point de contrat social ?

Au-delà de ma Marie à moi et des enfants qu'elle m'a donnés, qui m'ont toujours soutenu sans faille, je voudrais remercier tous celles et ceux qui m'ont gentiment et patiemment accueilli à l'occasion de mes recherches et phases de vérification indispensables :

– Les membres d'associations patrimoniales saint-maximinoises et de l'office de tourisme de Saint-Maximin pour les multiples visites de la ville royale, de la basilique, de la crypte et de ses trésors ; pour leurs conseils et le partage de sources.

– Les gendarmes de la brigade territoriale autonome de Saint-Maximin ; Christophe Poplawski, lieutenant-colonel de Gendarmerie, pour ses conseils que je n'ai parfois pas suivis à la lettre, mais toujours dans l'esprit ; « Max », qui se reconnaîtra, au bon souvenir de Mamoud-e-Raqi ; Gérard Rieux, commandant de Police honoraire, rencontré au festival du livre de Mouans-Sartoux, pour ses remarques judicieuses et toujours amicales ; des membres de l'institut médico-légal de Marseille pour leurs conseils avisés sur les aspects médico-légaux et l'art de rédiger un procès-verbal d'autopsie.

– Les membres de mon comité de lecture, dont certains cités plus haut ; Marcel Guigou, amoureux de notre belle Provence et de son Auriol ; Annie Kwasny, lectrice férue du *village du livre de Redu* ; Sylvain Dunevon, frère de plume, pour les termes provençaux, jamais fournis *à la gachempègue* ; mes éditeurs successifs, Catherine Gourin et Jean-Pierre Turbergue (éditions *Italiques*), pour leur honnêteté, leur franchise et leur patience, et pour les heures de travail, cher Jean-Pierre, quand *Italiques* devait publier *La Crypte* avant ton départ à la retraite ; Thierry Loriou, directeur des éditions *D'un autre ailleurs…*, dur à la tâche, qui reprit le flambeau de la collection *Crimes de Pays* et qui soutient mes projets sans faillir ; Claude Delmas, pour la photo de couverture qu'il a eu la gentillesse de permettre de reproduire ;

et vous, bien sûr, chères lectrices, chers lecteurs, qui, en lisant *La Crypte de Saint-Maximin*, faites vivre ses personnages et entretenez la lueur d'espoir pour un monde meilleur.

À vous tous, merci.

Table des matières

DANS LA COLLECTION CRIMES DE PAYS

L'écorcheur de cadolive,
Bruno CARPENTIER (réédition 2018).

• *L'Écorcheur de Cadolive* (Bouches-du-Rhône). Provence, été 2016. Paul Tardy est retrouvé mort au pied du Castellas à Saint-Savournin. Un homme avoue rapidement. Pourtant un doute titille le juge Marion Dubourg.

• *Le Boucher de Malemort* (Corrèze). 1954, l'année de l'Abbé Pierre. L'hiver commence mal pour le commissaire Chaballe. Il en est convaincu : on a assassiné la vieille Simone. Le problème ? Pas de corps et pas de suspect.

• *La Benoîte-Affique* (Nord–Belgique). Mons, 8 avril 2011. Guy de Villehardouin est tué dans la Collégiale Sainte-Waudru. L'inspecteur Delorme et le Procureur Vandervelde se rendent sur place. Indice troublant : la Benoîte-Affique a disparu.

Adessias, Bonne-mère !
Sylvain DUNEVON (2017).

Marseille, décembre 1992. Un couple de jeunes truands marseillais envisage de dérober un objet de valeur dans le coffre d'un retraité. Voici les deux comparses emportés dans une tornade d'évènements auxquels ils pourraient bien ne pas échapper quand, vingt ans plus tard, les fantômes du passé feront surface.

Le Berger De Saint-Aybert,
Bruno Carpentier (Réédition 2019).
En janvier 1973, Marcel Défossez découvre dans la neige le corps martyrisé d'une petite fille. Daniel de Saint-Mard, journaliste à *La Voix du Nord,* fait le lien avec une affaire criminelle survenue six mois plus tôt. Se noue alors une intrigue haletante qui nous mène, à travers le nord de la France, sur les traces d'un improbable tueur en série.

Edit
to print.com

Achevé d'imprimer en France en Août 2020.
42, Allée des Pêcheurs - ZI Secteur A3
06700 SAINT-LAURENT-DU-VAR